Kevin Brooks
Long Road

KEVIN BROOKS

LONG ROAD

Roman

Aus dem Englischen von
Uwe-Michael Gutzschhahn

dtv

Von Kevin Brooks sind bei dtv außerdem lieferbar:

Martin Pig
Lucas
Candy
Kissing the Rain
The Road of the Dead
Being
Black Rabbit Summer
Killing God
iBoy
Live fast, play dirty, get naked
Bunker Diary
Travis Delaney – Was geschah um 16:08?
Travis Delaney – Wem kannst du trauen?
Travis Delaney – Um Leben und Tod
Johnny Delgado – Im freien Fall
Johnny Delgado – Der Mörder meines Vaters
I See You Baby (zusammen mit Catherine Forde)
Finn Black – Warten auf den Schuss
Born Scared
Deathland Dogs
Bad Castro

MIX
Papier | Fördert gute Waldnutzung
FSC® C083411

Deutsche Erstausgabe

Umschlaggestaltung: ZERO Werbeagentur GmbH
Umschlagmotive: shutterstock.com/SMAJC, Taiga; PixxWerk, München
Gesetzt aus der Optima LT Std
Satz: Fotosatz Amann, Memmingen
Druck und Bindung: CPI books GmbH, Leck
Printed in Germany · ISBN 978-3-423-74105-7

Anmerkung des Autors

Der Autor weist darauf hin, dass die ersten Kapitel des Romans »Long Road« auf einer Bearbeitung seiner Kurzgeschichte »Five Hundred Miles« basieren. Diese ist 2016 bei Barrington Stoke erschienen.

EINS

Es war so gegen neun, als wir an jenem Sonntagmorgen den Hof verließen. In den Straßen hing eine Nieselwand, der Himmel war grau und in den Rinnsteinen spiegelte sich das Benzin in Regenbogenfarben. Während Cole und ich zusammen durch die Hintergassen von East London liefen, wirkte alles relativ normal. Nicht der Hauch einer Vorahnung lag in der Luft, nichts wies darauf hin, dass irgendwas Ungewöhnliches passieren könnte. Wir liefen in unserem typischen beständigen Bruder-Schweigen nebeneinanderher – angenehm wortlos, nur selten irgendwas sagend, weil es nicht viel zu sagen gab. Wir mussten nicht nachdenken über den Weg, denn das hier war unsere Welt, die dunkle Gegend tief eingeprägt in unsere Herzen wie eine Landkarte – die rußgeschwärzten Eisenbahnbrücken, die geschlossenen Brückenbögen, die Backsteinmauern, von Graffiti überzogen ... all das war uns so vertraut wie wir uns selbst. Während wir durch unsere Welt liefen, jeder versunken in seinen Gedanken, schimmerten die Benzinlachen unter unseren Füßen im Regen.

Ich weiß nicht mehr genau, woran ich dachte, doch wenn ich an diesen Morgen denke, sehe ich mich verloren in einem Bild von ungebrochener Wildheit, mit finster aufragenden Bergen und Adlern, die aus einem weit offenen Himmel herabschießen.

Cole dachte an Rachel, das wusste ich.

Rachel war unsere ältere Schwester. Vor sechs Monaten hatte man ihre nackte Leiche in einem abgelegenen Moorstück nahe dem Dorf Lychcombe im Dartmoor gefunden. Sie war vergewaltigt, misshandelt und erdrosselt worden. Cole und ich waren runter ins Dartmoor gefahren, um rauszufinden, was wirklich passiert war. Und wir *hatten* es rausgefunden. Und Cole hatte die Verantwortlichen bezahlen lassen für ihre Tat. Aber es hatte nichts geändert. Rachel war immer noch tot. Sie war immer noch vergewaltigt, misshandelt und erdrosselt. Und nichts konnte daran je etwas ändern. Es würde immer so *sein*, immer geschehen sein und uns immer verfolgen. Und das Schlimmste an diesem Verfolgen und an dem Schmerz, der damit einherging, war, dass es für uns dadurch weiterhin fast unmöglich blieb, einfach nur traurig zu sein wegen Rachel. Wir mussten um sie trauern. Doch selbst jetzt, sechs Monate später, kämpften wir beide immer noch damit, um unsere Schwester trauern zu können, ohne dabei ständig in Gedanken die Qual ihres Todes ertragen zu müssen.

Plötzlich spürte ich, wie Cole mich ansah.

Ich schaute zurück.

Sein Blick war nicht zu entschlüsseln.

»Was?«, fragte ich.

Er schüttelte den Kopf. »Nichts.«

Wir liefen weiter durch den Regen.

~ ~ ~

Der Pub hieß *Live and Let Live*, was nicht unpassender hätte sein können. Es war ein wenig einladender Klotz von einem Gebäude mit hässlichem grauem Gemäuer und dauerhaft versifften Fenstern. Und er hatte etwas schrecklich Totes an sich, das das Licht aufzusaugen und die Luft sowie alles im Innern und um das Gebäude herum zu verdunkeln schien. Es war so ein Ort, den niemand, der halbwegs bei Sinnen war, jemals aus freien Stücken betreten würde. Das verwitterte Schild über dem Eingang zeigte einen schlecht gezeichneten Löwen, der Seite an Seite mit einem ebenfalls schlecht gezeichneten Lamm lag.

Es war noch zu früh, als dass der Pub aufhatte, aber genau deshalb waren wir zu dieser Morgenstunde dort. Wir waren nicht zu unserem Vergnügen hier – nicht, dass es für uns ein Vergnügen gewesen wäre, wenn der Laden offen gehabt *hätte* –, wir waren aus geschäftlichen Gründen da.

Ein schmaler Durchgang seitlich vom Haus führte zu einer Tür, die zwar zu, aber nicht verschlossen war. Wir öffneten sie und traten in einen Flur, der nach Bier, Desinfektionsmittel und irgendwas Säuerlichem roch. Der Geruch blieb, als wir dem Flur bis zu einem engen Vorraum folgten. Am einen Ende gab es einen Spielautomaten, am andern war eine Tür mit der Aufschrift *BAR*. Gerade als Cole einen braunen A4-Umschlag aus seiner Tasche zog, hörten wir plötzlich laute Stimmen von jenseits der Tür. Wir blieben stehen und lauschten. Die Stimmen erstarben für einen Moment, dann hörten wir sie erneut – Männerstimmen, zwei oder drei … ein herausplatzendes schweres Lachen … ein empörter Aufschrei, *nicht* von einem Mann … und dann ein nicht menschlicher Laut, ein hohes Tschilpen wie von einem kleinen Vogel.

»Was ist das?«, fragte ich Cole.

»Weiß nicht …«

»Du hast mir doch gesagt, nur wir und Roy English würden da sein.«

Cole zuckte mit den Schultern. »Das hat er zumindest behauptet.«

Wieder ein Aufschrei, ein Schlag … neues Gelächter.

»Das ist aber nicht Roy, oder?«, fragte ich.

Cole schüttelte den Kopf. »Bringen wir's hinter uns und dann nichts wie weg hier, okay?«

Ich antwortete nicht. Ich spürte etwas … etwas, das von jenseits der Tür kam … das Geflüster von etwas Unbekanntem. Es tauchte kurz auf, dann war es weg, als wäre es nie da gewesen.

»Was ist?«, fragte Cole leise.

»Nichts …«

»Komm schon, Rube. Spuck's aus.«

»Ehrlich, ist nichts … ist bloß, du weißt schon … ist bloß, ich …«

Ich sprach nicht weiter, starrte nur auf die Tür zur Bar. Ich hörte noch immer Stimmen, doch sie waren jetzt ruhiger, leiser. Ich sah Cole an und wusste, woran er dachte – ich wusste es immer. Er dachte an mein Unwohlsein, wenn ich unter Leuten war, die ich nicht kannte, und er war sich ziemlich sicher, dass das der Grund für mein Zögern sei. In gewisser Weise stimmte das auch. Die Aussicht, in eine Kneipe zu gehen und mit einer Gruppe vollkommen Fremder zusammenzustehen, *war* sehr beunruhigend, aber es gab noch etwas anderes. Ich wusste nicht, was es war. Es war etwas so Formloses und Unbeschreibliches, dass ich es Cole unmöglich hätte schildern können, selbst wenn ich gewollt hätte.

»Alles gut, Rube«, sagte Cole. »Du musst nicht mit reinkommen, wenn du nicht willst. Du kannst auch draußen warten ... dauert nur eine Minute.«

Ich grinste ihn an. »Und wer soll auf dich aufpassen, wenn ich nicht da bin?«

Ein seltenes Lächeln zeigte sich auf seinem Gesicht. Es hielt nicht lange an, doch für mich war es genug. Wir öffneten die Tür und traten in den Schankraum.

ZWEI

Der Schankraum bildete ein großes Rechteck mit Dutzenden Tischen und Nischen sowie einer Theke, die sich die ganze Wandbreite gegenüber dem Haupteingang entlangzog. Der Raum war noch nicht aufgeräumt vom letzten Abend, auf den Tischen standen noch die leeren Gläser, Flaschen, halb leeren Chipstüten und was sonst noch alles. Die Luft war abgestanden und schwer von einer Mischung aus dem Parfüm, dem Schweiß und dem Alkohol der letzten Nacht.

Der Wirt, Roy English, stand hinter der Theke – mit einem Glas Whisky in der einen und einer Zigarette in der anderen Hand. Seine rattenhaften Augen fixierten uns, seit wir hereingekommen waren. Für einen kurzen Moment hatte er verwirrt gewirkt. Nicht, weil er uns nicht erkannte – er kannte uns ganz genau –, doch er schien sich zu fragen, was wir bei ihm wollten. Und irgendwas an unserer Gegenwart machte ihn nervös. Er versuchte es zu verbergen – zeigte ein schiefes Lächeln und hob sein Glas in unsere Richtung –, doch das machte die Falschheit nur umso auffälliger. Und so wie er immer wieder hastige Blicke zu einer Gruppe von Leuten hinüberwarf, die um einen Tisch in der Mitte des Schankraums saßen, war klar, dass sie der Grund für seine Nervosität waren.

Sie waren zu viert und es waren ihre Stimmen gewesen, die wir durch die Tür gehört hatten. Zwei von ihnen waren Männer, die ich noch nie gesehen hatte, doch der Dritte kam mir vage bekannt vor. Er war ziemlich alt – so um die siebzig, schätzte ich –, aber er hatte absolut nichts *Ältliches* an sich. Er war schlank, der Körper stramm, das Gesicht von tiefen Furchen durchzogen, seine silbergrauen Haare hatte er nach hinten gegelt. Sein Blick war der eines Mannes, der bekam, was er wollte, und dem es egal war, wie. Einer der beiden anderen Männer war groß und schwer, eine massive Muskelmasse, mit rasiertem Schädel und schlecht tätowierten Tattoos auf den Handrücken. Seine Augen waren irgendwie unheimlich, das Weiße durchsetzt von einem schaurigen rosalichen Ton, und dieses Unheimliche wurde noch verstärkt von den dicken Gläsern seiner Nickelbrille. Er war vermutlich so um die fünfzig, vielleicht etwas älter. Der dritte Mann wirkte wesentlich jünger als die beiden, Mitte zwanzig höchstens – schlank, kantig und durchgestylt … so einer, der an keinem Spiegel vorbeikann, ohne sich selbst zu bewundern. Obwohl er eine Jacke trug, war die Automatikpistole, die in einem Schulterhalfter steckte, nicht schwer zu entdecken. Ehrlich gesagt hatte ich das Gefühl, er ließ sie uns ganz bewusst sehen.

Die vierte Person am Tisch war ein junges Mädchen. Sie war etwa sechzehn, siebzehn, ungefähr so alt wie Cole, was bedeutete, dass sie ein paar Jahre älter als ich war. Das Mädchen trug Jeans und einen Hoodie mit Karomuster. Vom ersten Moment, als sie uns ansah, war klar, dass sie nicht zu den andern gehörte, auch wenn sie bei ihnen saß. Offensichtlich kannte sie die Männer nicht, mochte sie nicht, wollte nicht mit ihnen hier sein. Wieso war sie dann bei ihnen?

Mir fiel darauf keine Antwort ein.

Alle drei Männer tranken und rauchten. Sie waren der Typ Mann, der rauchte, wann und wo immer er wollte. Die Möglichkeit, dass es vielleicht nicht erlaubt war, tauchte bei ihnen gar nicht erst auf. Der Tisch stand voll mit Alk – Whisky- und Wodkaflaschen –, doch keiner von ihnen wirkte betrunken. Ob das hieß, dass sie noch nicht lange da waren, konnte ich nicht sagen. Mir war nur eines klar: Diese Männer waren voller Grausamkeit und gewalttätig. Und was immer sie mit dem Mädchen vorhatten – es war eindeutig nichts Gutes.

Der mit dem zerfurchten Gesicht und den nach hinten gegelten Haaren schaute jetzt zu Roy English herüber und sein Blick sagte: *Verdammte Scheiße, wer sind diese Jungs und was machen die hier?* Roy antwortete mit dem Heben seiner Handflächen und einem beruhigenden Kopfschütteln – *Alles gut, ich kenn die zwei … die sind okay.* Das Furchengesicht zuckte die Schultern, offenbar zufrieden, und richtete seine Aufmerksamkeit jetzt auf irgendwas auf dem Boden zu seinen Füßen. Ich konnte nicht sehen, was es war.

Der schlanke junge Typ beugte sich über den Tisch und schob sein Gesicht direkt vor das des Mädchens. Zuerst reagierte sie nicht – zog sich nicht zurück, schaute nicht weg –, aber dann sagte der Typ etwas zu ihr und wollte ihre Haare streicheln, da sprang sie wütend von ihrem Stuhl, stieß mit dem Zeigefinger in seine Richtung und schrie in sein grinsendes Gesicht.

»Ich *hab's* dir gesagt!«, fauchte sie. »Noch ein Mal –«

»Was denn?«, fragte der Typ grinsend. »Was soll ich noch ein Mal?«

»Wenn du mich noch ein Mal anfasst, verdammte Scheiße, bring ich dich um!«

»Ooooh … jetzt machst du mir aber Angst«, erwiderte der schlanke Typ, zog sein Gesicht zurück und hob die Hände in vorgetäuschter Kapitulation.

Er hatte einen fremden Akzent, den ich nicht zuordnen konnte, und als er sich kurz zu dem Großen mit den gruseligen Augen umdrehte und ihm etwas zuraunte, war klar, dass er mit dem Mädchen nicht einfach bloß seine üblen Spielchen trieb. Der Große nickte, dann richtete er den Blick auf sie und stierte sie an wie ein Metzger sein Fleisch.

Ich schaute zu Cole. Er starrte mit eisiger Ruhe im Gesicht zu dem Mädchen und den drei Männern hinüber. Sein Blick erfasste die gesamte Szene.

»Cole?«, sagte ich leise.

Er antwortete nicht, sondern starrte nur weiter …

~ ~ ~

Und ich weiß, was er jetzt fühlt. Ich bin Teil von ihm … fühle, was er fühlt … über das Mädchen. Er versucht sich einzureden, dieses Gefühl, es ist nichts … es ist nur was Körperliches. Ihm gefällt, wie sie aussieht, sonst nichts. Ihr Gesicht, ihre Augen, ihr Mund, ihre Lippen … alles. Sie gefällt ihm. Mehr ist es nicht – eine körperliche Anziehung. Ganz einfach. Es hat nichts zu *bedeuten*, oder?

Doch genau das ist das Problem. Was immer dieses

Gefühl ist, es bedeutet ihm etwas ... aber was, kann er nicht sagen, und das gefällt ihm nicht.

~ ~ ~

»Cole?«, sagte ich, wieder ganz ich selbst. »Was denkst du –?«

»Geht uns nichts an«, antwortete er, den Blick noch immer auf die Männer und das Mädchen fixiert. »Ist nicht unser Problem.« Seine Stimme klang seltsam fern, als ob er mit sich selbst reden würde.

»Ist aber trotzdem nicht in Ordnung, oder?«, fragte ich.

»Die Welt ist voll von Dingen, die nicht in Ordnung sind.«

Es war ein alberner Satz und Cole wusste es.

Er seufzte. »Wir können nichts für sie tun, Rube. Mindestens einer der Männer hat eine Waffe, und selbst wenn wir ihr helfen *könnten* ...« Er schüttelte langsam den Kopf. »Du weißt, wer der Alte ist, oder?«

»Ich glaube, ich kenn ihn irgendwoher ...«

»Dad kannte ihn, vor vielen Jahren. Kam ein paarmal zu uns auf den Schrottplatz –«

»Frank Skender«, sagte ich, als mir der Name plötzlich wieder einfiel.

Cole nickte.

Ich schaute erneut zu dem Tisch und konzentrierte mich auf Skender, als ich begriff, was Cole mir sagen wollte. Frank Skender war der Kopf einer der mächtigsten kriminellen Banden in London. Er war seit Jahren im Geschäft und bekannt – und gefürchtet – wegen seiner skrupellosen Brutalität. Wer Frank Skender in die Quere kam, war so gut wie tot.

Ich wusste, Cole hatte recht – es wäre Wahnsinn, gegen Skender anzugehen – und das einzig Vernünftige schien, sich um unsere Dinge zu kümmern und uns nicht einzumischen. Das war eigentlich ganz leicht. Wir mussten nur ignorieren, was zwischen den drei Männern und dem Mädchen lief, uns das holen, weshalb wir gekommen waren, und dann raus und ab nach Hause. Ich schaute zu Cole, um zu sehen, ob er dasselbe dachte wie ich, als plötzlich Roy English vom Tresen herüberrief: »Hey, Cole ... wartest du auf den Bus oder was?«

DREI

Als wir zur Theke hinübergingen, hörte ich erneut das vogelartige Tschilpen, diesmal gefolgt von ein paar leisen kleinen Quieklauten, die mehr nach Maus als nach Vogel klangen. Die Laute schienen aus der Richtung des Tischs zu kommen, doch als ich kurz rüberschaute, sah ich nichts als die drei Männer und das Mädchen. Das Mädchen setzte sich gerade wieder. Sie ließ sich auf ihren Stuhl fallen, als wenn sie genug von dem Ganzen hätte und sie alles nichts mehr anginge. Doch plötzlich machte sie eine Bewegung, beugte sich abrupt nach vorn und fasste hinab auf den Boden an Skenders Füßen, wahrscheinlich um an das ranzukommen, was er dort unten festhielt und wonach er vorhin geschaut hatte. Der Jüngere, dieser schlanke Typ, reagierte beinahe sofort, sprang auf, packte den Arm des Mädchens und riss sie zurück. Sie schoss hoch und wollte ihre Faust gegen seinen Kopf schleudern, aber er zog ihn rechtzeitig locker zur Seite. Danach versuchte sie ihren Arm aus dem Griff loszureißen, aber egal wie heftig sie zerrte und zog, es half nichts. Der Typ stand bloß grinsend da und tat nichts, um sie aufzuhalten. Und dann, als sie die Zähne zusammenbiss und noch einmal mit aller Kraft zerrte, ließ er sie plötzlich los und sie taumelte mit Schwung rückwärts quer durch den Schankraum.

Es geht uns nichts an, sagte ich mir, schaute weg und dachte, *vergiss es. Ist nicht unser Problem … wir können ihr nicht helfen … und selbst wenn …*

»Alles okay, Jungs?«, hörte ich Roy English sagen. »Wie geht's so?«

Wir hatten die Theke erreicht und Roy warf uns ein Lächeln zu, das er für entspannt und freundlich hielt. Es war das gleiche Lächeln, mit dem er uns immer begrüßte, und ich habe nie verstanden, warum er sich diese Mühe machte. Wir wussten alle, dass es nicht echt war. Er mochte uns nicht und wir mochten ihn nicht, doch jetzt ging es um etwas Geschäftliches und ob wir einander mochten oder nicht, spielte keine Rolle.

»Was zu trinken?«, fragte Roy Cole. »Cola? Limo? 'n Wasser? Oder vielleicht was Stärkeres?«

Seine Stimme verlor sich, als Cole einen braunen Umschlag vor ihn auf den Tresen legte.

»Was ist das?«, fragte er.

»Fahrzeugpapiere und Scheckheft.«

»Scheckheft?«

»Kfz-Scheckheft … die Unterlagen, die Sie für den BMW wollten. Das Fahrzeugheft.«

»Ach so, ja … richtig …« Roy grinste. »Mein Gedächtnis ist echt schlimm. Muss mir alles –«

»Haben Sie das Geld?«

»Ja, klar. Kein Problem.«

Er ging zur Kasse, öffnete sie und nahm etwas Geld raus, dann kam er zurück und legte fünf £20-Scheine auf den Tresen.

Cole starrte das Geld an, dann sah er zu Roy hoch. »Was soll das?«

»Was meinst du?«

»Das sind nur hundert. Fehlen noch fünfzig.«

Roy schüttelte den Kopf. »Joe hat hundert gesagt.«

»Hat er nicht.«

»Sorry, Cole, aber er hat mir eindeutig gesagt, dass es hundert kostet.«

»Ruf ihn an.«

Roy zögerte. »Ich will dich nicht übers Ohr hauen, Cole … würd ich nie machen, das weißt du doch.«

Cole drehte sich zu mir um. »Gib mir dein Handy.«

»Nein, ist schon okay«, sagte Roy schnell. »Ich weiß es jetzt wieder. Hundert für die Fahrzeugpapiere und fünfzig für das Scheckheft.« Er grinste erneut. »Hab ja gesagt, mein Gedächtnis ist schrecklich.«

Er ging wieder zur Kasse und kam mit weiteren Fünfzig zurück, die er zu dem restlichen Geld auf den Tresen legte. Cole sah ihn einen Moment an, dann griff er nach den Scheinen. Gerade als er das Geld nehmen wollte, durchstach plötzlich ein Schrei die Luft. Wir wirbelten beide herum und schauten instinktiv zu dem Mädchen, doch nach dem anfänglichen Schock begriffen wir, dass der Schrei nicht von ihr stammen konnte. Es war kein menschlicher Laut, das war klar. Er stammte von einem Tier. Vom Klang allein hätte ich wahrscheinlich nicht gewusst, was für ein Tier so ein Geräusch macht, doch ich musste nicht lange raten. Es saß da, mitten auf dem Tisch vor Skender … ein kleiner brauner Affe. Ich konnte ihn sehen. Kopf und Brust waren weiß, er hatte ein rundliches Gesicht und einen Schwanz, der so lang war wie sein ganzer Körper. Der Affe war etwa so groß wie ein kleiner Hund. Und er trug eine Windel, dazu ein Halsband mit Leine. Skender hielt die Leine und der Große mit den gruseligen Augen nahm gerade eine Transportbox vom Tisch und stellte sie auf den Boden. Der Affe wirkte ängstlich und verwirrt, seine Augen schossen ständig umher und jetzt sah ich, dass er eine Zigarette in seiner Pfote hielt.

Das Mädchen hatte sich vom Tisch entfernt und saß jetzt auf einem Stuhl, der etwas abseits stand. Wütend starrte sie Skender an. Die Tatsache, dass sie den Blick auf *ihn* fixierte und nicht auf den Affen, sagte mir, dass sie die Szene nicht zum ersten Mal sah. Nicht, dass das irgendetwas verständlicher machte. Es erklärte nicht, wieso ein Affe mit Windel auf dem Tisch saß und eine brennende Zigarette in der Pfote hielt.

Der Affe machte alle möglichen kleinen Laute, während er die Zigarette vorsichtig untersuchte – Piepsen, Trillern und leises Jaulen –, und dann, urplötzlich, verzog er das Gesicht zur Grimasse und schleuderte voller Ekel die Zigarette weg. Sie rollte vom Tisch und fiel auf den Boden. Der Große mit den Gruselaugen beugte sich runter, hob sie wieder auf und versuchte den Affen zu zwingen, die Zigarette erneut festzuhalten, aber der Affe wollte sie nicht. Er bleckte die Zähne und kreischte den mit den Gruselaugen an – auf einmal überraschend boshaft, wie es schien. Doch statt zurückzuweichen, fauchte der Typ zurück (in einer Sprache, die ich nicht erkannte), holte mit der Hand aus und lachte, als der Affe vom Tisch sprang und unter Skenders Stuhl huschte.

»Der hat echt Eier«, sagte das Gruselauge zu Skender. »Das kannst du mir glauben … der hat echt Eier.«

»Der ist eine Sie«, antwortete Skender, zerrte an der Leine des Affen und riss ihn unter dem Stuhl hervor. »Musst dich aber trotzdem vorsehen, vergiss nicht … die kleine Bitch kann ganz schön zubeißen.« Er sah zu dem Mädchen rüber. »Genau wie die da.«

Gruselauge grinste und drehte sich zu dem Dürren um., »Was meinst du, Jorqi? Denkst du, wir können so eine kleine Bitch wie die da brauchen?«

»Den Affen oder das Mädchen?«

»Egal … beide … was denkst du?«

Der Angesprochene, Jorqi, musterte das Mädchen. »Ist mir egal«, antwortete er lässig. »Am Ende sind die doch alle gleich.«

Das Mädchen hielt seinem Blick stand und wirkte mehr wütend als ängstlich. Dann fing der Affe erneut an zu kreischen und zu schreien, und sie schaute erbost zurück zu Skender, der den Affen packte und wieder in die Transportbox zwang. Der Affe quiekte weiter, als Skender das Türchen schloss und die Box zurück auf den Boden stellte, sich dann nach unten beugte und mit der flachen Hand draufschlug. Der Affe wurde sofort still.

Skender richtete sich auf, zündete eine Zigarette an und drehte sich zu Gruselauge um. »Also«, sagte er beiläufig. »Was ist jetzt, ja oder nein?«

Gruselauge wedelte mit der Hand – vielleicht, vielleicht auch nicht. »Wie viel?«

»Mach mir ein Angebot.«

Ich wusste nicht, ob sie um den Affen oder das Mädchen feilschten, doch worum auch immer, beides machte deutlich, was für eine Sorte von Männern sie waren. Sowohl der Affe als auch das Mädchen waren für sie nur eine Ware, die man kaufen und verkaufen konnte.

Cole wandte sich wieder zum Tresen um, sammelte die £150 ein und schob die Scheine gefaltet in seine Tasche. Roy beobachtete ihn, offensichtlich in der Hoffnung, dass wir, nachdem Cole das Geld eingesteckt hatte, endlich gehen und das hier vergessen würden – was immer *das hier* war –, aber als Cole anfing, Fragen zu stellen, sah ich, wie die Hoffnung aus seinen Augen verschwand.

»Wer sind die zwei, die da mit Skender zusammenhocken?«, fragte Cole.

Roy warf einen kurzen Blick auf die drei Männer. »Hör zu, Cole«, sagte er, schob sein Gesicht dichter an ihn heran und sagte mit gesenkter Stimme: »Ist vielleicht besser für uns alle, wenn –«

»Wer sind sie?«

Roy seufzte. »Der Große heißt Savik, der andere Jorqi. Mehr weiß ich nicht.«

»Woher kommen die?«

»Keine Ahnung.« Er warf erneut einen Blick zu den Männern. »Sie sind zusammen mit Frank reingekommen. Hab sie vorher noch nie gesehen.«

»Was macht Skender überhaupt hier? Dachte, der arbeitet jetzt oben im Westen.«

»Hat ein paar Häuser unten am Kanal.«

Cole schwieg und dachte nach.

Ich wandte mich an Roy. »Was treibt Skender denn mit dem Affen?«

Roy zuckte mit den Schultern. »Ich hab gehört, er hat ihn von irgendeinem armen Handlanger zur Tilgung seiner Schulden bekommen.«

»Warum macht er so was?«

»Weil er es kann.«

»Und warum will er ihn verkaufen?«

Roy grinste. »Wenn ich raten darf, würde ich annehmen, seine Alte hat ihm gesagt, er soll das Tier wieder loswerden.«

Das Grinsen verschwand von Roys Gesicht. Er schlug die Augen nieder und rückte näher an Cole heran.

»Die beobachten uns«, sagte er jetzt fast im Flüsterton. »Werden misstrauisch. Wenn sie glauben, ich –«

»Lassen sie Mädchen arbeiten für Skender?«

Roy schüttelte frustriert den Kopf. »Ich sag's dir doch, Cole. Ich weiß null über die beiden. Das Einzige, was ich weiß, ist –«

»Wer ist das Mädchen?«

Roy seufzte erneut. »Ich weiß nicht, wer sie ist. Ist einfach so von der Straße reingekommen.«

»Was soll das heißen?«

Roy zuckte mit den Schultern. »Sie kennt die Männer nicht oder so ... ist bloß vorbeigelaufen ... da draußen ...« Er zuckte mit dem Kopf in Richtung des Fensters, das zur Straße blickte. »Nur vorbeigelaufen, hat zufällig reingeschaut und da hat sie den Affen gesehen. Und gleich danach hämmert das Mädchen gegen die Scheibe und schreit wie wild diesen ganzen Kram von wegen Tierquälerei und dass sie die Polizei ruft und den Tierschutzverein.«

Roy unterbrach sich und blickte kurz zu Skender und den anderen. »War keine große Sache«, fuhr er fort. »Ich meine, sie war einfach bloß ein kleines Großmaul ... die hätte niemanden gerufen. Ich hab Skender gesagt, ich regel das, aber gerade als ich die Tür öffnen und ihr den Marsch blasen wollte, sagt Savik, ich soll sie reinholen.«

»Savik?«

»Ja … er hat gesagt –«

»Savik verlangt also, hol sie rein, und Sie tun, was er sagt? Richtig?«

»Na ja …«

»Obwohl Sie ihn noch nie gesehen haben?«

Roy schüttelte den Kopf. »So einfach ist das nicht, Cole. Du weißt doch, wie diese Leute sind … und abgesehen davon, wenn *ich* sie nicht reingeholt hätte, hätte es einer von denen getan.«

»Aber Sie wissen schon, was die mit dem Mädchen machen werden, oder?«

Darauf gab Roy keine Antwort und Cole verschwendete keine weitere Zeit mit ihm. Roy war, wer er war, und ihn zu beschuldigen oder bloßzustellen, brachte gar nichts. Deshalb wandte Cole seine Aufmerksamkeit wieder den drei Männern und dem Mädchen zu. Und ich stand daneben und tat das Gleiche.

Der Jüngere, Jorqi, hatte seine Einschüchterungsversuche inzwischen verschärft. Sie saß immer noch auf dem Stuhl etwas abseits vom Tisch, Jorqi stand über sie gebeugt – die Arme rechts und links an ihrem Kopf vorbei ausgestreckt und die Hände auf die Rückenlehne gelegt … sein Gesicht nur Zentimeter von ihrem entfernt. Er grinste sie an. Sie ignorierte ihn und versuchte ihm nicht die Genugtuung zu geben, ihr Angst zu machen. Ich sah, wie er über die Schulter zu Cole blickte, ihn offen provozierte, etwas zu tun, aber dann plötzlich verschwand das Grinsen und sein Gesicht schwang herum, als das Mädchen sich unter seinen Armen durchduckte, aufsprang und sich ihm entgegenwarf. Sie boxte und trat, versuchte ihm die Augen auszukratzen, kreischte, fluchte und spie. Jorqi schien zunächst überrascht und wirkte für einen Moment so in Rage, dass ich Sorge hatte, er würde sie umbringen, aber fast noch im selben Moment legte sich seine Wut und er war wieder der Alte, der sich mokierte, sie angrinste und weiter anstachelte …

Während all das lief, waren Skender und Savik tief in ein Gespräch vertieft. Sie schienen sich nicht für das zu interessieren, was Jorqi da trieb, so als hätten sie das alles schon erlebt. Und anscheinend hatte Jorqi ohnehin fürs Erste genug. Das Mädchen hatte die Sinnlosigkeit ihres Fluchtversuchs eingesehen und war zurück auf den Stuhl gesackt. Jorqi hatte sich abgewendet und ging am Tresen vorbei zu einer Tür auf der anderen Seite des Gastraums, die zu den Herrentoiletten führte. Er bewegte sich mit der Arroganz von jemandem, der glaubt, sorglos und ungestraft tun zu können, was immer er will. Ich spürte, wie Cole ihn beobachtete und jedem seiner Schritte folgte. Und ich wusste, mein Bruder hatte auf Autopilot geschaltet und alle Gefühle verdrängt. Selbst als Jorqi ihm einen Blick von der Seite zuwarf und ihn mit einem verächtlichen Grinsen provozierte, tangierte das Cole absolut nicht. Jorqi schien nicht wahrzunehmen, dass Cole auf den Köder nicht ansprang, sondern schaute bloß weg und ging weiter in Richtung Tür, drückte sie auf und stolzierte vollkommen sorglos hindurch.

Cole verlor keine Zeit.

»Wir brauchen ein Auto«, sagte er zu mir.

»Wann?«

»Jetzt.«

»Was für eins?«

»Egal. Welches auch immer du findest.« Er legte mir eine Hand auf die Schulter. »Geh auf demselben Weg raus, den wir gekommen sind, schnapp dir das erstbeste Auto, in das du reinkommst, und dann warte in einer Viertelstunde auf mich hinterm Haus.«

»In einer Viertelstunde?«

»Sei einfach da, so schnell du kannst, okay?«

Er warf einen Blick zu Skender, Savik und dem Mädchen hinüber, dann drehte er sich wieder zu mir um und zeigte mir mit einem Nicken, dass ich losgehen sollte.

VIER

Als ich den Pub verließ, verschwendete ich keinen Gedanken an das, was mir Cole *nicht* erzählt hatte – wieso wir ein Auto brauchten, was er vorhatte, *warum* er mir nicht alles erzählte. Einerseits, weil ich wusste, er hätte es mir gesagt, wenn dafür Zeit gewesen wäre, hauptsächlich aber, weil ich schon spürte, dass ich wieder bei ihm war.

~ ~ ~

Ich weiß nicht, wann ich das erste Mal merkte, dass ich im Innern anderer Menschen sein konnte, aber ich erinnere mich an keine Zeit, in der ich mir nicht dessen bewusst war. Es ist schwer zu beschreiben. Ich weiß nicht, wie und warum es geschieht oder was es bedeutet, und ich kann es auch nicht kontrollieren. Es passiert selten mit Menschen außerhalb der Familie und hauptsächlich bei Cole. Ich war auch ein paarmal im Innern meiner Mum und gelegentlich – aber nie auf ganzer Linie – in meinem Dad. Und auch wenn ich nie zuvor in Rachel gewesen war, in der Nacht, als sie umgebracht wurde und ihren letzten Atemzug tat, da war ich innerlich bei ihr.

Es hat mich echt lange beschäftigt, dass ich keinen

Einfluss hatte, wann – und wie und wo – es geschah. Ich ertrug es nicht, dass es etwas in mir gab, es ein Teil von mir war, das ich nicht kontrollieren konnte. Es fühlte sich wie ein Eindringling an, wie wenn etwas von mir Besitz ergriffe – oder doch zumindest von einem Teil in mir –, wie eine Art fremder, unwirklicher Parasit oder so. Es dauerte lange, bis ich damit zurechtkam, aber schließlich begriff ich, dass ich ja aus *lauter* Dingen bestand, die außerhalb meiner Kontrolle lagen. Ich konnte auch mein Herz nicht kontrollieren. Oder meine Lunge. Meine Leber, meine Nieren, mein Blut ... womöglich sogar mein Hirn. Ich kontrollierte nichts davon. Viel eher kontrollierten sie mich.

Und mit den Jahren lernte ich auch zu akzeptieren, dass ich gar nicht verstehen musste, was dieses Etwas war oder wieso ich es konnte. Die Welt ist voller Dinge, die wir nicht verstehen, und es ist nicht wichtig. Wir müssen nicht alles verstehen.

~ ~ ~

Cole ist bereits unterwegs, als ich ganz in seinem Innern bin, und als er die Tür zu den Toiletten aufdrückt und in einen schmuddeligen dunklen Flur tritt, spüre ich die Gefühlsleere in ihm. Ich spüre, dass er sich von allem befreit und entleert hat, was er nicht braucht – Wut, Hass, Vernunft, Zweifel –, bis nur noch die kalte Entschlossenheit übrig ist, das zu tun, was er tut.

Ich bin jetzt mit ihm auf dem Flur – registriere die feuchten Wände, atme die stehende Luft, sehe die verriegelte hintere Tür am anderen Ende des Gangs ... stelle mir die schmale Hintergasse vor, von der er weiß, dass sie jenseits der Tür vorbeiführt. Es gibt noch eine zweite Tür auf halber Höhe des Flurs, die mit dem Wort *MÄNNER* versehen ist. Cole zögert nicht, als er die Tür erreicht, er stößt sie auf, ohne dabei aus dem Tritt zu kommen, und geht zu den Toiletten durch. Jorqi steht an den Pissoirs, den Kopf nach hinten gelegt, die Beine breit, die Leiste nach vorn geschoben ... und ein dampfender gelber Bogen spritzt in die Schüssel. Er muss die Tür gehört haben und dass jemand reingekommen ist. Und er muss auch geahnt haben, dass es höchstwahrscheinlich Cole ist, doch er schaut sich nicht um. Wahrscheinlich denkt er, sich *nicht* umschauen ist, was ein taffer Kerl eben tut – cool, furchtlos, geringschätzig. Oder vielleicht wartet er auch darauf, dass Cole sich bemerkbar macht, damit er noch ein bisschen länger dastehen und Cole zappeln lassen kann, um sich dann langsam umzudrehen und ihn anzusehen ... ganz ruhig, gelassen, absolut kontrolliert, um Cole zu zeigen, wer hier das Sagen hat ...

Aber so wird es nicht kommen.

Cole spielt keine Spielchen. Alles, was er tut, ist, hinter Jorqi zu treten, seinen Kopf zu nehmen und gegen die Wand zu schleudern.

Ein dumpfes Knacken und Jorqi geht lautlos zu Boden, sackt in sich zusammen wie von einem Schuss. Cole schaut einen Moment lang auf ihn hinab. Der Typ ist bewusstlos – hat die Augen geschlossen, Blut strömt aus einer Stirnwunde –, doch er atmet noch. Cole geht neben ihm in die Hocke und durchsucht kurz die Taschen. Er nimmt das Portemonnaie und ein Springmesser an sich, schiebt sie in die eigene Tasche, danach fasst er in Jorqis Jacke und zieht die Pistole aus dem Schulterhalfter. Nachdem er sie hinten in den Bund seiner Jeans gesteckt hat, steht er wieder auf und geht zu einer der zwei Kabinen hinüber. Ein schäbiges Pappschild mit der Aufschrift *AUSSER BETRIEB – NICHT BENUTZEN* hängt mit Klebestreifen befestigt an der Tür und der Eingang ist durch zwei quer übereinanderlaufende Streifen von rot-weißem Sperrband blockiert. Cole reißt einen der Streifen ab, geht zu Jorqi zurück und benutzt das Band, um seine Hände hinter dem Rücken zu fesseln und an dem Wasserrohr unten an der Wand zu befestigen.

Es rührt sich immer noch nichts in Cole, während er all dies tut, und als er endlich überzeugt ist, dass Jorqi eine Zeit lang nirgendwo mehr hingehen wird, wischt er ihn ganz aus seinen Gedanken, steht auf und kehrt in den Gastraum zurück.

~ ~ ~

Ich war gleichzeitig immer auch bei mir selbst, als ich mit Cole in der Toilette stand, der gerade Jorqi erledigte. Und ich wusste genau, wo ich war und was ich tat. Ich verließ den Pub auf demselben Weg, den wir gekommen waren – durch den kleinen Eingangsbereich, an den Spielautomaten vorbei, den Flur entlang, der nach Bier, Desinfektionslösung und irgendwas Säuerlichem roch …

Ich war dort.

Und gleichzeitig war ich bei Cole, wie er zurück in den Gastraum ging und zu Savik, Skender und dem Mädchen hinübersah …

~ ~ ~

Sie hocken alle weiterhin am selben Tisch. Skender schaut etwas auf seinem Handy nach und das Mädchen streitet mit Savik und wird immer aufgebrachter. Sie gestikuliert wütend in Richtung der Box auf dem Boden, schreit und bettelt Savik an, schüttelt verzweifelt den Kopf. Savik schiebt ihr immer wieder einen Drink zu – irgendeinen toll aussehenden Cocktail, der vermutlich gespiked ist – und sie weigert sich, ihn zu nehmen, wedelt ihn weg, doch er akzeptiert kein Nein … Männer wie er tun das nie.

Cole hat genug gesehen.

»Hey, Mister«, ruft er. »Ihrem Freund geht's nicht gut.«

Alle drei sehen zu ihm rüber.

Cole hält den Blick auf Savik gerichtet. »Ist irgendwie ohnmächtig geworden … draußen, auf der Toilette.«

Savik runzelt die Stirn und sieht Skender an. »Wovon redet der? Meint er Jorqi?«

Skender zuckt mit den Schultern. »Geh mal lieber hin und schau nach.«

Savik blickt erneut zu Cole und versucht ihn einzuschätzen. Aber Cole gibt nichts preis. Nicht wissend, was er damit anfangen soll, wendet sich Savik noch mal an Skender, doch der Alte ist schon wieder in sein Handy vertieft und Savik weiß, dass er von ihm keine Hilfe erwarten kann. Er murmelt irgendwas in sich rein, dann erhebt er sich und geht auf Cole zu.

»Zeig's mir«, sagt er kurz angebunden.

Cole führt ihn durch den Ausgang und den Flur entlang zu den Toiletten, bleibt vor der Tür mit dem Wort *HERREN* stehen, tritt zur Seite und lässt ihn vor. Savik starrt ihn zweifelnd an. Cole starrt zurück. Er ist bereit zu handeln, wenn er muss, aber nach kurzem Zögern seufzt Savik, öffnet die Tür und tritt in den Toilettenraum. Cole folgt ihm und zieht Jorqis Pistole hinten aus seiner Jeans. Savik bleibt stehen, als er Jorqi am Boden liegen sieht. Er begreift fast sofort, was los ist, aber Cole steht jetzt direkt hinter ihm, und ehe Savik etwas tun kann, schlägt ihm Cole die Pistole gegen den Hinterkopf. Er fällt hart und ist ohnmächtig, noch bevor er den Boden berührt, und für einen Moment glaubt Cole, er hat ihn zu fest getroffen und getötet. Doch schon als der Gedanke zu ihm durchdringt, sieht er, dass Savik noch atmet. Er geht neben ihm in die Hocke und filzt seine Taschen, nimmt auch ihm das Portemonnaie ab – aber diesmal keine Waffe –, dann steht er auf und geht wie vorher bei Jorqi zu der Kabine, reißt den verbliebenen Streifen Sperrband ab, kehrt zu Savik zurück, fesselt seine Hände und bindet ihn neben Jorqi am Wasserrohr fest.

~ ~ ~

Ich mag Coles Gefühlsleere nicht. Ich verstehe sie und weiß, dass er nur so die Sachen machen kann, die er tun muss. Aber ich mache mir trotzdem Sorgen, er könnte sich irgendwann so abtöten, dass er nicht mehr zurückfindet.

~ ~ ~

Ich hatte den Pub jetzt verlassen und checkte die Autos, die in den Hintergassen der Gegend parkten. Wenn ich vorher gewusst hätte, dass ich einen Wagen stehlen sollte, hätte ich mein Werkzeug und meinen Laptop mitgenommen. Sie waren zwar nicht unentbehrlich – ich kam auch ohne sie klar –, aber sie hätten doch alles viel leichter und schneller gemacht.

Inzwischen hatte es aufgehört zu regnen, doch die Luft war immer noch feucht und der Himmel düster mit tief hängenden Wolken. Auch die Gassen waren düster, schwarz vor Nässe, und während ich die Bürgersteige entlanglief, spürte ich das sandige Scheuern der Regenablagerungen unter meinen Füßen.

Ich hatte kaum angefangen zu suchen, als ich auf einen Mercedes stieß. Er parkte gleich in der ersten Straße, die ich entlangging, einer schmalen Gasse ganz in der Nähe des Pubs. Ich lief in gleichmäßigem Tempo den Bürgersteig lang und probierte die Türgriffe der Autos, an denen ich vorbeikam, während ich gleichzeitig die Wagen weiter vorn und auf der anderen Straßenseite im Blick hatte, ob irgendwas Passendes dabei war. Es konnten höchstens ein Dutzend Autos gewesen sein, die ich gecheckt hatte, als ich den nächsten Türgriff probierte und spürte, wie das Schloss mit einem leichten metallischen Klick aufsprang. Ich blieb stehen, sah mich um, ob irgendwer schaute, dann richtete ich meine Aufmerksamkeit auf den Wagen. Bis dahin hatte ich ihn noch gar nicht richtig betrachtet, jedenfalls nicht direkt – hatte mich vielmehr auf die Autos weiter vorn konzentriert –, deshalb merkte ich jetzt erst, dass es ein Mercedes war. Und auch nicht irgendein alter Mercedes. Es war ein S-Klasse-Modell, eine hochglanzpolierte schwarze Limousine, die mindestens £100 000 wert war. Was überhaupt keinen Sinn ergab. Wieso parkte jemand einen hundert Riesen teuren Wagen in einer Hintergasse in East London, ohne ihn abzuschließen?

Mein Dad hat immer gesagt, wenn etwas so wirkt

wie zu gut, um wahr zu sein, ist es das womöglich auch. Und er hatte recht. Aber das hier war etwas anderes, oder? Ich wusste, mir blieb keine Zeit. Cole hatte gesagt, schnapp dir den erstbesten Wagen, in den du reinkommst, und fahr so schnell wie möglich zur Rückseite des Pubs. Und ich spürte, wie er jetzt durch den Schankraum zu Skender und dem Mädchen hinüberging …

~ ~ ~

Und da sitzt sie am Tisch, gegenüber von Skender, und beobachtet Cole mit einem unergründlichen Blick, der fast so undurchschaubar ist wie sein eigener … und ich spüre die Härte der Pistole in Coles Hosenbund, den kalten Stahl, der gegen die Haut drückt …

~ ~ ~

Ich öffnete die Tür und stieg in den Mercedes …

~ ~ ~

Cole hat den Blick auf Skender fixiert, während er auf ihn zutritt. Skender hält dem Blick stand, ruhig und fest, die Augen leer, ohne den leisesten Ausdruck. Nur für einen kurzen Moment fragt sich Cole, wie es verdammt noch mal zu dieser Situation gekommen ist. Er war doch bloß da, um ein paar falsche Papiere abzugeben und von Roy das Geld zu kassieren … er sollte jetzt auf dem Heimweg sein und mit seinem Bruder zusammen durch den Regen laufen …

Er schüttelt den Gedanken aus seinem Kopf.

Was hätte sein sollen, spielt keine Rolle. Er ist jetzt nun mal hier.

Er ist jetzt vor dem Tisch stehen geblieben, zieht die Pistole hinten aus seiner Jeans und richtet sie auf Skenders Kopf …

»Wenn du dich rührst, bring ich dich um«, sagt er zu Skender. »Kapiert?«

Skender starrt ihn an. »Du bist Baby-Johns Sohn, nicht?«

Baby-John ist unser Dad. Die Erwähnung seines Namens wirft Cole einen Augenblick aus der Spur, doch er weiß, das genau ist der Zweck – Skender weiß, was er tut –, und er beschließt, ihn zu ignorieren. Ohne den Blick oder die Waffe von Skender zu nehmen, ruft er Roy English zu, der immer noch hinter dem Tresen steht: »Das Gleiche gilt auch für dich, Roy, klar? Eine Bewegung und ich bring dich um. Hast du gehört?«

»Ja … ja, ich hör dich, Cole …«, stammelt Roy. »Ich will keinen Ärger …«

Cole blendet ihn aus und wendet sich an das Mädchen. »Bist du okay?«

Sie sieht ihn an, mit hartem, skeptischem Blick, und Cole weiß, sie traut ihm nicht. Sie traut niemandem. Sie hat ihren Glauben an die Menschen schon lange verloren. Doch als er weiter in ihre blassblauen Augen sieht, glaubt er in ihnen ein leichtes Aufweichen zu erkennen, nur eine Spur von Licht im Dunkel. Er weiß, dass er sich das womöglich bloß einbildet, dass er nur sieht, was er sehen will, und nicht das, was wirklich da ist, aber aus irgendeinem Grund scheint es keine Rolle zu spielen. Er schaut bloß, sonst nichts.

»Und du glaubst, sie ist es wert?«, hört er Skender sagen.

Cole beachtet ihn nicht, sondern hält den Blick auf das Mädchen gerichtet. »Willst du hier raus?«, fragt er sie.

Sie sagt immer noch nichts, sitzt nur da, schaut zurück und versucht in Coles Augen zu lesen, herauszufinden, was er ist, wieso er das Ganze hier tut und was er tatsächlich von ihr will … denn niemand tut doch irgendwas einfach nur so, für lau. Alle wollen was.

»Okay, hör zu«, sagt Cole zu ihr. »Wir haben nicht viel Zeit. Wenn du hier rauswillst, müssen wir *jetzt* los, sofort. Und wenn nicht –«

»Ich geh nicht ohne den Affen«, erklärt sie.

Er sieht sie ein paar Sekunden lang weiter an, dann tritt er an Skender heran, bückt sich, nimmt die Box und stellt sie vor das Mädchen auf den Tisch.

»Okay?«

Sie nickt.

»Also gut«, sagt er. »Dann lass uns gehen.«

~ ~ ~

Ein lebendiges Tier hat ein Gewicht, eine Vitalität, ein Daseinsgefühl, und als Cole die Box in die Hand nahm, spürten wir beide das Leben in unseren Händen. Es fühlte sich an wie ein Teil von uns …

Uns allen.

Ich wusste nicht so recht, was »uns allen« bedeutete, doch als ich mich dranmachte, den Mercedes zu starten, sah und spürte ich, wie Cole mit dem Mädchen durch den Flur zur Hintertür des Pubs läuft. Das Mädchen trägt jetzt die Transportbox und versucht sie so ruhig wie möglich zu halten, damit der Affe nicht allzu sehr hin und her schwingt. Sie spürt jetzt auch das Lebendgewicht, genau wie Cole und ich es gespürt haben. Sie spürt das Leben des Affen, seine Angst, sein Nichtwissen ... sie spürt sein schlagendes Herz in der Handfläche kribbeln.

Cole hat die Tür jetzt erreicht.

Und ich hatte den Mercedes zum Laufen gekriegt.

Der Sound klang gut – sanft, leise und antriebsstark.

Ich bog aus der Parklücke und fuhr die kurze Strecke zum Pub.

~ ~ ~

Cole und das Mädchen warteten schon, als ich ankam. Cole hielt die hintere Tür des Pubs auf und überwachte den Flur, die Pistole seitlich nach unten gerichtet. Und das Mädchen stand direkt neben ihm und schaute durch die Tür der Transportbox nach dem Affen. Sie wirkte fast verzaubert, von allem entrückt, nur gebannt von dem Affen. Und sie lächelte. Es war das erste Mal, dass ich sie lächeln sah. Das Lächeln veränderte sie, machte sie weicher ... ließ ihre Härte aufbrechen.

Ich bremste und hielt neben ihnen an. Von Cole kam kein Wort, als ich ausstieg – bei laufendem Motor, die Tür weit geöffnet –, und für einen kurzen Moment glaubte ich ein leises Zögern in seinem Gesicht zu erkennen, doch was immer es war, der Augenblick war schon vorbei und Cole nickte mir stumm zu, so wie er es immer tat, wenn er keine Lust hatte zu reden. Ich nickte zurück, nickte auch dem Mädchen kurz zu und stieg hinten in den Mercedes ein. Sekunden später saß Cole auf dem Fahrersitz und das Mädchen setzte sich neben ihn auf den Beifahrersitz und nahm die Transportbox auf ihren Schoß.

»Okay?«, fragte Cole.

Sie nickte.

Er schaute durch den Rückspiegel zu mir und fragte mich wortlos, ob auch mit mir alles okay sei.

Ich nickte.

Für ein paar Sekunden hielt er meinem Blick stand, dann schaute er weg und legte den Gang ein. Langsam fuhren wir davon und ließen das *Live and Let Live* zurück.

FÜNF

Cole fuhr eine Weile durch das Gewirr der Hintergassen, drehte ein paarmal wieder um oder fuhr im Kreis, um sicher zu sein, dass uns niemand folgte. Es war zwar unwahrscheinlich, dass sich jemand direkt vom Pub aus an uns drangehängt hatte. Denn es war immer noch früher Sonntagmorgen und kaum Verkehr, weshalb es schwierig gewesen wäre, uns zu folgen, ohne dass wir es merkten. Doch es war nicht unmöglich und besser, man ist auf der sicheren Seite. Außerdem gab es Cole eine Ausrede, den größten Teil des Gesprächs mit dem Mädchen mir zu überlassen. Keine sehr überzeugende Ausrede zwar, denn es war ja nicht so, dass er sich ganz und gar aufs Fahren konzentrieren und ständig nach Verfolgern Ausschau halten musste, weshalb er unmöglich nebenbei noch mit ihr sprechen konnte. Doch ich wusste, wieso er schwieg. Ich spürte, wie sein Herz schlug, spürte die Schmetterlinge in seinem Bauch, die unvertrauten Gefühle von Verlegenheit und Befangenheit, die in seinem Kopf umhergeisterten. In dieser Gefühlslage konnte er unmöglich mit dem Mädchen reden. Er würde sich nur zum Idioten machen.

Und er musste sich auch keine Gedanken machen, dass er es ausgerechnet mir überließ, mit jemandem zu reden, den ich nicht kannte, denn er spürte, dass das Mädchen mir nicht wie eine Fremde vorkam, sodass ich mit ihr sprechen konnte ohne die Angst, die mich sonst überkommt, wenn ich unter Menschen bin, die ich noch nie gesehen habe.

Und er hatte recht.

Ich fühlte mich zwar nicht vollkommen locker, doch als ich mich in die Mitte der Rückbank kauerte und zwischen den beiden Vordersitzen vorbeugte, um mit dem Mädchen zu reden – und hoffentlich einen Blick auf den Affen zu ergattern –, zitterte ich nicht total und hatte auch keinen trockenen Mund oder so. Und ich glaube, ich klang einigermaßen normal.

»Ich bin Ruben Ford«, erklärte ich dem Mädchen. »Und das da ist Cole, mein Bruder.«

Sie nickte. »Ich bin Trina.«

Sie sah mich an, als ich lossprach, und dann, fast im selben Moment, drehte sie sich zu Cole um. Er schaute kurz zurück, warf ihr ein halbes Lächeln zu und nickte flüchtig mit dem Kopf, dann richtete er den Blick wieder auf die Straße. Der Hauch eines Flackerns flog über Trinas Gesicht – zu flüchtig, um es irgendwie festzumachen –, doch es war schnell vergessen, als sich der Affe aus der Transportbox meldete und eine Reihe seltsamer kleiner Klacklaute ausstieß. Trina hob die Vorderseite der Box an und spähte zu dem Affen hinein. Ich konnte sehen, wie er zurückstarrte, die Augen erregt von einer Mischung aus Neugier und Angst. Ohne sie aus dem Blick zu lassen, neigte er den Kopf zur Seite und studierte sie aus einem anderen Winkel. Trina reagierte, indem sie seine Bewegung nachahmte und *ihren* Kopf ebenfalls zur Seite neigte. Der Affe schien fasziniert. Trina beugte sich dichter an die Transportbox heran und machte leise *Tock-tock*. Der Affe horchte, dann gähnte er und zeigte dabei eine rosa Zunge, saubere weiße Zähne und zwei erschreckend scharfe Hauer.

Ich beugte mich weiter vor, um ihn besser sehen zu können. Und ich erkannte, dass der Affe langsam ein bisschen mutiger wurde. Er hatte sich näher zur Tür hinbewegt und betrachtete alles, was er sehen konnte, einschließlich mich. Und als er mich entdeckt hatte, konnte er gar nicht mehr aufhören, mich anzusehen. Er saß bloß da und starrte mir in die Augen. Und sein rundliches, beinahe wulstig wirkendes Gesicht war so ausdrucksstark, dass es mich fast in einen Bann versetzte.

Es war unmöglich, in dieses Gesicht zu schauen und nicht den Grad an Intelligenz, Bewusstsein und Emotionalität zu erkennen, den wir allgemein – und arroganterweise – ausnahmslos uns Menschen zuschreiben.

»Ich glaub, sie mag dich«, sagte Trina leise.

Ich lächelte. Das Affenweibchen jaulte.

»Sie ist ein Kapuzineraffe.«

»Ein was?«

»Ein Kapuziner ... das ist die Art, zu der sie gehört. Ich glaub, sie ist ein Jungtier, noch nicht ganz ausgewachsen.«

»Woher weißt du das?«

Ehe ich antworten konnte, mischte sich Cole ein. »Ruben ist ein Genie. Der weiß so ziemlich alles.«

»Echt?«, sagte Trina, nicht sicher, ob er es ernst meinte.

»Hör nicht auf ihn«, antwortete ich. »Er denkt schon,

du bist ein Genie, wenn du dir selber die Schuhe zubinden kannst.«

Cole lächelte.

Trina sah ihn einen Moment an, dann drehte sie sich wieder zu mir um. »Woher weißt du also von diesen Dingsbums-Affen ...?«

»Kapuzineraffen«, half ich ihr.

»Ja, genau.«

Ich zuckte mit den Schultern. »Gab mal vor ein paar Jahren eine Doku im Fernsehen. Es ging da nicht wirklich um Kapuzineraffen, aber sie wurden ein paarmal erwähnt ... und ich hab dann über sie nachgelesen ...«

»Er liest ständig«, ergänzte Cole. »Und er erinnert sich an alles.«

»An alles?«, fragte Trina.

Ich schüttelte den Kopf. »Nur an das, woran ich mich erinnern *will*.«

»Wie zum Beispiel an Kapuzineraffen.«

»Genau.«

~ ~ ~

Danach fuhren wir eine kurze Zeit schweigend weiter. Es war die erste Gelegenheit, seit wir den Pub betreten hatten, einfach bloß dazusitzen und nachzudenken – was passiert war, was wir getan hatten, was wir jetzt machen sollten. Ich wusste, dass Cole innerlich mit sich rang. Ich hatte es in seinen Augen gesehen, als er mit Trina sprach. Und jetzt gerade spürte ich es in seinem Schweigen. Er war verwirrt, hin- und hergerissen, verunsichert von dem, was mit ihm geschah. Trina schaute immer noch in die Transportbox, ihr Blick war weiter auf die Äffin fixiert, doch ich hatte das Gefühl, als ob sie durch das Tier hindurchschaute und etwas suchte, das zu weit weg war, um es zu sehen.

Auch ich beobachtete immer noch die Äffin und das war alles, worauf ich mich konzentrierte. Alles andere war zu viel – zu chaotisch, zu kompliziert. All das, woran ich in Bezug auf die Äffin dachte, war nicht leicht, nicht erfreulich, aber es war einfach, geradlinig, real – die Transportbox war zu klein für sie, sie war darin eingepfercht ... ihr Halsband saß zu eng, das Fell darunter war bis auf die Haut weggescheuert ... sie war verstört, hatte Angst ...

Sie war ein *Tier*. Sie gehörte in keine Plastikbox, in kein Auto, in keinen Pub. Und nicht in die Hände von einem Mann wie Skender.

Es war falsch.

Einfach nur falsch.

~ ~ ~

»Wohin fahren wir?«, fragte Trina.

Wir hatten gerade die Abkürzung durch ein verlassenes Industriegebiet genommen – leer geräumte Lagerhäuser, ausgebrannte Autos, vergessene Container voll Müll und Schutt – und jetzt fuhren wir durch die vertraute Düsternis der hohen Mauern in der East Dock Road, was bedeutete, dass es nur noch wenige Kilometer bis nach Hause waren.

»Wo willst du denn hin?«, fragte Cole Trina.

»Wie meinst du das?«

»Na ja, du weißt schon ... mit dem Affen. Wo willst du ihn hinbringen?«

Trina zuckte mit den Schultern. »Keine Ahnung … Um ehrlich zu sein, hab ich noch nicht so recht drüber nachgedacht.«

Cole schwieg einen Moment, doch es war nicht schwer, sich vorzustellen, was er dachte. *Was soll das heißen, du hast noch nicht drüber nachgedacht? Wie kannst du nicht drüber nachgedacht haben?*

»Das heißt, du hattest gar keinen richtigen Plan oder so?«, sagte er, offensichtlich um einen Plauderton bemüht. »Ich meine, als du den Affen gesehen hast und in den Pub rein bist, was hast du gehofft zu erreichen?«

»Weiß nicht … ich war einfach …« Sie schüttelte den Kopf. »Es war einfach nicht richtig … die haben ihr Drinks gegeben und Zigaretten … die haben sie ausgelacht und ihr Angst gemacht … sie behandelt wie ein verfluchtes scheiß Spielzeug.« Trina schwieg einen Augenblick, um sich zu beruhigen. »Da konnte ich doch nicht vorbeigehen, oder? Ich *musste* doch irgendwas tun. Das war mein einziger Gedanke in dem Moment … ich muss irgendwas tun.« Sie drehte ihr Gesicht zu Cole. »Das reicht ja wohl, oder?«

»Klar …«

»Du hast doch das Gleiche gemacht.«

»Was soll das heißen?«

»Du bist auch nicht einfach gegangen und hast mich im Pub zurückgelassen, oder? Du musstest auch irgendwas tun. Es war ja klar, dass die Typen nichts Gutes vorhatten.«

Cole schwieg

»Hattest *du* einen Plan?«, fragte ihn Trina. »Wusstest *du*, was du tun würdest, wenn du mich da raushast?«

Coles Schweigen beantwortete ihre Frage. Ich war ziemlich sicher, dass er ihr nicht zustimmte – er fand *nicht*, dass ihr zu helfen das Gleiche war, wie dem Affen zu helfen –, doch er wusste, es hatte keinen Sinn, darüber zu streiten. Es würde nichts bringen. Deshalb fuhr er einfach weiter. Trina saß bloß da und ich spürte, wie sich das Schweigen zwischen ihnen verkrampfte, angespannter wurde und jeden Moment explodieren würde. Ich fühlte mich unbehaglich, aber ich wusste nicht, ob ich eingreifen sollte. Doch als ich auf einem Parkplatz den Imbisswagen entdeckte, dachte ich plötzlich, das ist meine Chance.

»Lass uns da anhalten und ein bisschen Wasser für die Äffin holen«, sagte ich und nickte in Richtung des Imbisswagens. »Vielleicht kriegen wir da ja auch was zu essen.«

Cole warf einen Blick zu Trina. »Was meinst du?«

»Ja ... ich glaub, das würd ihr gefallen.«

~ ~ ~

Zehn Minuten später stand der Mercedes auf dem Parkplatz hinter einem Container-Laster und wir drei sahen zu, wie die Äffin das fettige Fleisch von einem Burger wegmampfte. Kapuzineraffen sind Allesfresser – sie fressen, was sie kriegen –, deshalb hatten wir bei dem Imbisswagen eine ganze Auswahl besorgt. Und dann hatten wir alles auf dem Rücksitz ausgebreitet, die Transportbox danebengestellt und die Käfigtür geöffnet. Zuerst war die Äffin ein bisschen skeptisch gewesen rauszukommen, aber wir saßen nur da, ließen ihr Zeit, und es dauerte nicht lange, da saß sie neben mir und machte sich über das Fressen her. Bisher hatte sie ein zerkleinertes Spiegelei, ein paar Bissen von einem Apfel und eine Scheibe Käse verputzt. Außerdem hatte sie einen kräftigen Schluck Wasser aus einem Plastikbecher getrunken. Und jetzt war der Burger dran. Natürlich nicht der ganze, sondern bloß das Fleisch. Die zwei Brötchenhälften hatte sie auf den Boden geworfen.

Das Zeug war eindeutig nicht die Idealnahrung für eine Kapuzineräffin, aber im Moment hatten wir nichts anderes. Und es war ja auch nicht so, dass sie den Imbisswagen-Mist jeden Tag kriegen sollte. Das hier war eine Ausnahme, nur was, um sie bei Laune zu halten, bis … nun ja, bis sie eben nicht mehr bei uns sein würde. Denn um ehrlich zu sein, hatten wir keine Ahnung, wie man sich artgerecht um einen Kapuzineraffen kümmert. Und die Tatsache, dass wir es gut mit ihr meinten, reichte nicht. Wir wussten zum Beispiel nicht, ob es okay war, eine Kapuzineräffin in eine Windel zu stecken oder ihr ein Halsband umzubinden und sie an der Leine zu halten. Nur weil es sich von Natur aus falsch *anfühlte*, musste es das ja nicht sein. Doch es *war* falsch. Einem Tier eine Windel anzuziehen, ist so erniedrigend, so demütigend … so ein Sinnbild für die menschliche Überheblichkeit und den törichten Glauben, dass wir die Herrschaft über jedes andere Lebewesen haben …

Oder vielleicht machte ich mir auch bloß Gedanken darüber.

Es wär nicht das erste Mal gewesen.

Aber was immer an praktischen Gründen dafürsprechen mochte, die Äffin weiterhin mit einer Windel herumlaufen zu lassen, ich konnte es einfach nicht länger mit ansehen und musste sie ihr unbedingt abnehmen. Es schien sie nicht zu stören, als ich es tat, und mir machte es auch nichts. Die Windel roch ein bisschen vollgeschissen und nass, doch die Scheiße war nicht weich – sie bestand hauptsächlich aus kleinen orange-braunen Kugeln – und stank auch nicht sehr. Sobald ich die Windel entfernt hatte, stieg ich aus dem Auto, lief zu dem Imbisswagen hinüber und warf sie in den Mülleimer. Als ich zurückkam, hatte Trina das Halsband der Äffin so angepasst, dass es nicht mehr in die Haut schnitt, doch auch nicht zu locker saß und ihr über den Kopf rutschen konnte.

»Ich wollte es eigentlich ganz abnehmen«, erzählte sie mir, »aber dann dachte ich, ist vielleicht besser, es erst mal noch dranzulassen, verstehst du … falls wir sie festhalten müssen oder so.«

»Ja, gute Idee.«

Danach saßen wir noch eine Weile rum, betrachteten die Äffin und tranken, was wir gekauft hatten – schwarzen Kaffee für mich und Cole und Cherry Coke für Trina. Dann unterbrach Cole die Stille und führte uns zurück zu der unbeantworteten Frage, was wir mit dem Tier machen sollten.

»Was hältst du von einem Tierheim?«, fragte er Trina. »Du hast doch gesagt, du wolltest eins anrufen.«

Sie zog die Stirn kraus. »Wann soll ich das gesagt haben?«

»Als du draußen vor dem Pub standst und durchs Fenster geschrien hast.«

»Von wem hast du das?«

»Von Roy English … dem Wirt. Er hat gemeint –«

»Ich hab nie was von Tierheim gesagt. Ich würde nie …«

»Wieso nicht?«

»Hab gehört, dass sie da Tiere umbringen ... du weißt schon ... die schläfern sie ein.«

»Es heißt, dass sie das nur tun, wenn es keinen anderen Ausweg mehr gibt«, mischte ich mich ein.

»Ja, klar ... das müssen sie ja sagen, oder?« Sie schüttelte den Kopf. »Ich hab doch nicht die ganze Scheiße im Pub durchgemacht, um die Äffin jetzt einschläfern zu lassen.«

Cole schlürfte seinen Kaffee. »Wusstest du, wer die Männer waren, bevor du in den Pub rein bist?«

»Nein ... spielt das eine Rolle?«

Er zuckte mit den Schultern.

»Es waren Männer«, sagte sie kalt. »Mehr musste ich nicht wissen. Das ist das Einzige, was jemand wie ich wissen muss.«

Ihre Stimme war so kalt wie der Ausdruck in ihren Augen. Es war die Kälte eines tiefen dunklen Orts, eines Orts, der nie das Licht erblickt. Und es war klar, dass Trina an diesem Ort gewesen war.

»Okay«, sagte Cole nach einer Pause und kehrte damit zu der Äffin zurück. »Wenn also Tierheim für dich nicht infrage kommt, wie sieht's dann mit einem Zoo aus?«

Trina schüttelte wieder den Kopf. »Ich steck sie in keinen Zoo.«

»Und wieso das nicht?«

»Zoos sind schrecklich ... die sind nicht besser als ein Gefängnis. Ehrlich gesagt sind sie sogar noch schlimmer. Die Leute im Gefängnis müssen wenigstens nicht diese Massen von Idioten ertragen, die sie jeden Tag begaffen und sich über sie lustig machen ... Wie würdest du das denn finden, wenn du so leben müsstest?«

Die Erwähnung des Wortes Gefängnis traf bei uns beiden einen Nerv, doch wir waren erfahren genug, um schnell drüber wegzugehen, und ich war mir fast sicher, dass Trina nichts bemerkte.

»Sie hat recht«, sagte ich zu Cole. »Zoos sind von vorgestern, selbst die angeblich guten. Die hätte man schon ewig verbieten müssen.«

Er seufzte. »Okay, also was denkst *du*, was wir mit der Äffin machen sollen, Rube? Ich meine, wenn weder das Tierheim noch ein Zoo infrage kommen.«

»Es gibt da das sogenannte Monkey House«, antwortete ich. »Es ist so was wie ein Asyl oder eine Zuflucht für Affen, die gerettet wurden. Darum ging es in der Doku im Fernsehen, von der ich euch erzählt hab.«

»Der mit den Kapuzineraffen?«, fragte Trina.

»Wie gesagt, da ging es nicht *direkt* um Kapuzineraffen, sondern um den Handel mit Tieren – du weißt schon, um Leute, die Tiere in der Wildnis fangen und sie als Haustiere verkaufen. Die retten da alle möglichen Affen – Laboraffen, die von Tierschützern befreit wurden, Affen aus dichtgemachten Zoos –, aber die meisten der Tiere sind Haustiere, Affen, die Leute nicht mehr haben wollen, die sie ausgesetzt oder schlecht behandelt haben. Und viele davon sind Kapuzineraffen, weil viele idiotische Leute denken, dass Kapuzineraffen gute Haustiere sind, und wenn die Leute dann merken, dass sie sich geirrt haben, dann versuchen sie sie einfach loszuwerden.«

Ich schwieg einen Moment und schaute nach unten zu der inzwischen windellosen Kapuzineräffin, die sich gerade einen Apfel schnappte und ihn genau betrachtete – ihn in ihren Pfoten drehte, jeden Zentimeter untersuchte und ihn begutachtete. Ihr Gesicht war quicklebendig, mit einer wilden Mischung aus Stirnrunzeln und irritiertem Flunsch. »Kapuzineraffen sind soziale Wesen«, fuhr ich fort. »Sie sind nicht dafür geschaffen, allein zu leben. Auch die Äffin hier muss mit anderen ihrer Art gehalten werden – und sie muss irgendwohin, wo sie zumindest ein vernünftiges Leben führen kann.«

»Und du glaubst, das würde sie bei dem Affenhaus haben?«, fragte Trina.

Ich nickte. »Warte, ich zeig's dir ...« Ich nahm mein Handy und googelte *»Monkey House Lochoran«*, dann ging ich auf *»Bilder«* und zeigte Cole und Trina ein paar von den Fotos. »Seht ihr? Ist echt ein schöner Ort. Nicht *riesig* oder so – das ganze Gelände ist bloß 4000 Quadratmeter groß –, aber die Gehege sind viel weitläufiger als in Zoos und es gibt richtige Bäume und so ...«

Trina beugte sich näher an das Display. Sie lächelte, während ich durch die Bilder scrollte. »Ja, das ist es ... Das ist genau der richtige Platz für sie. Sie würde es da lieben.«

»Wo ist das?«, fragte Cole.

»In Lochoran.«

»Wo?«

»In Lochoran. Das ist ein kleiner Ort an der schottischen Westküste.«

Cole blickte mich ungläubig an. »In Schottland?«

»Ja, genau.«

»Willst du ernsthaft vorschlagen, dass wir bis hoch nach Schottland fahren?«, fragte er.

»Ja … wieso nicht?«

»Weißt du, wie weit das von hier ist?«

Ich nickte. »Bis nach Lochoran sind es ungefähr achthundert Kilometer.«

»Achthundert Kilometer?«

»Ja.«

»Ist das *alles*?«

»Du hast mich doch gefragt, ob mir was einfällt, was wir mit der Äffin machen können«, erinnerte ich ihn. »Ich sage nur, was ich überlegt hab.«

»Ja, das merk ich gerade. Und ich sage dir –«

»Ich finde die Idee gut«, fuhr Trina dazwischen.

Cole sah sie an.

Sie zuckte mit den Schultern. »Ich mein ja nur …«

Cole wandte sich wieder zu mir um. »Wir fahren nicht nach Schottland.«

»Und warum nicht?«

»Weil …« Er brach abrupt ab und sah in den Rückspiegel.

»Was ist?«, fragte ich, drehte mich um und sah aus dem Heckfenster.

»Scheiße«, murmelte Cole.

Jetzt sah und hörte ich es – das flackernde Blaulicht und die heulende Sirene eines Polizeiwagens, der hinter uns die Straße entlanggerast kam.

»Suchen die uns?«, fragte Trina. In ihrer Stimme lag ein Hauch von Panik. »Was machen wir jetzt? Was, wenn die –?«

»Alles gut«, antwortete Cole ganz ruhig. »Wahrscheinlich wollen die woandershin … verhalt dich einfach normal.«

Jemandem sagen, er solle sich normal verhalten, klappt nie. Der Angesprochene wird dadurch so unsicher, dass er sich alles andere als normal verhält. Und als Trina einfach dasaß – stocksteif in ihrem Sitz, keinen Muskel bewegte, den Blick starr geradeaus gerichtet –, begriff ich plötzlich, wie auffällig wir auch ohne Trinas Überreaktion waren. Wir passten einfach nicht in einen S-Klasse-Mercedes … wir waren nicht die richtigen Leute dafür. Zunächst mal waren wir bloß ein paar Kids. Und eindeutig keine reichen Kids. Wir waren drei schmuddelige Typen mit einem Kapuzineraffen in einem fetten S-Klasse-Mercedes. Wenn die Polizisten uns entdeckten und *nicht* sofort anhielten, dann konnte mit ihnen irgendetwas nicht stimmen.

»Die halten nicht an«, sagte Cole.

Er hatte recht. Der Polizeiwagen, der sich mit großer Geschwindigkeit näherte, hatte den Parkplatz jetzt fast erreicht, machte aber keine Anstalten abzubremsen. Er musste ungefähr 120 oder 130 Sachen draufhaben und mit der Geschwindigkeit konnte er unmöglich noch rechtzeitig stoppen, um auf den Parkplatz einzubiegen. Und genauso war es. Er schoss in einem Nebel aus flackerndem Blaulicht vorbei, die Sirene änderte plötzlich die Frequenz und dann war er weg und raste in die Ferne davon.

Wir atmeten alle drei in einem kollektiven Seufzer der Erleichterung aus. Und dann drehte sich Cole zu mir um und sagte: »Wir müssen den Wagen loswerden.«

~ ~ ~

Als wir den Parkplatz verließen, versuchte ich Cole zu erklären, warum ich einen so bescheuert auffälligen Wagen geklaut hatte – er war der erste gewesen, in den ich reinkam … ich versuchte, so schnell ich konnte, zum Pub zurückzukommen – aber Cole interessierten keine Erklärungen oder Entschuldigungen.

»Mach dir keine Gedanken, okay?«, sagte er. »Vergiss es. Wir kriegen das wieder hin.«

»Ich hätte merken müssen –«

»Vergiss es, Rube«, sagte er entschieden.

Ich wollte gerade noch etwas sagen, als ich im Spiegel sah, wie er mich anblickte. Und ich wusste, es hatte keinen Sinn, mit ihm zu diskutieren, wenn er diesen Blick draufhatte. Und ich wusste, dass er ohnehin recht hatte. Also beließ ich es dabei und überließ ihn seinem Schweigen.

Es hielt aber nicht lange an.

Trina hatte die ganze Zeit seit dem Verlassen des Parkplatzes geschwiegen – einfach nur dagesessen und nachdenklich aus dem Fenster geschaut –, doch kaum hatte ich eine Minute nichts mehr zu Cole gesagt, drehte sie sich zu ihm und meinte: »Also, wo fahren wir jetzt hin?«

»Wir müssen den Wagen loswerden.«

»Das hab ich dich nicht gefragt.«

Cole sah sie an, verwirrt und etwas angefressen wegen ihrer Schroffheit. Sie sagte nichts weiter, genauso wenig wie er. Er schaute weg und achtete wieder auf die Straße.

Ich verstand die plötzliche Spannung zwischen den beiden nicht. Ich begriff nicht, woher sie rührte oder worum es ging – im einen Moment kamen sie gut miteinander klar und im nächsten saßen sie in beleidigtem Schweigen da wie zwei verzogene Blagen.

Ich wollte nicht Teil dieses Schweigens sein, deshalb ignorierte ich es und beantwortete stattdessen Trinas Frage. Der Mercedes sei zu auffallend, erklärte ich. Wir mussten ihn loswerden. Und die beste Möglichkeit, das zu tun, war, ihn zu dem Autofriedhof zu bringen, wo wir mit unserer Mum und unserem Onkel wohnten. Der Schrottplatz war keine zwei Kilometer entfernt, und dort mussten wir den Mercedes bloß in die Schrottpresse stecken und nach fünf Minuten war er nur noch ein unkenntlicher Quader Altmetall.

Trina schwieg, als ich fertig war. Sie starrte nur weiter blind durch die Scheibe. Ich versuchte nicht, sie aus ihrem Schweigen zu holen oder so – es war ihre Entscheidung, wenn sie nicht reden wollte –, deshalb lehnte ich mich zurück und sog die Vertrautheit der Welt ein, die draußen vorbeizog. Wir waren jetzt auf heimatlichem Terrain und ich kannte hier jeden Zentimeter – die Straßen, die Häuser, die verlassenen Fabriken, die Brachen, auf denen wild entsorgte Kühlschränke und jede Menge Industrieabfälle herumlagen ... es war so vertraut, dass es für mich ganz selbstverständlich wirkte. Es war, was es war.

Meine Gegend.

Mein Zuhause.

Mein Zufluchtsort.

SECHS

Der Autofriedhof lag direkt gegenüber einer T-Kreuzung, was bedeutete, dass man das Stahlblechtor von der Straße, die von Süden auf das Tor zulief, sehen konnte. Man konnte hinter dem Tor die Spitzen zweier Pyramiden aus Autowracks sehen und manchmal – abhängig davon, wo er sich gerade befand – den abgewinkelten Arm unseres Krans. Das waren meine Leuchtfeuer, der Anblick, der mir sagte, dass ich fast zu Hause war. Und ich hatte es mir zur Gewohnheit gemacht den Blick lange genug auf ihnen ruhen zu lassen, um ihnen zu sagen: Ich hatte sie nicht vergessen und würde es auch niemals tun.

Doch als wir an diesem Tag die Straße entlang auf den Autofriedhof zufuhren, hatte ich keinen Blick für irgendwas anderes als das weit offen stehende Tor und die Dutzenden von Polizisten, die auf dem Hof herumliefen.

Cole fluchte leise, bremste und hielt am Straßenrand. Danach saßen wir beide nur da und starrten durch die Windschutzscheibe. Inmitten des Wirrwarrs aus Altmetall, Maschinen und Autowracks erkannte ich drei Streifenwagen, einen Tieflader, zwei Mannschaftswagen und ein paar zivile Fahrzeuge der Kripo. Mindestens ein Dutzend Beamte in Uniform durchsuchten den Schrottplatz und die Nebengebäude und ein Technikerteam war gerade damit fertig, einen Hummer und einen Audi TT auf dem Tieflader sicherzustellen. Ein Beamter in Zivil sprach vor unserer Haustür mit einem Polizisten in Uniform und vermutlich waren weitere Kriminalbeamte im Haus.

»Ich seh nirgendwo Mum oder Joe«, sagte ich zu Cole.

»Sind wahrscheinlich drinnen.«

»Oder auf der Polizeiwache.«

»Ja, vielleicht ...«

»Wieso ist die Polizei da?«, fragte Trina. »Suchen die uns?«

»Nein«, antwortete Cole.

»Woher willst du das wissen?«

»Skender würde nie die Polizei rufen. Genauso wenig wie die zwei andern. Die würden das lieber selbst klären.«

»Was ist mit dem Wirt?«

Cole schüttelte den Kopf. »Selbst Roy ist nicht so dumm, mit der Polizei zu reden. Außerdem hätte die Polizei keine Techniker und auch keinen Tieflader angekarrt, wenn sie wegen uns da wären.«

»Und was wollen die dann?«

Cole ignorierte die Frage und sah mich an. »Ruf Arlo an. Wir müssen wissen, was los ist.«

Arlo war der Familienanwalt. Wenn irgendjemand Bescheid wusste, dann er.

Während ich mein Handy herauszog und ihn anrief, wendete Cole den Wagen und fuhr die Straße zurück. Ehe der Schrottplatz aus dem Blick verschwand, sah ich noch mal auf das Schild, das über dem Tor hing:

Ford & Söhne – Auto-Ersatzteile, Unfall-Pkws, Vans & Lastwagen, Versicherungs-Totalschäden und Fahrzeuge ohne TÜV – Ankauf gegen Barzahlung.

Irgendwas an dem Schild – oder vielleicht in mir – ließ mich überlegen, ob ich es wohl je wiedersehen würde.

Während ich wartete, dass Arlo dranging, stellte ich mein Handy auf laut und legte es auf die Armlehne zwischen den beiden Vordersitzen.

»Ruben?«, sagte Arlo, als er endlich abhob.

Seine Stimme klang so kurz angebunden und barsch wie immer.

»Was ist los, Arlo?«, fragte ich. »Auf dem Schrottplatz laufen überall Cops rum.«

»Ja, Joe hat mich gerade angerufen. Sie haben ihn und deine Mutter festgenommen wegen geheimer Absprachen zum Fahrzeugdiebstahl. Ich bin jetzt auf dem Weg zur Wache. Ist Cole bei dir?«

»Ja, ich bin hier«, sagte Cole.

»Die Polizei hat auch einen Haftbefehl für dich, Cole.«

»Was ist mit Ruben?«

»Bin mir nicht sicher. Ich prüfe das und sag Bescheid, so schnell ich kann. In der Zwischenzeit solltet ihr beide euch von dem Schrottplatz fernhalten. Ehrlich gesagt wär es gut, wenn ihr eine Weile aus der Stadt verschwindet.«

»Was heißt eine Weile?«

»Weiß ich noch nicht. Hängt davon ab –«

»Wird mit Mum und Joe alles gut? Die kriegen doch Kaution, oder?«

»Ich muss mich beeilen, Cole. Und hör mal, ruf mich nicht mehr an, okay? Ich rufe *dich* an. Verstanden?«

»Ja.«

»In Ordnung. Ich rufe an, wenn ich kann.«

Die Verbindung brach ab.

Ich sah Cole an. »Sollte das heißen, sein Telefon wird überwacht?«

»Ist wahrscheinlich eine reine Vorsichtsmaßnahme«, antwortete Cole. »Wenn die Polizei – oder jemand anderes – sein Telefon abhört, dann können die jeden lokalisieren, der anruft.«

»Warum sollte denn jemand sein Telefon abhören?«

Cole zuckte mit den Schultern. »Das weiß ich genauso wenig wie du.«

»Das heißt, wir warten einfach, bis er uns anruft.«

»Ich fürchte, das müssen wir ... jedenfalls im Moment.«

»Und was, wenn er nicht anruft?«

»Lass uns jetzt erst mal drauf konzentrieren, dass wir hier wegkommen, okay? Wenn uns die Cops finden, ist es egal, ob uns Arlo anruft oder nicht.«

~ ~ ~

Cole fährt jetzt einfach bloß – ohne bestimmtes Ziel, legt nur ein bisschen Distanz zwischen uns und den Schrottplatz und verschafft sich Zeit nachzudenken. Es gibt viel zum Nachdenken. Und das Problem ist: Das meiste ist so eng verknüpft und hängt so stark miteinander zusammen, dass es unmöglich ist, die Dinge voneinander zu trennen und einzeln durchzugehen. Und was das Ganze noch schlimmer macht, ist, wie

Trina immer wieder in seine Gedanken rutscht und er Dinge überlegt und empfindet, die keinen Sinn ergeben, und egal wie sehr er versucht, Trina aus seinen Gedanken rauszuhalten, es funktioniert nicht. Deshalb erwischt er sich dauernd dabei, wie er zu klären versucht, warum Trina sauer auf ihn ist – worüber sie sauer ist –, anstatt sich zu überlegen, was wir tun und wo wir hinsollen. Hat ihr Verstimmtsein mit irgendwas zu tun, das er getan hat? Oder gesagt hat? Und wieso spricht sie es nicht aus? Gleichzeitig fragt er sich ständig, warum ihn das so beschäftigt. Wenn sie so sauer ist, was kümmert ihn das? Ist ja nicht so, dass sie ihm etwas bedeutet, oder?

~ ~ ~

»Wo wohnst du?«, fragte Cole Trina.

»Wieso willst du das wissen?«

»Die Polizei sucht mich und Ruben wahrscheinlich auch. Wir müssen eine Weile untertauchen.«

»Und?«

»Es ist für uns sehr viel leichter, den Kopf unten zu halten und nicht aufzufallen, wenn wir bloß zu zweit sind. Wenn du mir also sagst, wo du wohnst, dann setzen wir dich da ab und –«

»Was wird aus der Äffin?«

Cole schüttelte den Kopf. »Das ist nicht mein Problem. Dafür musst du selbst eine Lösung finden. Ich weiß, das ist nicht –«

»Du kannst mich hier rauslassen«, sagte sie kalt.

Cole schaute sich um. Wir fuhren durch ein Gebiet mit lauter Fertigbau-Lagerhallen und kleinen Einkaufscentern … weit und breit war kein einziges Haus, kein einziger Wohnblock zu sehen.

»Du musst nicht sofort aussteigen«, sagte Cole. »Ich hab doch gesagt, wir fahren dich heim …«

Sie ignorierte ihn und wandte sich an mich. »Kannst du bitte die Äffin in die Transportbox zurücktun?«

Ich sah Cole an.

»Komm schon, Trina«, sagte er. »Jetzt sei nicht so.«

»Wie bin ich denn?«, erwiderte sie scharf, fuhr herum und sah ihn an. »Ich hab geglaubt, du bist anders, dabei bist du bist genau gleich. Ist es das, was du meinst? Weil ich tatsächlich geglaubt hab, dass du mich *nicht* bloß benutzt und mich dann wegwirfst … dass ich mich aber in dir getäuscht hab? Meinst du das? Ist das, wie ich *nicht sein soll*?«

Cole schwieg.

Trina starrte ihn ein paar Sekunden lang an und ich dachte, sie würde noch etwas sagen, doch stattdessen ließ sie sich in ihre alte Sitzhaltung zurückfallen und starrte wieder durchs Fenster.

Ich wusste nicht, was ich tun sollte.

Ich schaute erneut zu der Äffin hinab und checkte, wie es ihr ging. Sie schien okay, saß bloß neben mir und stieß leise Klicklaute und kleine Grunzer aus. Danach drehte ich mich um, sah durch die Heckscheibe und beobachtete eine Weile den Verkehr. Dann schloss ich die Augen … und ohne es wirklich zu wollen, merkte ich, wie ich mir all das ausmalte, was ich an Trina bemerkt hatte, worüber ich aber nicht bewusst nachgedacht hatte.

Ich dachte an ihre Fingernägel, die bis aufs Fleisch abgekaut waren und an den Rändern noch Reste von altem schwarzem Nagellack hatten. An die verblichene Telefonnummer, die sie mit Filzstift auf ihre Handfläche notiert hatte. Schaute noch einmal auf den Moment, als sie den Arm hob, um irgendwas mit ihren Haaren zu machen, der Ärmel von ihrem Shirt hochrutschte und ich kurz die Unmengen Schnittwunden und Narben auf der Innenseite des Unterarms sah. Erinnerte mich an einen anderen Moment, als sie glaubte, dass niemand guckte, und sie für ein paar flüchtige Sekunden die Maske fallen ließ und ich ihre tiefe Überzeugung erkannte, dass niemand auf der Welt für sie da war und es Zeiten gab, in denen sie einigermaßen damit zurechtkam, und andere, in denen sie es nicht schaffte.

»Trina?«, hörte ich Cole sagen.

Ich öffnete die Augen und sah, wie sie ihn anschaute.

»Tut mir leid«, sagte er. »Ich war nur ... keine Ahnung. Ich hab nicht wirklich nachgedacht. Also ... wenn du bei uns bleiben willst ...«

»Möchtest du, dass ich bleibe?«

Er lächelte. »Könnt ich mit leben.«

»Ach ja?«

Sie lächelte zurück, und als er seine Aufmerksamkeit wieder auf das Auto richtete, spürte ich das warme Gefühl, das sich in Coles Brust breitmachte.

»Die Sache ist, das mit dem Zurück-nach-Hause-Gehen, das ist ...«

»Schon okay«, sagte Cole. »Du musst nicht zurück nach Hause.«

»Kann ich auch gar nicht.«

»Mach dir keinen Kopf. Ist nicht –«

»Ich bin abgehauen.«

Cole blickte sie an. »Du bist abgehauen?«

»Mehr oder weniger, ja ...«

»Mehr oder weniger?«

»Ich hab kein *richtiges* Zuhause ... du weißt schon, kein *echtes*, so mit Familie und allem. Ich hab in einer Einrichtung gelebt, die Millside heißt. Ist so 'ne Art Wohnheim ... aber nur für Kids mit ›ernsten Problemen‹, was immer *das* heißen soll.« Sie unterbrach sich, senkte den Blick und starrte für eine Weile ins Leere, dann schaute sie wieder hoch und fuhr fort. »Ich hab's da gehasst. Hat mich alles total genervt und fertiggemacht. Ich *musste* da weg. Wenn ich noch länger dageblieben wär, dann ... keine Ahnung ...« Sie seufzte. »Hab's einfach nicht mehr gepackt.«

»Also bist du getürmt«, sagte Cole.

Sie nickte. »Ich geh nicht zurück. *Nie* mehr geh ich dahin zurück. Lieber sterb ich.«

»Du musst nicht zurück.«

Sie sah ihn an. »Aber du hast doch gesagt –«

»Ich red manchmal dummes Zeug ...«

Sie lächelte. »Ich auch.«

»Cole«, sagte ich. Ich wollte sie nicht unterbrechen, aber es blieb mir nichts anderes übrig. »Ich glaube, wir werden verfolgt.«

~ ~ ~

Wir hatten die Straßen der Stadt inzwischen hinter uns gelassen und fuhren über Landstraßen und doppelspurige Schnellwege der Vorstädte. Es war leicht, uns auf solchen Straßen zu folgen – leichter, uns im Blick zu behalten –, doch es war auch leichter zu erkennen, wenn uns jemand verfolgte. Und wer immer den blauen Audi A3 fuhr, machte es uns noch einfacher.

»Die sind schon ewig drei Autos hinter uns«, erklärte ich Cole.

»Immer drei?«

»So ziemlich.«

Er griff nach oben und richtete den Rückspiegel zurecht, um einen besseren Blick auf den Audi zu haben. »Sind zu weit zurück«, sagte er und schüttelte den Kopf. »Ich seh den Wagen, aber nicht, wer drinsitzt.«

»Zwei Männer vorn und einer hinten.«

»Polizei?«

Ich schüttelte den Kopf. »Bin mir ziemlich sicher, dass der vorn auf dem Beifahrersitz Jorqi ist.«

»Jorqi?«

»Ja.«

»Was heißt ziemlich sicher?«

»Er hat eine Verletzung am Kopf und Veilchen um die Augen.«

»Scheiße ...«

»Ist er das?«, fragte Trina.

»Scheint so. Ich hab seinen Schädel gegen die Wand gerammt.« Erneuter Blick in den Spiegel. »Was ist mit dem Fahrer und dem Typ auf der Rückbank, Ruben? Erkennst du die auch?«

»Nein.«

Er runzelte die Stirn. »Wie haben die uns gefunden? Vom Pub aus können sie uns nicht gefolgt sein. Dann hätten wir sie ja gesehen. Und wenn sie uns nicht vom Pub aus gefolgt sind ...« Er kratzte sich am Kopf. »Das ergibt keinen Sinn.«

»Spielt aber auch im Moment keine Rolle, oder?«, sagte Trina. »Alles, was jetzt zählt, ist, wie wir sie loswerden. Wir können später klären, wie die uns gefunden haben.«

»Sie hat recht«, sagte ich zu Cole.

»Ja«, stimmte er zu.

»Können wir die nicht einfach abhängen?«, schlug Trina vor und sah dabei Cole an. »Ich meine, der Wagen hier muss doch ziemlich schnell sein …«

Cole schüttelte den Kopf. »Wir fallen schon so genug auf. Das Letzte, was wir jetzt brauchen können, ist, dass wir noch mehr Aufmerksamkeit auf uns ziehen, indem wir wie die Irren durch die Gegend brausen.«

»Gibt sowieso einen einfacheren Weg, sie abzuschütteln«, erklärte ich und zog mein Handy raus.

Cole runzelte die Stirn. »Was hast du vor?«

Ich grinste. »Bin ein besorgter Bürger.«

Und bevor er die Chance hatte, noch etwas einzuwenden, wählte ich den Notruf und hielt mir das Handy ans Ohr. Es ging fast sofort jemand dran, und als mich der Typ in der Telefonzentrale zur Polizei durchstellte, erklärte ich ihnen, dass drei Männer in einem blauen Audi A3 auf der A41 in Richtung Norden führen und die Leute offenbar mit Pistolen und möglicherweise Handgranaten bewaffnet seien. Ich nannte ihm das Kennzeichen des Audi, und als der Typ nach meinem Namen fragte, legte ich auf und schaltete sofort mein Handy aus.

»Das sollte helfen«, sagte ich.

Cole schenkte mir ein zustimmendes Kopfnicken. Trina lächelte mich an, dann drehte sie sich, immer noch lächelnd, zu Cole um. Sie sagte nichts, sondern sah ihn nur an. Und dann drehte auch er den Kopf und schaute zurück und ich sah, wie sich sein Gesicht aufhellte.

~ ~ ~

Es war etwa eine Viertelstunde später, als Cole plötzlich die Möglichkeit aufbrachte, der Mercedes könnte mit einem GPS-Tracker ausgerüstet sein und dass sie uns auf diese Weise gefunden hatten.

»Spielt trotzdem keine Rolle, oder?«, sagte Trina. »Solange die Polizei auf Rubens Anruf reagiert –«

»Es macht zwar in Hinblick auf Jorqi und die zwei andern keinen Unterschied, ob wir einen Peilsender haben, wenn die Polizei sie uns vom Hals hält, aber Skender und Savik wissen dann trotzdem genau, wo wir sind.«

»Das macht keinen Sinn, Cole«, widersprach ich.

»Wieso nicht?«

»Selbst wenn es einen Peilsender gibt, kann nur der eingetragene Besitzer des Fahrzeugs das Signal verfolgen. Das würde bedeuten, dass der Besitzer eine Verbindung zu Skender haben muss, was nicht sehr wahrscheinlich ist, oder?«

»Wo stand der Mercedes, als du ihn geklaut hast?«

»In der kleinen Gasse direkt beim Pub.«

»Und wo waren Skender, Jorqi und Savik?«

Ich musste nicht antworten. Die drei waren im Pub gewesen – der Mercedes hatte direkt beim Pub gestanden. Es musste nicht zwingend eine Verbindung geben, aber sie war doch nicht ausgeschlossen. Und wenn der Mercedes mit einem GPS-Tracker ausgerüstet war, *konnte* das zumindest eine Erklärung sein, wie Skender uns aufgespürt hatte ... und es konnte auch bedeuten, dass der Audi nicht das einzige Auto war, das uns verfolgte.

»Schaut nach, ob ihr ein Handbuch oder so was findet«, sagte Cole zu Trina und mir. »Wir müssen wissen, ob der Wagen einen Peilsender hat oder nicht ... und wenn ja, müssen wir wissen, wo er sitzt und wie man ihn ausschaltet. Und wenn ihr schon gerade dabei seid, schaut auch, ob ihr irgendwelche Unterlagen mit dem Namen des Fahrzeugbesitzers findet.«

Während Trina im Handschuhfach nachschaute, durchsuchte ich die verschiedenen Taschen auf der Rückseite der Vorderlehnen. Über den Besitzer entdeckte ich nichts, aber zumindest das Handbuch. Ich brauchte eine Weile, die richtigen Passagen zu finden und durchzulesen – und es half nicht gerade, dass die Äffin dabei ständig nach den Seiten schnappte –, aber schließlich entdeckte ich doch, was wir wissen mussten.

»Es gibt einen vorinstallierten Peilsender«, erklärte ich Cole und Trina. »Der gehört zur Standardausrüstung im Fahrzeug. Das Teil befindet sich hinter dem Armaturenbrett ...« Ich beugte mich vor und zeigte auf die Stelle, wo. »... ungefähr hier. Man kommt dran, aber dazu muss man das Armaturenbrett ausbauen, was ein bisschen Fummelei bedeutet.«

»Es bedeutet sehr *viel* Fummelei«, widersprach Cole. »Wir müssten dafür irgendwo anhalten. Und *wenn* Skender uns auf dem Schirm hat –«

»Ich denke, das hat er«, sagte Trina.

Wir sahen sie beide an. Sie hatte ein paar lose Blätter

im Schoß liegen und hielt irgendein Dokument in der Hand.

»Was ist das?«, fragte Cole und schaute zu dem Blatt.

»Ein Kaufvertrag für den Wagen«, antwortete sie und reichte ihn Cole. »Der Besitzer steht drauf.«

Cole nahm ihr den Vertrag ab und hielt ihn vors Lenkrad. »Wo?«, fragte er und sein Blick sprang zwischen Vertrag und Straße hin und her.

»Hier«, erklärte sie ihm und deutete auf die Stelle. »Unter der Unterschrift ... siehst du's?«

»Verdammte Scheiße«, seufzte er.

»Was ist?«, fragte ich.

Er sah mich im Rückspiegel an. »Der Wagen gehört Frank Skender.«

SIEBEN

Okay, wenigstens wissen wir jetzt, wie wir dran sind«, sagte ich zu Cole.

»Meinst du?«

»Ich versuch nur positiv zu denken, Cole.«

»Ja? Und wie *genau* sind wir dran?«

»Gut, wir wissen, dass der Wagen Skender gehört, nicht?«, antwortete ich und überging seine schlechte Laune. »Und wir wissen, der Wagen hat einen Peilsender. Wir können uns ziemlich sicher sein, dass er uns darüber gefunden hat.« Ich schwieg und wartete darauf, dass Cole mich ansah. Kurz darauf tat er es. »Ich weiß, das ist alles meine Schuld, Cole, und es tut mir leid, ich –«

»Ist nicht deine Schuld, Ruben«, sagte Trina. »Du hast ja nicht gewusst, dass es Skenders Auto ist, oder?«

Ich schüttelte den Kopf. »Dann hätte ich es ja nicht genommen.«

»Natürlich nicht. Du hast bloß den erstbesten Wagen geklaut, in den du reinkamst … was genau dein Auftrag war.« Sie wandte sich zu Cole um. »Stimmt's?«

Cole seufzte. »Ja … ja, es stimmt. Ist nur … ich meine, ich mach dir ja keinen *Vorwurf*, Rube … ich versteh nur nicht, wie das passieren konnte, verstehst du … warum, verdammte Scheiße, wir ausgerechnet in Skenders Auto gelandet sind.«

»Er hat ihn nicht abgeschlossen, Cole. Was hat er sich vorgestellt, das passieren würde?«

»Vielleicht hat er gedacht, dass niemand so blöd ist, ein Auto zu klauen, das einem der meistgefürchteten Gangster von London gehört.«

Ich konnte mir ein Lächeln nicht verkneifen.

»Findest du das lustig?«, fragte Cole und warf mir einen Blick durch den Rückspiegel zu.

Trina drehte sich zu mir um und lachte mit, dann sah sie wieder Cole an. »Komm schon, Cole ... du musst doch zugeben, dass das zumindest ein *bisschen* lustig ist. Ich meine, ich versuch ja nicht, das Ganze zu verharmlosen oder so –«

»Was glaubt ihr, was Skender tun wird, wenn er uns findet?«, fragte Cole nüchtern. »Wir haben ihn mit einer Pistole bedroht und ihm seinen Affen geklaut. Wir haben ihn gedemütigt, ihn bloßgestellt, ihn schwach erscheinen lassen. Und jetzt stellt sich auch noch heraus, dass wir seinen Wagen geklaut haben. Wenn der uns findet, bringt er uns um. So einfach ist das. Was anderes kann er sich gar nicht leisten. Sein Ruf steht auf dem Spiel. Und ohne den ist er nichts.«

Seine Worte lasteten auf dem Schweigen, das folgte. Die Luft wirkte trist, von allem Leben entleert.

Trina schaute sich zu mir um. »Ist er immer so witzig?«

Ich lächelte.

Cole nicht.

Trina wandte sich wieder zu ihm zurück, ihr Gesicht

war jetzt ganz ruhig und ausdruckslos. »Ich bin nicht dämlich, Cole. Ich weiß, was ich für Männer wie Skender bin. Und wir wissen beide, dass er mich *nicht* umbringen würde, wenn er uns fände. Er würde was viel Schlimmeres tun und dann würde er mich zwingen, für ihn zu arbeiten, so wie all seine anderen Mädchen … und ich würde mir wünschen, er *hätte* mich umgebracht.«

Cole schaute sie an und ich sah und spürte, wie er begriff, dass sie die ganze Zeit gewusst – oder zumindest geahnt – hatte, mit was für Männern sie sich einließ und was für Geschäfte sie machten. Und Cole konnte nicht fassen, wie dumm und gedankenlos er gewesen war zu glauben, dass sie keine Ahnung über das Risko hatte, das sie einging, als sie ihnen im Pub gegenübertrat.

»Ich kenn dieses Leben, okay?«, sagte sie einfach, den Blick auf Cole fixiert. »Ich weiß, wie es läuft und wie verdammt beschissen es sein kann … ich *hab* so gelebt.« Sie zuckte die Schultern. »Und nur weil ich ab und zu drüber lachen kann, heißt das nicht, dass ich's nicht raffe. Es heißt überhaupt nichts. Ist bloß … keine Ahnung.« Sie lächelte wieder. »Einfach ein Lachen.«

Cole sah sie an, ohne richtig zu lächeln, aber mit einer Wärme, von der ich fast vergessen hatte, dass er sie besaß. Es war ein Augenblick nur für die beiden und ich schaute weg, ließ sie allein.

Die Äffin hatte sich inzwischen in ihre Transportbox verzogen und den Sitz mit verweigerter oder halb gefressener Nahrung und einer frischen Ladung orangebrauner Kügelchen vollgemüllt zurückgelassen. Ich räumte auf und schob alles in eine Tragetüte, dann drehte ich mich um, schaute wieder durch die Heckscheibe und überprüfte, ob der blaue Audi noch zu sehen war. Er war da, immer noch mit dem Abstand von drei Wagen, doch ein anderes Auto überholte ihn jetzt, und als es an dem Audi vorbei war und wieder einscherte, sah ich, wie noch ein zweites ausscherte. Doch anstatt ihn zu überholen, setzte es sich neben den Audi und hielt dessen Geschwindigkeit. Der größte Teil des Verkehrs hinter dem Audi war inzwischen zurückgefallen und die zwei Wagen, die noch hinterherfuhren, waren offensichtlich zivile Polizeifahrzeuge, so wie die andern zwei auch, und die vier hatten den Audi jetzt eingekeilt.

»Das musst du dir anschauen, Cole«, rief ich.

»Ja, hab's gesehen.«

Die vier Polizeiwagen verringerten jetzt langsam ihr Tempo, bremsten den Audi aus und stoppten ihn dann. Als Letztes, bevor wir um eine lang gezogene Kurve bogen und die fünf Wagen aus dem Blick verloren, sah ich noch, wie eine Gruppe schwarz gekleideter und schwer bewaffneter Polizisten den blauen Audi am Straßenrand umzingelte und ihre Maschinenpistolen auf die Männer im Innern richtete.

~ ~ ~

Wir fuhren weiter und versanken wieder für eine Weile in Schweigen. Die Tatsache, dass unser Plan, den blauen Audi loszuwerden, tatsächlich funktioniert hatte, wäre eigentlich ein Grund zum Feiern gewesen, doch nachdem wir jetzt wussten, dass der Coup überhaupt nichts veränderte und Skender immer noch wusste, wo wir steckten, schien alles umsonst.

Ich wollte nicht drüber nachdenken. Und da kam mir die Äffin zur Hilfe. Sie war inzwischen wieder aus der Transportbox gekommen, saß direkt neben mir, den Rücken gegen mein Bein gelehnt, und schaute nach draußen. Sie schien ganz zufrieden, einfach so dazusitzen und zuzusehen, wie die Welt an ihr vorbeiflog ... doch ich wusste, ich hatte beim besten Willen null Ahnung, wie sie sich fühlte. Sie war ein Affe. Was wusste ich über Gefühle von Affen? Was wusste ich über Gefühle, Punkt?

Und trotzdem ...

Ihr Schwanz lag locker um mein eines Bein rum und immer, wenn eine Kurve kam oder das Beschleunigen des Wagens ihr Gleichgewicht beeinflusste, spannte sie den Schwanz an und benutzte ihn quasi als Sicherheitsleine, während sie weiter aus dem Fenster sah. Ich wusste, dass sie einen Schwanz hatte, der sich zum Greifen eignete – das ist bei allen Kapuzineraffen so –, deshalb war ich nicht überrascht über das, was er mit mir machte, was ich dabei fühlte und dass ich dieses Gefühl noch nie vorher erlebt hatte. Es war etwas Besonderes – jenseits aller Worte, jenseits aller Vernunft, jenseits allen Wissens. Und als Cole den Fuß senkte und den Mercedes durch eine lange Abwärtskurve jagte, schlang die Äffin nicht nur ihren Schwanz wieder fest um mein Bein, sondern streckte auch ihre Pfote aus und griff nach dem Hosenbein meiner Jeans ... Und das war so etwas Einfaches und Wunderbares, dass es einen Moment lang alles bedeutete, was zählte und was ich mir wünschen konnte ...

~ ~ ~

Es war Trina, die uns wieder zum Reden brachte.

»Wieso können wir den Wagen nicht einfach verschwinden lassen und uns einen neuen besorgen?«, fragte sie. »Das wollten wir doch sowieso, oder?«

»Das war aber, bevor wir von dem Peilsender wussten«, erklärte ihr Cole.

»Und was ist jetzt anders? Wenn wir den Wagen los sind, sind wir auch den Sender los.«

»Skender wartet bestimmt nur auf den richtigen Zeitpunkt und den richtigen Ort, um uns zu erwischen. Und er tut es bestimmt nicht, solange wir unterwegs sind. Ist zu unvorhersehbar, zu viele Dinge könnten schiefgehen. Er wird drauf warten, dass wir irgendwo anhalten. Und wir können den Mercedes nun mal nicht loswerden, ohne anzuhalten.«

Trina nickte. »Es muss aber noch was anderes geben, was wir tun können ... Was ist, wenn wir den Peilsender ausschalten? Können wir uns nicht reinhacken oder so?«

»Wenn ich einen Laptop hätte, ging es vielleicht«, sagte ich. »Aber selbst dann –«

»Wieso können wir ihn nicht einfach rausreißen und zerstören?«

»Weil ...«

Es gab kein »weil«, merkte ich plötzlich. Und als ich Cole sah, wie er mich im Rückspiegel anblickte, war klar, dass auch er es bemerkte. Wir waren die Sache nach Vorschrift angegangen, nach dem Handbuch, und hatten idiotischerweise geglaubt, dass die einzige Möglichkeit, an den Sender zu kommen, über die umständliche Prozedur funktionierte, die uns das Handbuch bot. Aber das war nur der *korrekte* Weg, der empfohlene

Weg, und der galt für uns einfach nicht. Wir versuchten unser Leben zu retten … wir mussten tun, was immer sich an Möglichkeiten ergab.

»Wir brauchen was, das sich als Hammer eignet«, sagte ich und fing an, auf dem Boden und unter den Sitzen zu suchen. »Etwas, das stark und schwer genug ist, um das Armaturenbrett aufzubrechen –«

»Rutsch mal ein Stück zur Seite, Ruben«, unterbrach mich Trina.

»Was?«

»Ich muss meinen Sitz zurückschieben und du bist im Weg.«

Ich verstand nicht, was sie vorhatte, aber sie war schon dabei, den Sitz nach hinten zu schieben, deshalb rutschte ich eilig zur Seite, um nicht im Weg zu sein. Sie gab dem Sitz einen weiteren heftigen Schubs, damit er so weit wie möglich nach hinten glitt, dann lehnte sie sich zurück, zog die Knie hoch und rammte beide Füße gegen das Armaturenbrett. Trina traf genau die Stelle, auf die ich gezeigt hatte, die, wo der Peilsender saß. Sie traf so fest, dass sie, wenn sie schwerere Schuhe oder Boots getragen hätte, das Kunststoffteil vermutlich komplett eingetreten hätte. Aber selbst mit den Turnschuhen gelang ihr ein schwerer Riss und nach zwei, drei weiteren Tritten in kurzer Folge, alle so stark wie der erste, brach das Armaturenbrett komplett auf und man konnte mit der Hand durch das ausgefranste Loch greifen.

Trina glitt wieder nach vorn und hockte sich auf die Vorderkante des Sitzes, dann beugte sie sich an das Loch ran und schaute mit einem Auge durch.

»Wonach muss ich suchen?«, fragte sie.

»Warte, ich zeig's dir.«

Ich blätterte eilig im Handbuch und fand den Abschnitt über den Peilsender. Es gab ein kleines Foto von dem Gerät und darunter eine Zeichnung, wo es befestigt war. Ich riss die Seite heraus, schnappte mir mein Handy und schaltete die Taschenlampenfunktion an, dann reichte ich beides Trina. Sie betrachtete einen Moment lang die Bilder, dann beugte sie sich wieder nach vorn und schob Auge und Handylampe ans Loch.

Nach den Bildern im Handbuch zu urteilen – die den Peilsender halb versteckt zwischen einem Kabelstrang platziert zeigten – ging ich davon aus, dass Trina eine Weile brauchen würde, um fündig zu werden. Doch es konnten nicht mehr als fünf Sekunden vergangen sein, als sie den Kopf zur Seite drehte und Cole und mich mit einem stillen Lächeln anblickte.

»Du hast ihn gefunden?«, fragte ich.

»Kinderspiel«, antwortete sie.

»Kannst du sehen, wie das Teil befestigt ist?«, fragte Cole.

»Warte ...«

Sie schaute noch mal in das Loch, bewegte die Handylampe, um so viel wie möglich zu sehen, dann schob sie sich wortlos auf dem Sitz zurecht und fasste mit ihrer Hand rein. Die Hand passte gerade so eben durch, ohne eine Möglichkeit, an ihrem Arm entlangzusehen, deshalb konnte sie den Peilsender nur ertasten. Ich beobachtete sie – sie hatte die Augen geschlossen, um sich zu konzentrieren, tastete mit der unsichtbaren Hand nach dem Gerät – und es dauerte nicht lange, bis ich merkte, wie ihr Körper ganz still wurde, der Arm sich nicht mehr bewegte und sie die Augen wieder öffnete. Und dann schob sie ihren Körper noch mal zurecht, holte zur Beruhigung ein paarmal tief Luft und zerrte, so stark sie konnte. Und da war er, der GPS-Tracker, fest umschlossen in ihrer Hand. Und als sie den Arm ausstreckte, um uns das Teil zu zeigen, strahlte sie vor kindlicher Freude.

Es war ein guter kleiner Moment, sowohl für sie als auch für uns, und ich spürte bereits, wie er uns enger zusammenschweißte, doch dann merkte Trina, dass ihr Ärmel nach oben gerutscht war, während sie in das Armaturenbrett griff, und man die Schnittverletzungen und Narben am Arm sehen konnte. Und als sie sich schnell wegdrehte und den Ärmel herunterzog, war der Augenblick schon wieder vorbei.

~ ~ ~

Der Peilsender flog aus dem Fenster. Wir hatten in Betracht gezogen, eine falsche Spur zu legen und ihn auf einen Lkw oder so was zu werfen, aber auch wenn das im Film immer ganz leicht aussieht, ist es in Wahrheit alles andere als das. Außerdem hatten wir sowieso nicht die geistige Energie oder Klarheit, uns mit so etwas zu beschäftigen. Deshalb ließen wir den Gedanken fallen und warfen den Sender einfach bloß aus dem Fenster.

»Vielleicht sollten wir die da auch gleich mit rauswerfen, wenn wir schon gerade dabei sind«, sagte Cole, zog die Portemonnaies raus, die er Jorqi und Savik abgenommen hatte, und reichte sie mir über die Schulter.

»Soll ich das Bargeld und die Kreditkarten rausnehmen?«

»Ja.«

Es war ein ziemlicher Batzen Scheine in den Portemonnaies – alles in allem ungefähr £500 – und beide Männer hatten dazu noch ein paar Kreditkarten, alle mit unterschiedlichen Namen, aber das war's auch. Keine persönlichen Sachen, nichts, das irgendwie Aufschluss gab, wer sie waren. Ich steckte das Geld und die Karten ein und warf die Portemonnaies aus dem Fenster. Ich wusste, dass Trina mich beobachtet hatte, und als ich mich wieder zu ihr umdrehte, sah sie mich immer noch stumm an.

»Das sind Gangster«, erklärte ich ihr in Bezug auf Jorqi und Savik. »Diebstahl ist eine Lebensform für sie. Wenn Cole ihnen *nicht* die Portemonnaies weggenommen hätte, wären sie überzeugt gewesen, dass mit ihm was nicht stimmt.«

»Wegen mir musst du nichts rechtfertigen«, antwortete sie.

»Will ich auch gar … ich sag's nur, das ist alles.«

»Ich weiß.«

Sie schaute zu der Transportbox auf dem Sitz neben mir. Die Äffin war vor ein paar Minuten wieder reingehuscht, erschrocken vom Lärm, mit dem Trina das Armaturenbrett zertrümmert hatte. Auch wenn die Box zu klein für sie war – und quasi als tragbares Gefängnis diente –, war es doch für die Äffin ganz offensichtlich ein Zufluchtsort, ein Ort, wo sie sich sicher fühlte.

»Meinst du, sie ist okay?«, fragte mich Trina, während sie weiter auf die Transportbox blickte.

»Weiß nicht«, gab ich zu. »Körperlich wirkt sie in Ordnung … ich meine, äußerlich betrachtet scheint sie okay.«

»*Äußerlich* scheint mit mir wahrscheinlich auch alles okay«, antwortete Trina. »Oder jedenfalls einigermaßen. Aber das heißt nicht, dass mit mir wirklich alles okay ist.«

»Ich weiß.«

»Doch sie ist mit uns immer noch besser dran als mit Skender, oder?«

»Eindeutig.«

»Und wenn wir sie zu diesem Dings da oben in Schottland bringen könnten, von dem du erzählt hast, dem Affenasyl … wie hieß das noch?«

»Monkey House.«

»Genau … wenn wir sie dahin bringen würden … ich meine, die würden sich doch richtig um sie kümmern, oder? Und sie hätte Freunde und Bäume und jede Menge Platz … sie dahin zu bringen, das wär doch bestimmt das Richtige, oder?«

Ehe ich antworten konnte, mischte sich Cole ein.

»Ich weiß genau, was du tust.«

»Gut möglich«, antwortete Trina. »Die Frage ist nur, ob du weißt, was *du* tust.«

~ ~ ~

Keine Ahnung, ob ich unter dem Klang ihrer Stimmen wegdöste oder einfach forttrieb an einen stillen Ort irgendwo in meinem Kopf: Aber wie auch immer, jedenfalls wusste ich, als ich in die bewusste Welt zurückglitt, zuerst nicht, wo ich war, und brauchte eine ganze Weile, es rauszufinden. Die vorbeigleitende Landschaft aus Wiesen und immer mehr Wiesen mit ein paar kleinen Waldstücken dazwischen sagte mir nichts – es hätte überall sein können –, und erst, als wir an einem Straßenschild vorbeikamen, auf dem *LEICESTER* 68 stand, begriff ich, wenn auch nicht, *wo wir waren*, so doch zumindest, in welche Richtung wir fuhren und auf welcher Autobahn wir uns befanden.

Wir waren auf der M1.

In Richtung Norden.

Cole und Trina hatten inzwischen aufgehört, sich zu unterhalten, und der Wagen war leise – nichts war zu hören als das Schnurren des Motors und das gedämpfte *Wusch*, mit dem der Mercedes mühelos die Luft durchschnitt.

»Was ist los, Cole?«, fragte ich. »Was machen wir auf der M1?«

»Wir fahren im Moment mit 120 Stundenkilometern«, antwortete er und sah mich im Rückspiegel an. »Ist dir das zu schnell?«

Trina lachte.

Ich starrte auf Coles Hinterkopf und konnte nicht glauben, was ich gerade gehört hatte. Cole hatte einen Witz gemacht. Keinen so richtigen, aber das war nicht der Punkt. Der Punkt war, dass Cole nie Witze machte, nicht einmal schlechte. Das *gab* es bei ihm einfach nicht.

»Und wohin fahren wir?«, fragte ich.

»In ungefähr einer Viertelstunde kommt eine Tankstelle«, erklärte er mir. »Da können wir den Mercedes loswerden und uns was anderes suchen. Und wir brauchen etwas zu essen und auch ein paar andere Dinge. Wir haben nämlich noch eine lange Fahrt vor uns.«

»Was soll das heißen?«

»Ist ungefähr achthundert Kilometer weit weg – hast du selber gesagt.«

»Das Monkey House? Wir fahren zum Monkey House?«

Cole zuckte die Schultern. »Irgendwo müssen wir ja hin ... ist so gut wie jeder andere Ort.«

Jetzt drehte sich Trina zu mir um und so ruhig, wie sie lächelte, war klar, dass sie schon wusste: Cole hatte seine Meinung zu Schottland geändert. Und ich nahm an, dass sie etwas damit zu tun hatte, wissentlich oder nicht.

»Okay?«, fragte Cole mich.

»Ja ... aber bitte keine Witze mehr. Eher lauf ich zu Fuß nach Schottland, als dass ich ertragen muss, wie du achthundert Kilometer lang versuchst, witzig zu sein.«

~ ~ ~

Ich war mir relativ sicher, dass das Monkey House die Kapuzineräffin aufnehmen würde, selbst wenn wir aus heiterem Himmel dort aufkreuzten – die würden sie ja wohl kaum abweisen, oder? –, doch es war bestimmt besser, vorher dort anzurufen. Aber als ich die Nummer wählte, die auf der Website stand, klingelte es eine Weile und dann sprang der AB an. Ich hinterließ keine Nachricht. Besser, ich versuchte es später noch mal.

Es eilte ja nicht ...

Wie Cole gesagt hatte: Wir hatten noch eine lange Fahrt vor uns.

Wir hatten alle Zeit der Welt ...

Wir fuhren zum Monkey House ...

Ich lächelte in mich hinein.

ACHT

Trina ist müde. Sie ist immer müde, doch das hier ist anders. Das hier ist eine Müdigkeit, die in den Knochen schmerzt, sie aber gleichzeitig emporhebt, ihr Körper schwebt … sirrt und kribbelt … und ihre Gedanken und Gefühle nehmen ein Eigenleben an.

Sie hat achtundvierzig Stunden nicht geschlafen.

Sie erinnert sich nicht, wann sie zuletzt etwas gegessen hat.

Sie lehnt ihr Gesicht an die Kühle der Autoscheibe und beobachtet mit schweren Lidern, wie die Welt draußen als verschwommenes Bild aus Formen und Farben vorbeirauscht – braune Felder, grauer Himmel, Quadrate und Rechtecke von unbekannten Gebäuden … schwarze Bäume und silberne Hochspannungsmasten … Verkehrsschilder, Zahlen, Namen von Orten … Autos, Transporter, Lastwagen … alles und jeder fährt irgendwo hin, erledigt Dinge, tut was auch immer …

Sie konzentriert sich auf die Spiegelung im Glas, ihr Gesicht … ihr Ich.

Du, denkt sie. *Du …*

Was bist du?

~ ~ ~

Ich weiß nicht, ob ich direkt in Trinas Gedanken war oder irgendwie über Cole in ihrem Innern. Es fühlte sich nicht so an wie sonst immer. Es war ferner, unbekannter … nicht ganz so grenzenlos.

~ ~ ~

Sie erinnert sich an die Dusche, den Dampf, das heiße Wasser, das ihr im Gesicht brannte wie rot glühende Nadeln … und an die kalten Fliesen unter den Füßen, das Prickeln der Luft auf der Haut … die falschen Erinnerungen, die sie um sich herum aufgebaut hat, um die echten zu vergessen.

Vergiss es.

Bademantel, Flipflops … raus über den Flur, den Blick gesenkt, gesenkt … immer gesenkt.

»Hey, Trina.«

Aufschauen, diesen Wiehießernoch sehen … Brandon? … der Junge mit dem verdrehten Gesicht.

Er ist so dumm …

Nein, ist er nicht. Er ist okay …

Nein, ist er nicht.

Mach den Mantel zu.

Er will wissen, was drunter ist, so wie alle.

Nun ja … aber wieso auch nicht.

Und überhaupt …

Nichts.

Bis später, Junge.

Geh weiter … in dein Zimmer, schließ die Tür, mach das Licht aus, leg dich ins Dunkel, warte auf die Wolke … hier kommt sie … wie kann es dunkler als dunkel sein? Wie kann all das sein …?

Es spielt keine Rolle.

Du glaubst nicht an diese Welt. Sie ist total beschissen.

Du kannst das nicht mehr.

Sie erinnert sich, Tabletten genommen zu haben, eine nach der andern … den leicht bitteren Geschmack … und wie sie dachte – *na bitte … war doch gar nicht so schwer, oder?*

Sie schließt jetzt die Augen, fährt die Erinnerung runter und wendet ihre Gedanken Cole zu. Sie wird noch nicht ganz schlau aus ihm. Sie weiß, dass sie ihn anzieht, trotz seiner linkischen Versuche, es zu verbergen. Aber sie weiß nicht, ob er *sie* mag oder nur, wie sie aussieht. Sie stört nicht die körperliche Anziehung und ihr gefällt die Tatsache, dass diese Anziehung ihn verlegen macht und es ihm peinlich ist, doch es ist das andere, was wirklich zählt – das mit dem Mögen, das mit dem Herzschmerz … dem, was länger als fünf Minuten anhält. Sie kann nicht in sein Herz sehen. Und das Problem ist …

Sie ist genauso.

Er kann auch nicht in ihr Herz sehen.

Und man kann doch nicht wirklich mögen, was man gar nicht sieht, oder?

Der Wagen wird langsamer, der Blinker tickt und als sie die Augen öffnet und sieht, dass wir gerade eine Abfahrt von der Autobahn genommen haben, verlieren sich ihre Gedanken und ich merke, ich bin wieder bei mir selbst.

~ ~ ~

»Alles okay, Ruben?«, hörte ich Cole fragen.

»Ja«, antwortete ich und rieb mir die Augen. »Ja, alles gut.«

»Du warst ganz weit weg«, sagte Trina.

»Ja?«

Sie nickte lächelnd. »Tut gut, sich ab und zu von sich selbst zu lösen, nicht?«

Für den Bruchteil einer Sekunde glaubte ich, einen vielsagenden Blick in ihren Augen zu entdecken, als ob sie wüsste, dass ich in ihren Gedanken gewesen war, und wollte, dass ich es wusste. Doch was immer es war, es verschwand sofort wieder und hinterließ nicht die leiseste Spur, dass es je existiert hatte, weder in Trinas Augen noch in meinem Kopf.

NEUN

Die Zufahrt zu der Autobahnraststätte wand sich durch ein Labyrinth gepflegter Blumenbeete, Rasenbankette und kleiner Ansammlungen von Kiefern. Es war eine der größeren Raststätten, die praktisch alles haben, was man nur brauchen kann – Läden, Toiletten, Cafés, Fast Food, Lkw-Parkplatz, Hotel, Tankstelle ... und, am wichtigsten für uns, einen Parkplatz, der ideal war, um den Mercedes loszuwerden und ein anderes Auto zu klauen. Der Parkplatz war riesig, es war viel los, aber auch wieder nicht *zu* viel. Und es standen Hunderte Autos aller Art zur Auswahl.

Cole fuhr zuerst eine Weile auf dem Parkplatz herum, um uns Zeit zu geben, das Gelände so genau wie möglich zu checken – einen Überblick über die ganze Anlage zu gewinnen, wo die Aus- und Zugänge waren, ob es Sicherheitspersonal gab oder nicht ...

»Was meinst du?«, fragte mich Cole, nachdem wir zweimal rumgefahren waren.

»Scheint mir okay«, antwortete ich.

Er parkte den Mercedes in einer halb leeren Reihe am hinteren Ende vom Parkplatz, wo links und rechts von uns alles frei war. Als er den Motor abstellte, fühlte sich die plötzliche Ruhe und Stille zuerst seltsam an. Es war, als wären wir in einer anderen Welt gewesen – einer

Welt der dauernden Bewegung – und nun in einer, die sich überhaupt nicht bewegte.

Die Äffin hatte gemerkt, dass wir standen. Zuerst war sie sehr zögerlich – schaute nervös aus der Transportbox und versuchte zu verstehen, was sich geändert hatte –, und als sie sich schließlich aus der Box raustraute, bewegte sich ihr Kopf hin und her, während sie aus den Fenstern schaute – einem nach dem andern –, doch schließlich beruhigte sie sich ein bisschen, und als sie sich neben mich setzte, hörte ich sie leise vor sich hin tschilpen, wie wenn sie sich sagte: Alles okay. Sie schaute noch immer herum, weiterhin etwas skeptisch, doch sie hatte jetzt nicht mehr so richtige Angst. Ich erwartete (und hoffte) schon halb, dass sie die Pfote ausstrecken und nach meiner Jeans fassen würde, doch stattdessen – und zu meinem großen Erstaunen – griff sie nach meiner Hand, die ich auf mein Bein gestützt hatte, und nahm behutsam, aber entschlossen den kleinen Finger.

Ein Kribbeln lief durch meinen Körper, warm und elektrisierend, und alles in mir fühlte sich an, als würde es schweben – mein Herz, mein Bauch, mein Ich. Der Moment hielt nicht lange an – als Cole sich zurücklehnte und den Arm ausstreckte, erschrak sie kurz, sprang zurück und ließ meinen Finger los –, doch ich spürte noch die Berührung ihrer Pfote auf meiner Haut. Es hatte etwas Elementares, etwas ohne tiefere Bedeutung … etwas, das einfach nur da war.

»Gut«, sagte Cole und rieb sich den Nacken. »Dann lass uns überlegen, wie wir es machen wollen.«

~ ~ ~

Es brauchte nicht viel Überlegung. Der erste Schritt war ganz einfach – wir mussten alle aufs Klo. Der zweite Schritt war nicht ganz so einfach und bedeutete, dass wir uns aufteilen mussten. Trinas Aufgabe sollte es sein, genug zu essen und trinken für uns zu besorgen und was wir sonst unterwegs brauchen könnten. Und während sie einkaufte, würden Cole und ich ein möglichst unauffälliges Auto klauen, hoffentlich ohne größere Probleme.

Trina war zuerst gar nicht begeistert von ihrem Job. »Wieso muss *ich* einkaufen?«, sagte sie zu Cole. »Nur weil ich ein Mädchen bin, heißt das doch nicht, …«

»Hast du besondere Fähigkeiten, was Autos klauen betrifft?«, fragte Cole.

»Darum geht's nicht.«

»Doch, genau darum geht's.«

Sie sah ihn an. »Du glaubst echt, du weißt auf alles die Antwort, oder?«

»Meistens, ja.«

Sie brach in ein Lachen aus. »Hätt sowieso das Einkaufen übernommen.«

Ich gab ihr die £500, die ich aus den Portemonnaies genommen hatte. So viel würde sie sicher nicht brauchen, doch es fühlte sich falsch an, ihr nur ein bisschen zu geben – wer war ich denn zu entscheiden, wie viel sie bekommen sollte? Und sie fragen, wie viel sie brauche, kam mir genauso falsch vor, deshalb gab ich ihr alles.

»Ich schau mal, ob ich für die Äffin was Gutes zu fressen finde«, sagte sie, während sie das Geld in die Tasche steckte. »Was meinst du, Ruben, würde sie mögen?«

»Obst, Nüsse … Blätterkram –«

»Blätterkram?«

»Du weißt schon … Grünzeug – Salat, Spinat … irgendwas in der Art.«

»So richtig schönes gesundes Zeug?«

»Ja … und besorg ihr auch ein paar Insekten … Lebendige wären am besten, aber getrocknete tun es auch, wenn sie nichts anderes haben.«

Trina drehte sich zu Cole um. »Der findet sich witzig.«

»Der ist witzig«, antwortete Cole und sah mich an.

In dem Moment fing die Äffin wieder an zu schnattern – ein weicher und irgendwie wehleidiger Laut.

»Am besten, wir packen sie zurück in die Transportbox«, sagte Trina.

Cole schüttelte den Kopf. »Sie kann nicht mit uns mitkommen.«

»Wieso nicht?«

»Wenn wir mit einem Affen auf der Anlage rumlaufen, fallen wir auf, und das ist das Letzte, was wir jetzt brauchen.«

»Niemand wird sie sehen, wenn sie in der Transportbox ist.«

»Aber hören. Und dann wollen die Leute wissen, was da so komische Laute macht … und wenn sie's rausfinden – was natürlich der Fall sein wird –, fangen sie an zu reden oder twittern über den Affen und so und schwupp landet die Info bei Skender, Savik oder Jorqi –«

»Ja, okay«, sagte Trina mit einem Seufzer. »Verstehe. Dann sollten wir nur abwechselnd im Auto bleiben, oder? Aber erst mal muss ich aufs Klo. Muss schon ganz dringend.«

Cole schüttelte wieder den Kopf. »Wir haben keine Zeit, uns abzuwechseln. Skender weiß vielleicht nicht mehr genau, wo wir sind, aber er wird nicht aufhören, nach uns zu suchen, und bestimmt hat er ein paar von seinen Männern ausgeschickt, sämtliche Raststätten zu checken. Das heißt, wir müssen besorgen, was wir brauchen, und dann weg hier, so schnell es nur geht. Die Äffin bleibt also im Wagen, bis wir ein anderes Auto gefunden haben. Dann holen wir sie, okay?«

Trina nickte widerwillig, aber doch einsichtig, dass dies die einzige Lösung war.

Cole sah mich an. »Können wir?«

Auch ich nickte.

»Also dann«, sagte Cole.

Und wir stiegen aus und gingen los.

~ ~ ~

Es war inzwischen um die Mittagszeit. Der Regen hatte aufgehört, die Wolken hatten sich weitgehend verzogen, und während wir drei über den Parkplatz zu den Toiletten liefen, stand eine leicht milchige Sonne am Himmel. Es tat gut, raus aus dem Wagen zu sein, und es wäre noch schöner gewesen, wenn wir einfach bloß so da gewesen wären, einfach so über den Parkplatz schlendernd in Richtung Klos.

Im Eingangsbereich der Raststätte herrschte ein ohrenbetäubendes Chaos – das Plärren von Videogames und Spielautomaten, Stimmengewirr, das Piepsen der elektronischen Kassen, Porzellan- und Besteckgeschepper aus dem Restaurantbereich. Wir drei schleusten uns durch das Gedränge in einen gekachelten Gang, der zu den Toiletten führte. Damen links, Herren rechts. Ich warf noch einen Blick über die Schulter zu Trina und folgte dann Cole. Sie schaute zurück, während sie gerade die Tür zu den Damenklos aufdrückte, und aus irgendeinem Grund winkte ich ihr zu. Sie lächelte kurz und verschwand. Und ich senkte die Hand und kam mir wie ein Idiot vor. Ich wusste nicht, ob mich Cole hatte winken sehen. Er sagte nichts, aber wir schienen jetzt wieder in unser altes Schweigen zurückzufallen, sodass die Tatsache, dass er kein Wort über das Winken verlor, nicht zwangsläufig hieß, dass er es nicht gesehen hatte.

Ich dachte nicht weiter drüber nach und stand jetzt neben Cole vor den Pissoirs, starrte geradeaus und versuchte nicht an all das zu denken, was mir durch den Kopf schoss. Doch es funktionierte nicht.

»Meinst du, Mum kommt zurecht?«, fragte ich.

»Ja, sie schafft das. Sie hat doch schon so viel Schlimmeres durchgestanden. Und sie ist ja auch nicht allein. Sie hat ja noch Joe und Arlo.«

»Ja, wahrscheinlich …«

»Was ist los?«, fragte Cole, als er mein Zögern bemerkte.

»Ich hasse es einfach, nicht zu wissen, was läuft, das ist alles. Ich hasse es zu warten, dass Arlo uns anruft … Ja, ich weiß, dass wir es nicht ändern können, aber es wär einfach besser, wir wüssten Bescheid.«

»Klar … ich mag das auch nicht. Doch im Moment bleibt uns nichts anderes übrig, okay?«

Ich nickte.

Er zog den Reißverschluss wieder hoch und ging zu den Waschbecken. Ich war mir nicht so sicher, ob Mum zurechtkam. Und Cole ging es wahrscheinlich nicht anders. Aber ich wusste, er war noch nicht bereit, es zuzugeben – weder vor sich selbst noch vor mir –, deshalb beließ ich es erst mal dabei und stellte mich an ein Becken neben ihm. Er sah jetzt in den Spiegel und versuchte, seine Haare zu richten. Sie standen wild durcheinander, so wie immer, doch normalerweise störte ihn das nicht. Was auch der Grund war, dass er keinen Kamm dabei und keine Ahnung hatte, wie er das hinbekommen sollte.

»Lass es einfach«, sagte ich. »Sieht doch gut aus. Sie mag es so.«

Er drehte sich zu mir um und ich wusste, er würde sagen: »Wer?« oder »Ich versteh nicht, was du meinst«, doch ich gab ihm erst gar nicht die Möglichkeit. »Ist okay, Cole«, sagte ich. »Du weißt schon … du und Trina … alles gut.«

»Na ja …«, murmelte er vor sich hin. »Fühlt sich aber nicht so gut *an*. Die meiste Zeit ist es, als wenn mir der Kopf platzt.«

»Das wär nicht so gut.«

»Nein …«

»Besonders, wenn du dann gerade mit ihr zusammen wärst.«

Da musste er lächeln.

~ ~ ~

Es lag ein bisschen mehr als bloß der normale Schwung in Coles Schritt, als er zum Parkplatz zurücklief, und es half wahrscheinlich, dass er, als wir die Toilette verließen, ein paar Drahtbügel entdeckte, die am Haken einer Wandgarderobe hingen. Wie jemand auch nur auf die Idee kommen konnte, seinen Mantel aufzuhängen, um aufs Klo zu gehen, war mir nicht klar, doch die Bügel waren ein unerwartetes Geschenk für uns. Drahtbügel sind nicht gerade das perfekte Werkzeug, um ein Auto zu knacken, aber deutlich besser als gar nichts. Cole schnappte sich im Vorbeigehen einen und schob ihn schnell unter die Jacke, dann eilten wir raus auf den Parkplatz. Jetzt mussten wir nur noch einen Wagen finden, der sich mit einem gerade gebogenen Drahtbügel öffnen ließ.

~ ~ ~

Der Skoda-Kombi stand in einer fast vollen Reihe, ungefähr ein Drittel der Strecke vom linken Parkplatzende entfernt. Es war ein heruntergekommener alter Octavia – grünlich grau, lange nicht gewaschen und die Karosserie übersät von rostigen Beulen und Kratzern. Daneben stand ein Kastenwagen, der Cole schön verdeckte, als er den Skoda genauer in Augenschein nahm und vor allem die Scheibe neben dem Fahrersitz untersuchte. Ich stand dicht an der Wagenfront und tat so, als würde ich telefonieren, um nicht allzu sehr aufzufallen, während ich gleichzeitig Ausschau nach Leuten hielt, die vielleicht auf das Auto zukamen.

Cole wusste genau, was er tat, und brauchte nicht lange. Als ich das erste Mal zu ihm rüberschaute, wie er vorankam, hatte er schon die Gummileiste am unteren Fensterrand entfernt und fummelte jetzt an dem Drahtbügel rum, um ihn gerade zu kriegen und am einen Ende zu einem Haken zu biegen. Wenn er das geschafft hatte, würde er die Tür in weniger als zehn Sekunden aufhaben.

Ich weiß nicht, wieso ich in dem Moment plötzlich zu dem Mercedes hinüberschaute – war es Instinkt oder ein sechster Sinn? Oder vielleicht schaute ich auch nur zufällig in die Richtung –, doch egal, was der Grund war, der Anblick, der sich mir bot, ließ mir das Herz in die Hose sacken. Ein schwarzer Lexus LS hatte hinter dem Mercedes angehalten und blockierte ihn praktisch. Und vier Männer umkreisten die beiden Autos. Ich erkannte keinen von ihnen, aber sie sahen eindeutig wie Leute aus, die für jemanden wie Skender oder Savik arbeiteten – bösartig, brutal, bedrohlich und gewaltbereit. Die Türen des Mercedes standen offen und zwei der Männer durchsuchten den Wagen, einer vorn, einer hinten. Ein anderer hing am Handy und lief auf und ab, während er sprach. Und der vierte stand etwas seitlich und beobachtete vorsichtig alles – den Parkplatz, die Raststätte, die Einfahrt und die Tankstelle. Es war nicht schwer zu erraten, nach wem er suchte.

»Cole«, sagte ich und duckte mich hinter den Skoda.

»Ja, einen Moment …«, murmelte er, immer noch mit der Tür beschäftigt. »Der Haken hat festgehangen … ich musste –«

»Sie sind hier.«

Ich hörte das dumpfe Klacken, als das Türschloss aufsprang, dann sagte Cole: »Was?«

»Da drüben«, erklärte ich ihm und zeigte zu dem Mercedes.

Er schaute und duckte sich fast im selben Moment wieder hinter den Skoda. »Wie lange sind die schon da?«

»Weiß nicht. Hab sie erst gerade entdeckt.«

»Bleib unten«, sagte er, schob den Kopf langsam wieder hoch und spähte zu den Männern hinüber. Er beäugte sie eine Zeit lang ganz genau, dann zog er den Kopf erneut ein. »Wir müssen weg hier, sofort«, sagte er. »Die schauen die ganze Zeit nach den Autos, die die Zufahrt zur Raststätte reinkommen. Ich fürchte, die warten auf weitere Männer ... und womöglich auf Skender und Savik.«

»Einer von ihnen hat gerade telefoniert.«

Cole nickte, dann drehte er sich um und blickte zu dem Shop rüber. Er versuchte erst gar nicht, seine Sorge zu verbergen. Trina war immer noch irgendwo da drinnen und die vier Männer wussten garantiert, wie sie aussah, so wie sie sicher auch wussten, wie Cole und ich aussahen. Skender hatte es ihnen bestimmt gesagt. Und Trina würde jetzt bald aus dem Shop kommen. Sie war sowieso schon viel länger drin als nötig.

»Hat sie ein Handy?«, fragte mich Cole.

»Weiß nicht ... hab keins gesehen. Und selbst wenn, haben wir nicht ihre Nummer.«

Wir wussten beide, dass es keine Möglichkeit gab, sie zu warnen, keine Möglichkeit, ihr zu sagen, sie solle nicht rauskommen ... jedenfalls nicht, ohne uns selbst zu zeigen. Und das käme aufs Gleiche raus, wie wenn sie Trina entdeckten. Die vier Männer würden uns sehen, erkennen und die Verfolgung aufnehmen ...

Wir konnten nichts tun.

Doch Cole hatte nicht aufgegeben, und während er weiter zum Eingang des Shops schaute, spürte ich, wie er sich immer noch den Kopf zerbrach, jede Möglichkeit durchging, wieder und immer wieder, und einen Ausweg suchte. Während Cole nur auf den Eingang fixiert war, schaute ich weiter zu den vier Männern hinüber. Und als ich sah, wie sie den Kopf wandten und alle gemeinsam nach links blickten, wusste ich, Cole hatte recht – sie warteten wirklich auf jemanden … und dieser Jemand war gerade gekommen. Ein weißer Range Rover Evoque näherte sich den Männern. Er bremste, als er sie erreichte, stellte sich neben den Lexus und drei der Männer liefen hinüber, während der vierte weiter nach uns Ausschau hielt. Bevor die drei den Evoque erreichten, öffnete sich die vordere Beifahrertür und ich war überrascht, Jorqi zu erkennen. Das letzte Mal, als ich ihn gesehen hatte – und das war noch nicht so lange her –, hatte er in einem blauen Audi gesessen, von einem Dutzend bewaffneter Polizisten umringt. Und ich hatte mir vorgestellt, dass er, auch wenn sich keine Waffe im Auto befand, trotzdem festgenommen und zur Befragung aufs Revier gebracht würde und es mindestens zwei, drei Stunden dauern würde, ehe sie ihn wieder freiließen. Doch da war er, die zwei blauen Veilchen unter den Augen von einer Sonnenbrille verdeckt, stieg lässig aus dem Range Rover, schaute sich gründlich um, öffnete schließlich die Hecktür und trat zur Seite, als Savik sich aus dem Wagen quälte. Gleichzeitig hatte einer der drei Männer die Tür auf der anderen Seite geöffnet und im nächsten

Moment stieg die grauhaarige Gestalt von Frank Skender aus.

Ich drehte mich zu Cole um und wollte ihm gerade von Skender, Savik und Jorqi erzählen, als ich plötzlich einen kehligen Schrei hörte – »*Das ist sie!*« – und schnell zu dem vierten Mann rübersah, der in Richtung Shop zeigte. Als ich herumfuhr und zum Eingang blickte, hörte ich, wie Cole sagte: »Verdammte Scheiße, wer ist *das*?«, und für den Bruchteil einer Sekunde wusste ich nicht, was er meinte. Doch dann entdeckte ich Trina und begriff. Sie überquerte mit einer halb vollen Tragetüte in der Hand den gepflasterten Bereich zwischen Shop und Parkplatz und war nicht allein. Ein Junge lief neben ihr her. Er war ein schmuddelig wirkender Typ, etwa siebzehn oder achtzehn Jahre alt – ziemlich groß, dünn und irgendwie schlaksig. Vom Gesicht konnte ich nicht viel erkennen, weil er einen alten weiten Hoodie mit hochgezogener Kapuze trug, doch nach dem, was ich sah, wirkte er ziemlich kaputt – blass, ausgemergelt, mit eingefallenen Wangen und müden Augen. Er trug eine vergammelte Jeans, ebenso gammlige Turnschuhe und hatte einen alten Leinensack über die Schulter geschlungen. Ein kleiner schwarzer Hund trottete neben ihm her,

»Was *denkt* die sich, verdammte Scheiße?«, sagte Cole ärgerlich, den Blick fest auf Trina und den schmuddeligen Typen gerichtet.

Es war klar, dass Trina den vierten Mann nicht gehört hatte – oder vielleicht hatte sie ihn ja gehört, doch nicht kapiert, dass es um sie ging –, darum wusste sie nichts von Skender und seinen Männern, ebenso wenig wie zu diesem Zeitpunkt auch Cole. Er hatte nur Trina und den schmuddeligen Typen im Blick und alles andere scheinbar vergessen.

Ich drehte mich um und schaute zurück zu Skender und den andern. Sie waren jetzt insgesamt acht und die meisten standen in einer Linie vor den drei Autos, den Blick auf Trina und den Schmuddeltypen gerichtet. Einer oder zwei sahen zu Skender und Savik zurück, die zusammen am Lexus standen und leise miteinander redeten. Ich nahm an, sie versuchten zu entscheiden, was sie tun sollten – Trina schnappen oder warten, ob die sie zu mir und Cole führte.

»Cole?«, sagte ich und drehte mich wieder zu ihm um.

»Sie sind stehen geblieben«, sagte er, immer noch auf Trina fixiert.

Ich schaute hinüber und sah Trina mit dem Schmuddeltypen am Rand des gepflasterten Bereichs stehen. Sie suchte den Parkplatz nach uns ab.

»Cole!«, sagte ich wieder und schrie diesmal fast, um sicher zu sein, dass er mich hörte. Er drehte sich zu mir um und wirkte, als hätte er für einen Moment vergessen, dass ich da war.

»Skender ist hier!«, erklärte ich ihm. »Savik und Jorqi auch. Und sie haben noch mehr Männer mitgebracht.«

Cole drehte sich um und spähte an der Windschutzscheibe des Skoda vorbei zu Skender und seinen Männern.

»Sie haben Trina entdeckt«, erklärte ich ihm. »Und sie warten, ob Trina sie zu uns führt.«

»Wir müssen –«

Er wurde von Trina unterbrochen, die über den Parkplatz rief: *»Ruben! Hey, Ruben! Hier drüben!«*

Als sie in meine Richtung winkte und versuchte, meine Aufmerksamkeit zu erhaschen, war klar, dass sie Cole wohl nicht gesehen hatte, sonst hätte sie sicher nach ihm gerufen. Ich sah, wie sie sich zu dem schmuddeligen Typen umdrehte und dabei mit ausgestrecktem Arm auf uns zeigte. Sie hätte es kaum besser hinkriegen können, Skender und seine Männer zu uns zu führen.

»Sie kommen in unsere Richtung, Cole«, sagte ich und schaute wieder zu den Männern hinüber.

Es hatten sich nicht alle in Bewegung gesetzt. Während fünf von ihnen über den Parkplatz auf uns zuliefen, blieben Skender, Savik und Jorqi bei den Autos zurück. Die fünf hatten sich jetzt aufgeteilt – drei näherten sich von rechts, die anderen zwei von links. Alle bewegten sich vorsichtig – nach vorn gebeugt, jede Freifläche meidend, in Deckung hinter den parkenden Autos. Zuerst verstand ich das nicht. Wovor hatten sie Angst? Sie waren uns gegenüber mit fünf zu zwei doch deutlich in der Überzahl. Aber dann erinnerte ich mich, dass Cole Jorqis Pistole hatte, und nahm an, dass die Männer es wussten. Mir war nicht klar, ob sie bewaffnet waren, auch wenn es mich überrascht hätte, wenn nicht. Doch ich war mir auch ziemlich sicher, dass sie es nicht riskieren würden, an so einem Ort rumzuballern. Dafür gab es zu viele Zeugen, zu viele Möglichkeiten, dass sie mit Handys gefilmt würden, und die zu große Gefahr unschuldiger Opfer. Nicht, dass es ihnen etwas ausmachen würde, wenn Schaulustige aus Versehen verletzt oder getötet würden – das wär ihnen scheißegal gewesen –, aber Unbeteiligte töten hieße, die geballte Macht von Polizei, Medien und der allgemeinen Öffentlichkeit auf sich zu ziehen, und das wäre schlecht fürs Geschäft oder noch Schlimmeres.

So erklärte ich mir das jedenfalls. Aber ich würde nicht mein Leben drauf verwetten.

Ich schaute umher, wo Trina war. Sie war immer noch mit dem Schmuddeltypen und seinem Hund zusammen. Und sie schien immer noch nicht zu wissen, was los war. Ich schaute wieder zu den näher kommenden Männern hinüber. Sie waren alle etwas weiter von uns entfernt als Trina, und sie bewegten sich immer noch langsam vorwärts, falls Cole anfing zu schießen.

»Ruben?«, hörte ich ihn sagen.

Ich drehte mich um und sah ihn neben der offenen Fahrertür des Skoda stehen.

»Schaffst du es, den Wagen in Gang zu kriegen, ehe sie hier sind?«, fragte er.

Ich nickte. Ich hatte noch nie einen Octavia kurzgeschlossen – sogar noch nie in einem gesessen –, doch ich war mir sicher, dass ich es schaffen würde. Genau wie Cole. Die einzige Frage war, ob es mir rechtzeitig gelang.

Während ich rüberlief, mich auf den Fahrersitz schob und an die Arbeit machte, rief Cole Trina zu, dass sie sich beeilen solle. Und er legte so viel Dringlichkeit, wie er nur konnte, in seine Stimme. Aus dem Augenwinkel sah ich, wie er ihr winkte und sie zur Eile trieb. Und gleichzeitig schaute er über die Schulter und überprüfte, wie weit Skenders Männer noch weg waren.

Den Skoda kurzzuschließen ging leichter, als ich gedacht hatte. Der Motor klang normal und ich ließ ihn laufen und stieg wieder aus. Die fünf Männer kamen immer näher, aber wie es aussah, hatte Trina die Botschaft inzwischen verstanden. Sie rannte schnell, wobei ihr Blick zwischen Cole und mir auf der einen Seite und den fünf Männern auf der andern hin- und hersprang. Der Schmuddeltyp und sein Hund folgten ihr, hatten aber beide Probleme, Schritt zu halten, und der Typ hatte offenbar auch keine Ahnung, was los war.

»Steig ein, Rube«, sagte Cole.

»Soll ich fahren?«

Er schüttelte den Kopf. Ich ging auf die Beifahrerseite und öffnete gerade die Tür, als Trina außer Atem und voller Fragen den Skoda erreichte.

»Sind das Skenders Leute?«, keuchte sie atemlos. »Wie haben die uns gefunden? Ist Skender auch da? Was ist mit –?«

»Steig ein«, sagte Cole. »Wir haben keine Zeit –«

»Das ist Finn«, erklärte sie ihm, als der Schmuddeltyp angerannt kam und neben ihr stehen blieb. »Finn, das ist –«

»Ist mir egal, wer er ist. Steig ein.«

»Komm, Finn«, erklärte sie dem Jungen, während sie die hintere Tür aufriss und ihn vor sich herschob.

Finn machte einen Schritt auf den Skoda zu, mit seinem Hund im Schlepptau.

Cole trat dazwischen. »Du nicht«, sagte er zu Finn.

»Ist okay, Cole«, sagte Trina. »Ich hab ihm gesagt, dass er mitfahren kann.«

Cole schüttelte den Kopf. »Er kommt nicht mit.«

»Was?«

»Er kommt nicht –«

»Ich hab's ihm aber versprochen.«

»Tja, hättst du wohl besser nicht.«

Da rastete Trina aus. »Was glaubst du eigentlich, wer du bist? Du sagst mir nicht, was ich tun oder lassen soll –«

»Hey«, meinte Finn ruhig lächelnd und hob die Hände. »Ich will keine Probleme machen –«

»Cole«, sagte ich. »Wir müssen jetzt WIRKLICH los.«

Cole sah sich nach Skenders Männern um und begriff, dass die drei rechts von uns während seiner Diskussion mit Trina ihr Tempo erhöht hatten. Jetzt waren sie nur noch zwei, drei Reihen von uns entfernt. Die anderen beiden, links von uns, waren noch nicht ganz so nah, aber auch sie rannten jetzt schneller. Mir war klar, dass Cole sich über sich selbst ärgerte, weil er sich nicht im Griff gehabt hatte, aber anstatt weiter darüber nachzudenken, leerte er seinen Kopf und wurde wieder zu dem Cole, der er sein musste, um uns alle heil von hier fortzubringen.

»Los jetzt, alle rein ins Auto«, sagte er mit fester Stimme und zog Jorqis Pistole. Während wir uns – einschließlich Finn und seinem Hund – in den Wagen quetschten, stand er an der offenen Fahrertür und behielt die fünf Männer im Blick. Er zielte nicht mit der Waffe auf sie, hob sie nicht mal, sorgte aber dafür, dass sie sie alle sahen. Keiner von ihnen wich zurück, doch sie kamen auch nicht mehr näher. Sie waren sich wahrscheinlich ziemlich sicher, dass Cole nicht schießen würde – hauptsächlich aus den gleichen Gründen, weshalb auch sie nicht schießen wollten –, aber genauso wie ich mir bei ihnen nicht hundertprozentig sicher war, konnten auch sie es nicht sein.

Als wir alle im Wagen hockten, blieb Cole noch ein, zwei Sekunden an der Tür stehen, dann sprang er eilig auf den Fahrersitz, zog die Tür zu und fuhr den Skoda rückwärts aus der Parklücke.

»Verriegelt die Türen und legt die Gurte an«, sagte er und schnallte sich auch an. »Könnte ein bisschen holprig werden.«

ZEHN

Cole knallte den Vorwärtsgang rein, trat das Gaspedal durch und schon jagten wir über die Parkplatzspur auf und davon. Jetzt spurteten alle Männer los, zwei rannten den Weg zurück, den sie gekommen waren, drei liefen uns hinterher. Einer sprang etwa zehn Meter vor uns zwischen zwei parkenden Autos heraus und blockierte die Straße, idiotischerweise wohl davon ausgehend, dass Cole anhalten würde, um ihn nicht über den Haufen zu fahren. Erst in letzter Sekunde erkannte er seinen Irrtum, doch selbst da reagierte er nicht schnell genug und der Skoda traf ihn bei seinem verzweifelten Versuch, zur Seite zu hechten, wirbelte ihn um die eigene Achse und warf ihn zu Boden.

Cole fuhr weiter, jagte den Skoda die Spur zwischen den parkenden Autos entlang, scheinbar immun gegenüber dem Chaos und der Kakofonie, die jetzt um uns herum herrschten – das immer lautere Aufheulen des Motors, das schrille Gekläffe von Finns Hund, das Schütteln und Klappern des Skoda, sodass wir dachten, er bräche gleich zusammen … Cole blendete das einfach alles aus. Und das Einzige, was ich in seinem konzentrierten Blick sehen konnte, war der unbedingte Wille, uns hier rauszubringen, koste es, was es wolle.

Wir näherten uns jetzt dem Ende der Parkspur und mein Glaube an Coles Fahrkunst wurde extrem auf die Probe gestellt. Wir fuhren mit hoher Geschwindigkeit auf eine andere Parkspur zu und ich wusste nicht, wie das zu schaffen sein sollte … es war ganz einfach unmöglich. Mein Körper versteifte sich schon …

Doch ich hätte es besser wissen müssen.

Im letzten Moment stieg Cole in die Eisen, schwang den Wagen scharf nach rechts, und gerade als es schien, wir würden voll in die Reihe parkender Autos krachen, fing Cole den Skoda ab und wir jagten erneut los.

Wir waren jetzt in derselben Spur wie die drei Autos – der Mercedes, der Lexus und der Range Rover – und wir sahen sie bereits deutlich vor uns. Sie standen etwa fünfzig Meter entfernt. Der Mercedes parkte noch immer da, wo wir ihn verlassen hatten, doch die andern zwei Autos waren verstellt worden, wahrscheinlich, als wir unsere Aufmerksamkeit ganz auf die fünf Männer, Trina und Finn gerichtet hatten. Beim letzten Hinschauen hatten der Lexus und der Range Rover die Fahrspur nur teilweise blockiert. Es hatte noch eine Lücke zwischen dem Range Rover und den geparkten Autos daneben gegeben, gerade breit genug, um durchzukommen. Doch jetzt verstellten die beiden Autos die Lücke und die Spur war komplett dicht. Cole sah es, trat in die Eisen und brachte den Skoda schlitternd zum Stehen.

Als wir so dasaßen und durch die Windschutzscheibe spähten, erkannten wir Skender und Savik, die hinter dem Range Rover standen und zu uns rüberblickten. Jorqi stand rechts von ihnen und beobachtete uns hinter dem Lexus stehend.

»Die andern kommen«, hörte ich Trina sagen. »Da drüben …«

Ich folgte ihrem Blick und sah, was sie meinte. Die Männer, die auf uns zugerannt waren, kamen jetzt über den Parkplatz zurückgelaufen – schlängelten sich zwischen den Reihen parkender Autos hindurch, brüllten Leute an, aus dem Weg zu gehen, und drängten sich an ihnen vorbei, wenn es nicht schnell genug ging. Sie waren noch nicht nah genug, um uns schon ernsthaft zu bedrohen, aber das würde nicht mehr lange dauern.

»Was jetzt?«, fragte ich Cole und starrte wieder zu der Straßenblockade, zurück zu den Autos, die die Parkspur dichtmachten. »Können wir uns da durchrammen?«

»Durchkommen ist nicht das Problem«, antwortete er. »Wir müssen nur sichergehen, dass sie, wenn wir hier rauskommen, nicht in ihre Karren steigen und uns verfolgen.« Er fasste in seine Tasche, zog das Springmesser raus, das er Jorqi abgenommen hatte, und hielt es mir hin. »Hast du Lust auf Reifenschlitzen?«, fragte er. »Ich weiß, ist ganz schön viel verlangt, aber –«

»Klar, kein Problem«, antwortete ich, nahm ihm das Messer aus der Hand und checkte es kurz. Ich drückte auf einen kleinen Stift und eine stiletto-artige Klinge schnappte heraus. »Den Mercedes auch?«

»Ja.«

»Okay.«

Er zögerte einen Moment. »Bist du sicher, dass das okay für dich ist, Rube?«

In der Frage schwangen eine Menge Dinge mit, die zwischen uns nicht ausbuchstabiert werden mussten, aber letztlich wussten wir beide, dass wir keine andere Wahl hatten, als die Sache hier durchzuziehen.

Ich nickte Cole zu – ja, ist okay für mich – und dann rief Trina: »Was machen die?« Und ich schaute hinüber und sah, dass irgendwas rechts von uns auf dem Parkplatz passierte. Anscheinend war eine Schlägerei zwischen einer Gruppe wütender Schaulustiger und den Typen ausgebrochen, die hinter uns her waren. Die Schaulustigen waren vor allem Männer und es mussten etwa ein Dutzend sein. Sie hatten Skenders Leute eingekreist, schrien und brüllten sie an und stießen mit den Fingern in ihre Gesichter. Ich nahm an, dass einer oder mehrere der Skender-Leute allzu rabiat vorgegangen waren, als sie sich an jemandem vorbeidrängten – ihn vielleicht zu kräftig weggeschubst oder umgerempelt hatten –, und einer hatte das krummgenommen und tatsächlich den Mut gehabt – oder vielleicht auch die Dummheit –, etwas dagegen zu unternehmen. Und dann hatten sich andere Schaulustige angeschlossen. Bis jetzt lief die Auseinandersetzung noch relativ zahm ab und Skenders Männer schienen es auch so belassen zu wollen. Sie bemühten sich, so gut es ging, den Mob zu beruhigen, statt zurückzuschlagen, was aber wohl nur dem Zweck diente, die Situation nicht eskalieren zu lassen. Jedenfalls spielte uns das Ganze perfekt in die Hände und hielt die Skender-Typen fürs Erste schön auf Distanz, doch das würde nicht ewig so bleiben. Wenn wir die Situation ausnutzen wollten, war jetzt der richtige Zeitpunkt, jetzt genau, in diesem Moment.

»Ich bin bereit«, sagte ich zu Cole.

Er nickte und griff nach dem Schalthebel.

»Wo ist die Äffin?«, fragte Trina plötzlich.

Cole zögerte.

»Ist sie immer noch in dem Mercedes?«, fragte Trina weiter. »Oder haben die sie schon irgendwo anders hingebracht?«

»Hab nicht gesehen, dass sie sie weggebracht haben«, antwortete ich. »Hab aber nicht die ganze Zeit auf den Mercedes geachtet –«

»Das heißt, sie könnte genauso gut auch in einem der anderen Autos sein?«

»Ja, geh ich von aus ...«

»Wir müssen sie finden.«

»Keine Zeit«, sagte Cole.

Trina beugte sich zwischen den beiden Sitzen nach vorn und sah Cole an. »Wir lassen sie nicht zurück.«

»Müssen wir ... tut mir leid. Entweder wir oder sie.«

»Sie *ist* wir«, antwortete Trina leise. »Das ist doch, worum es geht ...« Sie rückte noch näher an ihn heran. »*Sie* ist es doch, weshalb wir hier sind, Cole ... *sie* ist der einzige Grund.«

Cole sagte zuerst nichts. Er hatte keine Ahnung, was er denken, fühlen oder sein sollte ...

Er wusste nicht weiter. Und er wusste sonst *immer* weiter.

Es schien eine Ewigkeit zu dauern, bis er Trina endlich ansah und antwortete. In Wahrheit waren es vielleicht aber bloß ein paar Sekunden gewesen.

»Wir tun, was wir können, okay?«, meinte er zu ihr. »Wenn wir die Äffin zurückholen können, ohne unsere Chance zu gefährden, dass wir hier rauskommen, machen wir's. Aber ich riskiere niemandes Leben für einen Affen.«

Trina musterte ihn. Sie wusste, er hatte recht, doch genauso wusste sie auch, dass Rechthaben nicht alles war. Deshalb hielt sie seinem Blick ein paar Sekunden lang stand, nickte ihm dann ganz leicht zu und lehnte sich in den Sitz zurück. Ihr Gesicht gab nichts preis und ihre Gefühle und Absichten waren genauso wenig einzuschätzen wie die von Cole.

Schließlich warf ich einen Blick zu Finn und fragte mich, was er mit dem Ganzen wohl anfing, das hier gerade ablief – die Männer, die hinter uns her waren, der Wagen, der plötzlich wie wild beschleunigte, die Straßensperre weiter vorn, Cole und Trina, die um einen Affen stritten ... einen *Affen*? Er musste sich doch fragen, wo er hier reingeraten war. Aber wenn, dann zeigte er es zumindest nicht. Er saß nur da, mit dem Hund auf seinem Schoß, und beobachtete und lauschte mit der unerschütterlichen Ruhe eines Menschen, der durchs Leben geht, ohne allzu viel drüber nachzudenken.

So wirkte es jedenfalls auf mich.

»Bereit?«, fragte mich Cole.

Ich nickte.

Er ließ den Motor ein paarmal aufheulen, dann knallte er den Gang rein, schoss mit quietschenden Reifen los und jagte den Skoda die Parkspur entlang auf die drei Autos und die drei Männer zu, die dahinterstanden und warteten.

ELF

Als wir die Parkspur entlang auf die drei Autos zurasten, sah ich, wie Skender und Savik von dem Range Rover zurückwichen. Es schaute mehr nach Vorsicht aus als nach Furcht, mehr so, als würden sie gelassen ihre Optionen abwägen. Jorqis Bewegung hatte dagegen überhaupt nichts Vorsichtiges. Er zog seine Pistole und zielte über das Dach des Lexus hinweg auf uns.

»Cole?«, sagte ich.

»Ja, ich seh ihn. Mach dir keine Sorgen. Der schießt nicht.«

Da war ich mir nicht so sicher. Cole war eindeutig zu dem gleichen Schluss gekommen wie ich – dass Skenders Männer nicht schießen würden –, doch wenn sich womöglich einer nicht daran hielte, dann sicher Jorqi. Aber es brachte nichts, etwas dazu zu sagen, denn es war sowieso zu spät, noch etwas zu ändern.

Wir hatten die Straßensperre inzwischen so gut wie erreicht.

Und wir bremsten nicht ab.

Skender und Savik wurden nun doch langsam nervös. Wir jagten direkt auf den Range Rover zu und wir waren so schnell, dass wir gleich frontal in ihn reinkrachen würden. Skender und Savik wichen weiter und immer weiter zurück ... bewegten sich immer schneller ... und dann, gerade als es so aussah, als wär es zu spät, zog Cole die Handbremse, während er gleichzeitig das Lenkrad scharf nach links riss und der Skoda in ein kreischendes Schlingern ausbrach. Cole ließ den Wagen so schlittern, dass er seitwärts auf die zwei Autos zudriftete, und dann, genau im richtigen Moment, riss er das Lenkrad noch einmal scharf rum, sodass das Heck des Skoda ausbrach und voll in den Lexus krachte. Es war kein massiver Aufprall – mehr ein heftiges Knirschen als ein ohrenbetäubender Crash –, doch er reichte aus, um den Lexus ein paar Meter nach hinten zu stoßen, sodass zwischen ihm und dem Mercedes eine Lücke entstand, gerade breit genug für uns, um durchzukommen.

Der klapprige Skoda war kaum zum Stillstand gekommen, als Cole die Handbremse löste und wieder Gas gab, diesmal weg von dem Lexus. Im ersten Moment wusste ich nicht, was er vorhatte, doch als er ein paar Sekunden später den Wagen wieder anhielt, etwa zwanzig Meter vom Lexus und den zwei anderen Autos entfernt, da begriff ich, dass er einfach nur etwas Abstand zwischen uns auf der einen und Skender und den Übrigen auf der anderen Seite brachte, damit wir nicht unmittelbar vor ihrer Nase waren, wenn wir ausstiegen.

»Jetzt?«, fragte ich Cole.

Er nickte.

Ich öffnete die Tür und rannte los.

~ ~ ~

Ich vermied es, an Cole, Skender oder sonst wen zu denken, während ich zu dem Mercedes hinüberrannte, sondern konzentrierte mich ganz auf das, was ich tat. Ich war es nicht gewohnt, so was zu machen – mit einem Springmesser in der Hand rumzulaufen und zu versuchen, die Reifen eines Verbrecherautos aufzuschlitzen –, und ich tat es auch nur, weil Cole nicht zwei Dinge gleichzeitig machen konnte. Er konnte nicht die drei Autos außer Gefecht setzen und dazu auch noch zu verhindern versuchen, dass Trina oder mir irgendwas zustieß, deshalb musste ich eine der Aufgaben selbst in die Hand nehmen. Und die einzige, bei der ich überhaupt eine Chance hatte, sie nicht zu vermasseln, war, die drei Autos aus dem Verkehr zu ziehen.

Anfangs schien das ziemlich einfach. Es konnte höchstens fünf Sekunden gedauert haben, bis ich an dem Mercedes war und das Springmesser in den rechten Vorderreifen stach, und als die Luft rauszischte, ich mich aufrichtete und meine Aufmerksamkeit dem Lexus zuwandte, sah ich, dass dessen hinterer linker Reifen schon Schaden genommen hatte, als der Skoda ihn rammte. Der Reifen war bereits platt.

Also blieb nur noch der Range Rover übrig.

Und die Äffin.

~ ~ ~

Ich wusste nicht, ob Cole es tatsächlich so gemeint hatte, als er Trina versprach, dass wir die Äffin zurückholen würden, wenn es irgendwie möglich war, ohne unsere Chancen zu untergraben, hier heil rauszukommen, und ohne das Leben von irgendjemandem zu riskieren. Und ich wusste auch nicht, was er an diesem Punkt von mir erwartete. Er hatte mir nichts dazu gesagt und das Einzige, was ich bei ihm gespürt hatte, war die Verstrickung seiner Gedanken und Gefühle, die für ihn – und für mich – zu umfassend und komplex waren, um sie zu entwirren. Deshalb beschloss ich, einfach nur meinem Gefühl zu folgen.

Als Erstes checkte ich die Rücksitze des Mercedes. Wir hatten die Äffin in der Transportbox gelassen und das Teil in den Fußraum hinter dem Vordersitz gestellt, doch da war sie nicht mehr. Und auch sonst nirgendwo hinten. Aber auch vorne nicht. Ich schaute noch mal rein und suchte jetzt nach der Äffin selbst statt nach der Transportbox, falls sie es vielleicht doch geschafft hatte rauszukommen und sich versteckte. Als einziges Versteck kam der Raum unter den Vordersitzen infrage, und selbst da reichte der Platz wohl nicht, um sich hineinzuquetschen. Trotzdem musste ich sichergehen, und dafür blieb mir nur übrig, die hintere Tür zu öffnen, mich auf den Boden zu knien und meinen Kopf in den Fußraum zu schieben, sodass meine Augen auf gleicher Höhe mit den Hohlräumen unter den Vordersitzen waren.

Ich war gerade dabei, die hintere Tür zu öffnen, als ich Cole rufen hörte: *»RUBEN!«* Für den Bruchteil einer Sekunde dachte ich, er wäre wütend, dass ich Zeit vergeudete, nach der Äffin zu suchen, doch fast im selben Moment merkte ich, dass das nicht sein konnte. Ich kannte die Stimme meines Bruders. Es lag keine Wut in ihr, aber ein Drängen und eine Spur von versteckter Verzweiflung …

Es war eine Warnung.

Und sie erreichte das, was sie sollte. Sie triggerte meine Instinkte, ließ mich herumwirbeln, um nach der Gefahr zu schauen … und ich erkannte sie sofort. Es war Jorqi. Er kam vorn um den Lexus herum, die Augen wie Laserstrahlen auf mich fixiert. Er hatte keine Waffe mehr in der Hand, doch er brauchte auch keine Waffe, um mich zu überwältigen. Ich war kein Kämpfer, würde es niemals sein. Und Jorqi wusste das. Er musste es vom ersten Moment an gewusst haben, als er mich sah.

»RUBEN!«, schrie Cole wieder.

Ich drehte mich von Jorqi weg und schaute zu Cole. Er stand nur ein paar Schritte vom Skoda entfernt, mit der Pistole in seiner ausgestreckten Hand. Savik stand ein paar Meter vor ihm. Er schien nicht sonderlich beeindruckt von der Pistole, mit der Cole auf seinen Kopf zielte.

»RENN, RUBE!«, rief Cole und wedelte mit dem Arm nach links. *»SO RUM ZURÜCK ZUM WAGEN!«*

Ich verstand nicht … jedenfalls nicht alles.

»JETZT MACH, RUBEN! LOS!«

Und ich hätte nicht diesen einen Moment überlegen sollen …

»JETZT!«

… denn Jorqi brauchte nicht mehr als diesen einen Moment.

Ich musste mich nicht zu ihm umdrehen, um zu wissen, wie nah er war … ich hörte ihn kommen, seine Schritte beschleunigten. Ich rannte los und für einen kurzen Moment glaubte ich wirklich, ich wär ihm entkommen und dass ich bloß weiterrennen müsste … doch dann spürte ich eine Hand, die meinen Arm packte, mich zurückriss und gewaltsam herumschleuderte, und als Nächstes weiß ich nur, dass ich am Boden lag und Jorqi sich über mich beugte und mir das Messer aus der Hand rang. Sobald er es hatte, zerrte er mich wieder auf die Füße, drehte mich zu Cole um und hielt mir das Messer an die Kehle.

Cole hatte sich inzwischen um Savik herumgeschlichen und sprintete auf mich zu, doch als er sah, dass mir Jorqi das Messer an den Hals hielt, blieb er abrupt stehen. In seinen Augen lag Mordlust, als er die Pistole wieder hob und auf Jorqis Kopf zielte … aber es lag auch noch etwas anderes in ihnen, etwas, was ich bei Cole noch nie gesehen hatte. Ich wusste nicht, was es war. Oder vielleicht *wollte* ich es auch nicht wissen.

Ich wollte nicht die Angst in seinen Augen sehen.

Er war mein Bruder.

Er war furchtlos …

Er hatte noch nie vor irgendwas Angst gehabt.

Savik kam jetzt schwerfällig auf Cole zu und seine schaurigen Augen zeigten nichts weiter als die leichte Genervtheit eines Menschen, der lieber woanders wäre. Er ging an Cole vorbei, ohne ihm zu nahe zu kommen, dann blieb er stehen und drehte sich zu ihm um. Cole rührte sich nicht. Er stand einfach da, die Waffe und den Blick weiter auf Jorqi fixiert.

»Gib mir die Waffe«, sagte Savik zu ihm und streckte die Hand aus.

Cole reagierte nicht.

»Die Waffe«, wiederholte Savik. »Sofort.«

Cole wusste, dass er keine Wahl hatte. Er war sich zwar so gut wie sicher, dass Jorqi nicht den Mut haben würde, mir die Kehle durchzuschneiden, aber »so gut wie« reichte nicht. Und er wusste auch: Wenn er auf Jorqi schoss – und er hatte genug von seinem Kopf im Visier, um zu schießen –, würde er wahrscheinlich treffen, doch es gab trotzdem die Gefahr, dass er stattdessen mich traf, und das Risiko würde er niemals eingehen. Deshalb blieb ihm als einzige Option – zumindest für den Moment –, die Pistole Savik zu übergeben.

Er bewegte sich langsam, senkte den Arm und legte die Pistole vorsichtig in Saviks offene Hand. Während Savik sie nahm und ein Stück zurückwich, schaute Cole zu mir rüber und wir teilten einen stillen Moment.

»Dreh dich um«, sagte Savik zu Cole.

Und als Cole sich von mir abwandte, endete der Moment.

»Vorwärts«, sagte der Große und stieß ihn in den Rücken.

Als Cole lostaumelte und Savik ihn zu dem Range Rover führte, setzte sich auch Jorqi in Bewegung und zog mich mit sich in die gleiche Richtung. Savik hielt immer noch die Pistole in seiner Hand, die er Cole abgenommen hatte, doch er hielt sie seitlich nach unten und richtete sie nicht mehr auf ihn. Er wusste, solange mir Jorqi das Messer an die Kehle hielt, würde Cole nicht versuchen, irgendetwas zu unternehmen. Und ich wusste, wenn wir nicht von ihm und Savik wegkamen, bevor sie uns in den Wagen stießen, wäre das höchstwahrscheinlich unser Tod.

Wir waren jetzt nahe genug bei dem Range Rover, um zu erkennen, dass Skender hinten saß. Er schaute in die andere Richtung und beugte sich zur Seite, offenbar mit irgendwas auf dem Nebensitz beschäftigt. Er war seltsam still, bis er plötzlich den Arm ausstreckte, als wenn er nach etwas greifen würde, und als ich sah, wie er sich aufrichtete und aus dem Fenster blickte, war mir klar, was ich jeden Moment sehen würde.

Es war natürlich die Äffin.

Skender hielt die Äffin am Halsband fest und hob sie mit stoischem Blick ans Fenster. Selbst als die Äffin wild wurde – um sich trat, sich hin und her wand, schrie und fauchte, die Zähne fletschte und ihn zu beißen versuchte –, war Skenders einzige Reaktion, fester zuzupacken und sie an der Leine hochzuhalten, anstatt sie am Halsband und am Kragen baumeln zu lassen wie jemanden an einem Galgen.

Er benutzte die Äffin als Köder.

Ich konnte schon hören, wie Trina drauf reinfiel. Ein Ruf aus dem Skoda, von Finn – *nein, Trina, nicht* … das Zuschlagen einer Autotür, Jorqi, der bei dem Geräusch plötzlich stehen blieb, sich umdrehte und zu dem Skoda sah, mich mit herumriss, dass ich den Halt verlor und gegen ihn taumelte …

Ich glaube, zuerst war es ein wirkliches Taumeln, und ich bin mir nicht sicher, wann ich bewusst entschied, die Situation auszunutzen. Jorqi riss mich herum, ich verlor den Halt und taumelte gegen ihn, und als er instinktiv einen halben Schritt zurückwich, stolperte ich absichtlich über meine Füße und taumelte erneut gegen ihn, sorgte aber diesmal dafür, dass der Aufprall heftig genug war, um meine Hand in seine Jackentasche schieben und die Pistole herausziehen zu können, ohne dass er es bemerkte.

Ich dachte nicht nach.

Ich schoss ihm in den Fuß.

Er jaulte vor Schmerz auf, sprang schwerfällig zur Seite, verlor dann das Gleichgewicht und ging zu Boden. Das Springmesser löste sich aus seiner Hand. Während er fluchend, stöhnend und sich den Fuß haltend dalag, schob ich die Pistole in meine Tasche, beugte mich runter und hob das Springmesser auf, dann lief ich in Richtung Savik und Cole.

Sie hatten beide innegehalten und sich umgedreht, als sie den Schuss hörten, und Savik musste fast noch im selben Moment erkannt haben, dass Cole eine Bedrohung darstellte, wenn Jorqi mir nicht mehr das Messer an die Kehle hielt. Erstaunlich schnellen Bewegung wirbelte der große Mann herum und hob in derselben knappen Bewegung die Waffe, doch er war Cole nicht gewachsen. Cole war bereits hinter ihn getreten und als Savik herumschwang und die Pistole in seine Richtung hielt, hob Cole den Arm und schlug seine Faust gegen Saviks Kehle. Während Savik rückwärtstaumelte und seine Augen hervorquollen, weil er keine Luft bekam, warf sich Cole ihm entgegen und stieß ihm seinen Stiefel mit voller Wucht gegen das Knie. Es knackte dumpf und Savik ging zu Boden. Seine Schreie kamen krächzend aus der gebrochenen Kehle.

Ich hatte Cole jetzt fast erreicht und bis er sich hinabgebeugt, Savik die Pistole entwunden und sich wieder aufgerichtet hatte, stand ich an seiner Seite. Wir sahen uns kurz an – mehr brauchten wir nicht –, dann drehte sich Cole um, schaute in alle Richtungen, schätzte eilig die Lage ein und wandte sich wieder mir zu.

»Halt Trina auf«, sagte er. »Lass nicht zu, dass sie zu Skender in den Wagen steigt.«

Ich schaute an ihm vorbei und sah, wie Trina wütend in Richtung des Range Rovers marschierte und Finn ihr zögerlich folgte, ohne zu wissen, was eigentlich los war und was er tun sollte … und auf dem Parkplatz dahinter erkannte ich, dass das Handgemenge zwischen ein paar von den Schaulustigen und Skenders Männern offenbar zu einer Massenprügelei eskaliert war. Dutzende Menschen waren inzwischen in den Streit involviert – hauptsächlich Männer – und bekämpften sich, schlugen und traten, schrien und brüllten. Einige lagen verletzt am Boden. Es ließ sich unmöglich sagen, wer gegen wen kämpfte, und ich hatte den Eindruck, dass es vielen auch ganz egal war. Sie kämpften gegen jeden, der ihnen in die Quere kam.

Die meisten Zuschauer, die nichts mit den Auseinandersetzungen zu tun haben wollten, hatten sich inzwischen schon verdrückt oder waren gerade dabei. Viele von denen, die gegangen waren, hatten sich auf dem gepflasterten Bereich vor dem Shop-Eingang versammelt und ihre Zahl wuchs ständig weiter an, weil sich die, die gerade dabei waren, die Kampfszene zu verlassen, ihnen anschlossen. Ein paar Sicherheitsleute in Uniform standen auch dort, doch außer dass sie pausenlos in ihre Walkie-Talkies sprachen, schienen sie nicht viel zu unternehmen. Und so wie sie dastanden, hatten sie auch nichts weiter vor. Ich konnte ihnen das nicht verübeln. Sie verdienten sicher nicht mehr als den Mindestlohn und dafür würden sie bestimmt nicht ihr Leben riskieren.

Cole schaute inzwischen mit starrem Blick auf die Kampfszene und ich merkte, dass er sich auf irgendetwas dort konzentrierte. Und als ich seinem Blick folgte, erkannte ich auch, auf was. Zwei von Skenders Männern hatten es offensichtlich geschafft, sich aus der Kampfzone zu lösen und kamen direkt auf uns zu.

»Geh, Rube«, sagte Cole, den Blick auf die beiden Männer fixiert. »Hol Trina zum Skoda zurück.«

Er drehte sich zu mir und lächelte. »Und versuch, nicht noch jemanden anzuschießen, okay?«

~ ~ ~

Trina hatte den Range Rover schon fast erreicht, als ich sie einholte. Und als ich mich ihr in den Weg stellte, war sie so erregt und außer sich, dass sie mich anfangs gar nicht erkannte. Alles an ihr war von blinder Wut und Entschlossenheit erfasst – sie lagen in ihrem Blick, zeigten sich in der Anspannung ihres Munds, in der Art, wie sie ging – und es war nicht schwer sich auszumalen, dass sie genauso drauf gewesen war, als sie am Morgen in das *Live and Let Live* marschierte, um Skender, Savik und Jorqi die Stirn zu bieten. Sie hatte in dem Moment nur eine Sache im Kopf gehabt – *schnapp dir den Affen, schnapp dir den Affen, schnapp dir den Affen* –, und obwohl sie ganz genau wusste, was das für Männer waren, und das Risko kannte, das sie einging, wenn sie sich ihnen in den Weg stellte, hatte sie es trotzdem getan. Das Gleiche tat sie auch jetzt. Sie wusste, dass Skender die Äffin misshandelte, um sie zu ködern und dazu zu bringen, dass sie in den Wagen stieg, und sie wusste auch, dass sie leicht genauso als seine Gefangene enden konnte wie die Äffin, aber das hielt sie nicht ab.

»Trina, ich bin's«, sagte ich mit fester Stimme, streckte ihr die Hände entgegen und sah ihr in die Augen. »Ich bin's ... Ruben ...« Ich sah in ihren Augen, dass sie mich langsam erkannte, doch es schien kaum einen Unterschied zu bewirken.

»Geh aus dem Weg, Ruben«, sagte sie, trat auf mich zu und schob ihr Gesicht bis auf wenige Zentimeter an meins heran. »Du hältst mich nicht auf.«

»Ich will dich nicht aufhalten«, erklärte ich ihr. »Ich will dir helfen, die Äffin zurückzukriegen.«

Das hatte sie nicht erwartet und für einen kurzen Moment stand sie bloß da und wusste nicht, was sie sagen sollte. Doch dann durchschnitt ein stechendes Kreischen die Luft, gefolgt von einem kehligen Schmerzensschrei, und Trina starrte plötzlich an mir vorbei auf den Range Rover. Als ich herumfuhr, sah ich, dass Skender noch immer mit der Äffin im Fond saß und dass sie immer noch Leine und Halsband trug, aber Skender hatte die Leine irgendwie losgelassen und die Äffin hatte ihn angegriffen. Sie hatte ihn jetzt im Griff – sprang umher, schrie und kreischte, warf sich ihm entgegen, schlug ihn, biss ihn – und er versuchte verzweifelt sich zu verteidigen ... duckte sich weg, schützte sein Gesicht, schlug mit den Armen um sich, versuchte sie abzuwehren ...

Er war zu sehr mit der Äffin beschäftigt, als dass er auch nur einen Gedanken an Trina und mich verschwendet hätte, und wir wussten, dass das unsere Chance war, sie zurückzubekommen. Die Frage war nur, würde die

Äffin uns wiedererkennen und merken, dass wir ihr helfen wollten? Oder würde sie uns als Bedrohung sehen und ebenfalls angreifen?

Es gab nur eine Möglichkeit, das herauszufinden.

~ ~ ~

Während Trina auf die andere Seite des Range Rovers lief, bückte ich mich und stach mit dem Springmesser in den linken hinteren Reifen. Als ich wieder hochkam und durch die Fahrzeugscheibe blickte, lag Skender halb nach hinten gegen die andere Scheibe gelehnt und schlug und keilte mit einem Aluminium-Aktenkoffer nach der Äffin. Doch es half nichts. Sie sprang ihn noch immer an, schrie wie am Spieß, schlug ihn, packte ihn, biss ihn, aber als ich die Tür öffnete, hörte sie sofort auf und schaute sich zu mir um. Und als ich sie ansah, verschwand mit einem Schlag, was immer ich an Ängsten gehegt hatte, dass sie mich angreifen könnte. Sie wusste, wer ich war. Ich sah es in ihren Augen. Und wir wussten beide, dass wir nichts voneinander zu befürchten hatten.

Als Trina die andere Tür aufriss, die Tür, gegen die Skender lehnte, schaute die Äffin sich wieder um. Skender hatte es nicht erwartet und ich sah den Schock in seinem Gesicht aufblitzen, als sein Kopf und der Oberkörper plötzlich aus dem Auto heraussackten. Trina griff schnell in den Wagen und riss ihm den Aktenkoffer aus der Hand, ehe er wusste, wie ihm geschah. Er fasste hektisch nach, aber Trina reckte den Arm nach oben, sodass er nicht an den Koffer drankam, und dann – als er stattdessen nach dem Türrahmen griff und versuchte sich hochzuziehen –, hob sie den Koffer über ihre Schulter und rammte ihn in seinen Schädel. Er sackte zurück, vorübergehend betäubt, obwohl er es irgendwie immer noch schaffte eine Hand am Türrahmen festzuhalten, doch da schwang Trina wieder den Koffer und traf Skender erneut. Diesmal legte sie alles in diesen Schlag, was sie an Kräften besaß, und seine Hand sank vom Rahmen und der Körper erschlaffte. Erneut sackte er aus der Türöffnung … und dann hing er bloß da, noch am Leben, aber nicht mehr bei Bewusstsein.

Stille fiel auf uns herab, umfing uns.

Mich, Trina, die Äffin …

Es gab nur noch uns.

~ ~ ~

Es war eine Stille wie sonst keine. Eine Stille, so vollkommen, dass es sich anfühlte, als hätte die Erde aufgehört sich zu drehen. Und ohne Drehung gibt es keine Zeit. Nichts, das vorbeigeht … nichts, das irgendwas ist.

~ ~ ~

Die Welt bewegte sich wieder, als das Motorgeräusch des Skoda neben uns war, und dann hörte ich Coles Stimme rufen: *»Ruben! Trina! Beeilt euch! Macht schon!«*

Die Äffin sah mich an.

Ich streckte meine Hand aus und sie nahm meinen kleinen Finger.

»Ich hab doch gesagt, sie mag dich.«

Ich drehte mich um und sah Trina, die neben mir stand. Sie hatte den Aluminiumkoffer unter dem Arm. Er hatte eine kopfgroße Beule abbekommen und der Henkel war verbogen und hatte sich halb gelöst.

»Wenn ich ihn nicht mitgenommen hätte«, sagte sie lächelnd, »dann würde er denken, dass irgendwas mit mir nicht stimmt.«

Ich grinste.

»Komm schon, Rube!«, rief Cole aus dem Skoda. *»Wir müssen los!«*

Die Äffin gab meinen Finger frei und sprang ohne Mühe aus dem Range Rover. Und zu dritt stiegen wir um in den Skoda.

ZWÖLF

In den ersten zehn Minuten, nachdem wir von der Raststätte weg waren, war alles ein bisschen chaotisch. Finns Hund Huck hörte nicht auf, die Äffin anzubellen, und die Äffin hörte nicht auf, Huck anzukreischen … Trina redete entweder zu schnell oder lachte zu viel, und wenn sie nicht redete oder lachte, heulte sie … und Finn? Tja, Finn saß bloß da und versuchte leise den Hund zu beruhigen, während er gleichzeitig alles und jeden um sich herum betrachtete und belauschte. Er saß mit Trina (und Huck und der Äffin) hinten und Cole checkte ihn permanent im Rückspiegel. Cole tat das nicht sehr dezent und Finn war nicht blöd. Er wusste, dass Cole ihn beobachtete, und er wusste auch, dass Cole genau das *wollte*. Cole mochte Finn nicht … daran bestand kein Zweifel. Er mochte ihn nicht, traute ihm nicht, wollte ihn nicht dabeihaben. Doch das war nicht das Einzige … irgendwas anderes war da noch zwischen den beiden … etwas, das vorher nicht da gewesen war.

Irgendwas hatte sich verändert.

Ich wusste nicht, was oder wieso oder wann es passiert war, und im Moment war es mir auch egal. Wir litten wahrscheinlich alle noch unter den Nachwehen von zu viel Adrenalin. Herz und Verstand begriffen allmählich, was eben passiert war und was wir getan hatten – und auch, was hätte passieren *können* und was vielleicht noch passieren *würde*.

Es war zu viel, um es auf einmal zu schlucken.

Zu schwer.

Zu ermüdend.

Und als das tröstliche Summen der Autobahn wieder einsetzte, beruhigte sich nach und nach alles. Das Reden verlor sich. Huck und die Äffin hörten auf zu kläffen und zu kreischen und der Wagen sank allmählich in ein erschöpftes Schweigen. Nach einer Weile stürzte ein neuer Regenschwall aus einem purpurgrauen Himmel und das hypnotisierende leise Klacken der Scheibenwischer hatte ein bisschen was vom Rhythmus eines Einschlaflieds.

~ ~ ~

Es dauerte eine Weile, ehe die Stille im Wagen dem Geräusch der Stimmen Platz machte. Es geschah allmählich, zögernd, aber dann dauerte es nicht mehr lange, bis das Ganze wieder normal klang. Wir schienen jetzt alle viel ruhiger, vor allem Trina. Sie war jetzt fast wieder die Alte – kein manisches Lachen mehr, kein zu schnelles Plappern … sie war einfach wieder, wie immer sie war.

Und im Moment beugte sie sich zwischen den beiden Vordersitzen hindurch und fragte Cole mit leiser Stimme, ob mit ihm alles okay sei.

»Ja, alles gut«, antwortete er, ohne den Blick von der Straße zu nehmen.

»Ist mit *uns* wieder alles okay?«

Ein kurzes Zögern, dann: »Was meinst du?«

»Du weißt schon … wegen Finn.«

»Was ist mit ihm?«

»Bist du noch sauer auf mich, dass ich ihm eine Mitfahrgelegenheit angeboten hab?«

Cole schüttelte den Kopf. »Ich bin wegen gar nichts sauer.«

»Warst du aber, stimmt's?«

Er zuckte die Schultern, unbehaglich und mit sich selbst nicht im Reinen.

»Ich hab nur versucht, ihm zu helfen, sonst nichts«, redete Trina weiter. »Ich hab nicht gedacht, dass das eine große Sache wär oder so. Ich … keine Ahnung … er hat da vor dem Shop gesessen mit seinem Hund und einem Pappschild. Er hat niemanden belästigt … Ich meine, er hat nicht um Geld gebettelt oder so, er hat einfach versucht, nach Manchester zu kommen. Die meisten, die vorbeiliefen, haben ihn gar nicht beachtet, selbst dann nicht, als so ein paar Dreckskerle vorbeikamen und einer ihm voll ins Gesicht gespuckt hat.«

»Na toll«, sagte ich und guckte zu Finn.

»Kommt vor«, sagte er achselzuckend.

»Jedenfalls konnte ich ihn doch nicht auch einfach ignorieren, oder?«, meinte Trina.

»Also hast du ihm angeboten, dass er mitfahren kann«, sagte Cole.

»Ja, genau.«

»Nach Manchester?«, fragte Cole.

»Ja. Ich meine, wir müssen doch sowieso in die Richtung, oder?«

Cole zog die Augenbrauen zusammen. »Wir fahren nicht nach Manchester.«

»Aber wir fahren doch Richtung Norden, oder?«

»Ja, aber –«

»Manchester ist im Norden.«

Sie wusste offenbar nicht genau, wo Manchester lag – oder dass »Richtung Norden« ein ziemlich weiter Begriff war –, doch Cole sagte nichts, sondern gab mir mit einem Blick zu verstehen, dass ich das auch nicht kommentieren sollte. Es gab keinen Grund, sie zu korrigieren – und damit bloßzustellen –, einfach nur so. Cole konnte nichts tun, um Finn davon abzuhalten, doch wenn der etwas hätte sagen wollen, dann wär es wahrscheinlich längst passiert.

Huck, der Hund, war inzwischen aus Finns Schoß gesprungen und stand jetzt im Fußraum zwischen den beiden Vordersitzen, den Kopf flach auf die Mittellehne gelegt. Als ich ihn ansah und Hallo sagte, hob er nicht mal den Kopf, sondern bewegte nur seine Augen – rollte sie nach oben, um zurückzuschauen.

»Darf ich ihn streicheln?«, fragte ich Finn.

»Darauf wartet er.«

Ich fasste nach unten und streichelte seinen Kopf. Das pechschwarze Fell war weicher, als ich mir vorgestellt hatte, und anders als bei der Äffin schien es in einem perfekten Zustand, was zeigte, dass er in guten Händen war. Nicht dass Finn deshalb automatisch ein *guter* Mensch sein musste, doch es machte wahrscheinlicher, dass er kein *schlechter* Mensch war.

»Sieh zu, dass der Hund hinten bleibt, Rube«, sagte Cole. »Ich will nicht, dass er hier vorn um mich rumspringt, wenn ich fahre.«

»Da musst du keine Sorge haben«, erklärte Finn Cole.

»Huck ist kein großer Springer. Hat nicht die Beine dafür.«

Da hatte er recht. Huck war offensichtlich ein Mischling. Doch statt einer undefinierbaren Mischung aus allen möglichen Formen und Größen besaß er den Kopf und die Statur eines mittelgroßen Hundes – vielleicht eines Labradors – und die kurzen Beine eines Corgis oder so. Seine Beine waren höchstens halb so lang, wie man es bei einem Hund mit so einem Körper erwarten würde. Das gab ihm ein merkwürdig unförmiges und unausgeglichenes Aussehen, was vermutlich nicht jedermanns Sache war. Aber ich mochte es. Er war ein Außenseiter, genau wie wir alle. Und häufig halten wir Außenseiter andere Dinge für schön als andere Leute.

»Und du versuchst also, nach Manchester zu kommen?«, fragte Cole Finn und sah ihn wieder im Rückspiegel an.

»Ja«, antwortete Finn.

»Kommst du von dort?«

»Ja ... hörst du das nicht an meinem Dialekt?«

»Ich dachte, es wär ein Sprachfehler.«

Finn lachte und ich musste mitschmunzeln. Es war in der Tat ziemlich lustig.

»Was hast du an der Raststätte gemacht?«, fragte Cole weiter.

»Genau das, was Trina gesagt hat. Hab nur versucht, eine Mitfahrgelegenheit zu bekommen.«

»Ich meine, wie bist du da hingekommen? Von wo kamst du?«

»War 'ne Weile unterwegs.«

»Irgendwo Interessantes?«

»Bloß hier und da, du weißt schon … nirgends speziell.«

»Verstehe …«

Finn lächelte »Du bist nicht sonderlich gut in so was, stimmt's?«

»Gut in was?«

»Dich zu unterhalten. So zu tun, als ob du ein normales Gespräch führen willst.«

Cole schüttelte den Kopf. »Ich tu nicht so als ob. Ich versuch mich nur zu unterhalten, das ist alles. Das machen Menschen so.«

»Aber du machst das nicht, richtig?«

Ich streichelte immer noch Huck, deshalb saß ich halb zur Seite gedreht auf meinem Platz und konnte Finn sehen, wie er mit Cole sprach. Und ich entdeckte keine Feindschaft oder Bosheit bei ihm. Er wirkte auch nicht beleidigt oder sauer, weil Cole ihm zu viele Fragen stellte. Eher gab er Cole in aller Ruhe zu verstehen, dass ihn Finns Privatleben nichts anging. Ich konnte mich natürlich täuschen, doch als ich ihn so beobachtete und er mich anblickte und lächelte, sah und spürte ich keinerlei Arglist in ihm.

Er hatte die Kapuze jetzt abgezogen, sodass ich weit mehr von ihm sehen konnte als vorher. Ich sah den wirren Haarschopf aus dunkelblonden Dreadlocks und eine halb gerauchte Zigarette, die hinter dem einen Ohr steckte. Und ich sah all seine unterschiedlichen Piercings – die zahlreichen Ohrringe, die Stecker in Lippe und Nase, die beiden silbernen Barbells in der linken Augenbraue. Anfangs hatte ich gedacht, dass er ziemlich fertig wirkte – zu blass, zu ausgemergelt … zu erschöpft und irgendwie völlig ausgepowert für sein Alter. Und jetzt, aus der Nähe, schien das nicht anders. Aber das Besondere an ihm, was ich jetzt sehen konnte und vorher nicht, war das Leuchten in seinen Augen, das alles überstrahlte wie ein einsamer Stern in der Dunkelheit.

Plötzlich merkte ich, dass ich ihn womöglich viel zu lange angestarrt hatte, und um es nicht allzu sichtbar zu machen, tätschelte ich ein letztes Mal Hucks Schulter und wandte den Kopf wieder nach vorn.

Cole warf mir einen kurzen Seitenblick zu. »Alles okay?«

Ich nickte. »Was glaubst du, wie sie uns gefunden haben? Meinst du, es war noch ein zweiter Peilsender in dem Mercedes?«

»Möglich ...«

»Wie hätten sie sonst wissen sollen, wo wir waren? Und erzähl mir nicht, dass Skenders Männer sämtliche Tank- und Raststellen überprüft haben. Die Chance, zufällig zur selben Zeit am selben Ort zu sein wie wir, liegt praktisch bei null.«

Er zuckte mit den Schultern. »*Könnte* aber trotzdem sein ...«

»Ja, war's aber nicht, oder?«

Er sah mich an und zeigte ein beinahe undurchschaubares Lächeln, dann blickte er wieder zurück auf die Straße.

»Was hast du gedacht, als du an der Raststätte plötzlich Jorqi gesehen hast?«, fragte er mich. »Warst du überrascht?«

»Ja, schon ein bisschen.«

»Bloß ein bisschen?«

»War eigentlich unmöglich, dass sie ihn so schnell wieder freigelassen haben, um rechtzeitig da zu sein.«

»Genau ... und was sagt uns das?«

»Die Cops, die ihn gestoppt haben, waren korrupt.«

»Oder sie wurden von einem hochrangigen Beamten angewiesen, der korrupt ist.«

Ich nickte. »Und dieser hochrangige Beamte könnte seine Befehle von Skender oder Savik bekommen haben.«

»Skender ist deutlich wahrscheinlicher. Er wär nie so lange mit seinen Geschäften durchgekommen, wenn er nicht ein paar Cops in der Hand hätte, und wenn sie so weit oben sitzen, wie es den Anschein hat – und ich seh nicht, wie es anders möglich gewesen wär, Jorqi freizukriegen –, bedeutet das, Skender wird nicht bloß von der Polizei *gedeckt*, sondern hat womöglich auch Zugang zu all den Quellen, die die Polizei besitzt und die man nutzen kann, um Leute aufzuspüren – Überwachungskameras, Geschwindigkeitsmessungen, automatische Nummernschilderkennung, mobile Handyortung ...«

»Du glaubst echt, das ist denkbar?«

»Zumindest nicht *un*denkbar.«

»Und was machen wir jetzt?«

»Also, als Erstes musst du wohl dein Handy loswerden.«

Ich schüttelte den Kopf. »Das war die ganze Zeit ausgestellt, nachdem ich die Notrufnummer gewählt hatte. Sie können es nicht orten, wenn es nicht an ist.«

»Sie können es.« Das war Finns Stimme. »Sie wollen, dass alle glauben, es geht nicht, aber es geht.«

Cole sah ihn im Rückspiegel an. »Woher weißt *du* das?«

»Ich weiß alle möglichen Dinge.«

»Das glaub ich sofort.«

»Oh Mann, verdammt«, sagte Trina und klang ziemlich angefressen. »Merkt ihr zwei eigentlich, wie armselig ihr klingt? Ist gerade so, als wenn man zwei kleinen Kindern auf dem Spielplatz zuhört.«

Das brachte sie zum Schweigen. Sie wussten, dass Trina recht hatte, und es war peinlich, wenn nicht noch mehr, besonders für Cole. Das war nicht er. Diese kindische Eifersucht oder was immer es war … dieses alberne und erbärmliche Schießen aus dem Hinterhalt … das war er einfach nicht. Trina hatte recht – es *war* armselig.

»Ich hab nicht infrage gestellt, was du gesagt hast«, erklärte Cole Finn. »Ich wollt es nur wissen.« Es lag nichts offen Reumütiges oder Bedauerndes in seiner Stimme, aber wenigstens bemühte er sich. »Ich bin ganz deiner Meinung«, fuhr er fort und warf Finn einen Blick durch den Rückspiegel zu. »Deshalb will ich, dass Ruben sein Handy wegwirft.«

Finn nickte. »Ist die einzige Möglichkeit, absolut sicher zu sein, dass das Teil nicht geortet wird. Du solltest deins auch wegschmeißen.«

Cole schüttelte den Kopf. »Ich benutz die Dinger nicht.«

Finn lächelte. »Ich auch nicht.«

Cole sah Trina mit einem fragenden Blick an.

»Ich musste meins zurücklassen«, sagte sie. »Besser gesagt, ich *musste* nicht … aber so hab ich sie glauben gemacht, dass ich nicht weggelaufen bin. Keiner lässt doch sein Handy zurück, wenn man nicht vorhat wiederzukommen.«

»Sieht so aus, als ob du der Einzige bist, Rube«, sagte Cole.

»Was ist mit dem Monkey House? Ich hab die Leute noch nicht erreicht.«

»Wir können sie von einem Münztelefon anrufen, wenn wir das nächste Mal halten.«

Es machte Sinn, nichts zu riskieren, und es war auch nicht so, dass es mir um das Handy leidtat – Persönliches hatte ich da sowieso nicht drauf gespeichert. Aber dass Arlo uns jetzt nicht mehr erreichen würde und wir nicht erfahren konnten, was mit unserer Mum war, tat weh. Trotzdem machte ich mich daran, das Teil loszuwerden. Ich nahm die SIM-Karte raus, öffnete das Fenster und warf mein Handy weg, dann knickte ich die SIM-Karte ein paarmal, bis sie zerbrach, und sie flog hinterher.

~ ~ ~

Als Nächstes mussten wir den Skoda loswerden. Zu viele Menschen hatten uns darin gesehen – Skender und seine Leute, Dutzende Schaulustige auf dem Parkplatz – und die Polizei würde inzwischen sicher Zeugenaussagen aufnehmen und die ganzen Überwachungsvideos durchgehen …

Und wir mussten nun davon ausgehen, dass Skender alles erfuhr, was die Cops wussten.

Deshalb musste der Skoda weg.

Das Problem war nur: Die Polizei und auch Skender *erwarteten* garantiert, dass wir noch mal das Fahrzeug wechseln würden, und die Cops hatten sicher schon sämtliche Raststätten informiert, nach uns Ausschau zu halten und Berichte über gestohlene Fahrzeuge umgehend zu melden. Das hieß, wir mussten einen anderen Ort suchen, wo wir den Skoda loswerden und ein neues Auto knacken konnten. Und wir mussten es so schnell wie möglich tun.

»Vielleicht sollten wir ja von der Autobahn runterfahren«, schlug Finn vor.

»Ja, vielleicht …«, sagte Cole. Er drehte sich zu mir um. »Was meinst du?«

»Warte einen Moment«, antwortete ich und konzentrierte mich auf das nächste Hinweisschild. Ich sah, wie es auf uns zukam, vorbeiflog und hinter uns verschwand, dann sagte ich zu Cole: »Ich denke, wir sollten die nächste Abfahrt nehmen und dann den Schildern in Richtung M18 folgen.«

»Wieso?«, fragte Cole.

»Die M18 führt uns in etwa fünfzehn Minuten zum Flughafen Doncaster.«

Cole verstand erst nicht, was ich meinte – warum sollten wir zu einem Flughafen fahren? –, aber es dauerte nicht lange, bis bei ihm der Groschen fiel. Er sah mich an, nickte kurz, schaute danach in den Seitenspiegel und wechselte die Spur. Die Ausfahrt war nur noch achthundert Meter entfernt. Sobald wir auf der langsamen Spur waren, sah ich, wie Cole in den Rückspiegel schaute, und am Leuchten in seinen Augen erkannte ich, dass er nicht zu Finn schaute, sondern Trina ansah. Ich konnte nicht sehen, wie sie reagierte, doch was immer es war – ein Lächeln … ein Blick … etwas kaum Wahrnehmbares –, es nahm eine Last von Cole, und als er wieder auf die Straße zurückschaute, den Blinker setzte und den Skoda abbremste, weil wir uns der Ausfahrt näherten, lag etwas Zufriedenes – vielleicht sogar Glück – in seinem Ausdruck, wie ich es seit einer Ewigkeit nicht mehr bei ihm gesehen hatte.

DREIZEHN

Ein Langzeit-Parkplatz am Flughafen ist für Leute, die ihr Auto eine längere Weile abstellen müssen, gewöhnlich mindestens eine Woche. Für uns bedeutete das: Wenn wir von dort ein Auto klauten, konnten wir relativ sicher sein, dass die Polizei erst nach Tagen, hoffentlich sogar noch später davon erfuhr. Es war natürlich alles andere als eine narrensichere Idee und es gab jede Menge Dinge, die dabei schiefgehen konnten, aber wenn sie funktionierte und wir damit durchkamen, ohne dass jemand es mitkriegte, hieß das, wir konnten eine Weile weitermachen und mussten nicht andauernd ängstlich über die Schulter gucken.

Es war nicht viel, was wir uns da erhofften, aber im Moment hatten wir nichts anderes.

~ ~ ~

Es dauerte eine ganze Weile – hauptsächlich weil auf dem Parkplatz mehr los war, als wir erwartet hatten, und wir immer wieder stehen bleiben mussten, um nicht gesehen zu werden –, doch davon abgesehen lief alles relativ glatt und ungefähr nach einer Stunde waren wir in einem zehn Jahre alten Jeep Cherokee auf der A1 unterwegs Richtung Leeds. Die Entscheidung für den Jeep war allein der Tatsache geschuldet, dass er das erste Auto war, das sich relativ einfach aufbrechen ließ. Dass es am Ende eine gute Wahl blieb, war einfach Glück. Einer der Vorteile war, dass der Jeep für Huck und die Äffin ausreichend Platz in dem Kofferabteil hinter der Rückbank bot, sodass sie ein bisschen mehr Freiraum hatten. Sie waren noch nicht wirklich so was wie beste Freunde – sie waren immer noch etwas misstrauisch dem andern gegenüber –, doch es herrschte jetzt keine Feindseligkeit oder Aggression mehr zwischen ihnen. Für die Äffin schien es okay zu sein ab und zu, wenn sie es wollte, die Gesellschaft eines nicht menschlichen Wesens zu suchen. Und dass sie *hinter* der Rückbank Platz fanden, gab uns allen etwas mehr Raum. Doch das Beste an dem Jeep war, dass wir, nachdem wir im Handschuhfach den Ausdruck mit den Flugdaten entdeckt hatten, wussten, der Eigentümer, Fahrer oder was auch immer kam erst in zehn Tagen zurück. Bis dahin würde der Diebstahl also unentdeckt bleiben und *das* hieß, in den nächsten zehn Tagen würde auch niemand wissen, was für ein Auto wir inzwischen fuhren und wo wir steckten.

Das war ein gutes Gefühl.

Es war, als könnten wir wieder atmen.

Aber wie alles Gute hielt das Gefühl nicht lange an.

~ ~ ~

An der Tankstelle hätten wir eigentlich gar nicht halten müssen. Der Tank des Jeeps war noch mehr als halb voll und es gab auch noch jede Menge zu essen von dem, was Trina an der Raststätte gekauft hatte, also brauchten wir nichts. Doch als die Tankstelle auftauchte – und nachdem Cole schon vorher gesagt hatte, dass er gern eine Pause machen würde –, hatten wir das alle für eine ziemlich gute Idee gehalten. Ruhe war das, was wir am dringendsten brauchten. Keine Bewegung, kein Fahren, kein Verkehr ... nur die Chance stillzustehen, nicht über irgendwas nachdenken zu müssen, uns selbst eine Pause von dem Wahnsinn dieses Tages zu gönnen.

Es war eine große Tankstelle und sie hatte viel mehr zu bieten als die meisten Tankstellen, die nicht an einer Autobahn liegen. Der Shop war fast so groß und das Angebot fast so umfassend wie die Shops an den Autobahn-Raststätten, es gab ein separates Café und die Toiletten verfügten über einen Wickelraum und sogar Duschen. Es gab eine Reihe von Parklücken am anderen Ende der Anlage und dahinter ein freies Gelände mit gepflegtem Rasen, Büschen und ein paar Holzbänken.

Cole parkte den Jeep in einer der Lücken am Ende der Reihe, und als er den Motor abstellte, saßen wir eine Weile einfach nur da und sogen das Schweigen und die Stille ein. Ich hatte, als wir den Jeep stahlen, mit Trina die Plätze getauscht, deshalb saß sie jetzt vorn neben Cole und ich mit Finn auf der Rückbank. Huck und die Äffin waren im Kofferabteil hinter uns – die Äffin stieß leise kleine Pieps- und Gluckslaute aus, während Huck ab und zu dezent knurrte.

Da saßen wir also in dem zehn Jahre alten Jeep Cherokee an einer Tankstelle an der A1 irgendwo in der Nähe von Leeds und genossen den ersten ruhigen Moment des Tages. Und das war der Moment, in dem ich merkte, dass ich die ganze Zeit blind auf Skenders Aluminiumkoffer starrte.

Trina hatte den Koffer unter den Beifahrersitz geschoben, als wir unsere wenigen Habseligkeiten vom Skoda in den Jeep umluden, und weil ich direkt hinter dem Beifahrersitz saß, sah ich den Koffer plötzlich vorragen. Ich wusste nicht, wie lange ich ihn schon anstarrte, ohne ihn wirklich zu sehen – ich musste tief in Gedanken versunken gewesen sein –, und genauso wenig wusste ich, wieso ich ihn plötzlich bewusst registrierte. Ich merkte nur irgendwann, dass ich mich bereits vorbeugte und nach ihm griff. Und dann zog ich ihn raus, setzte mich wieder auf und legte ihn auf meinen Schoß.

Der kaputte Griff und die kopfgroße Beule auf der Oberseite brachten kurz die Erinnerung zurück, wie Trina den Koffer in Skenders Schädel rammte, was mir ein Lächeln entlockte, doch dann fing ich an drüber nachzudenken, was Skender ihr antun würde, wenn er sie je noch mal in die Finger bekam … und das Lächeln verflog.

Ich richtete meine Aufmerksamkeit wieder auf den Koffer. Er war mit zwei Zahlenschlössern gesichert. Beide Schlösser waren ein bisschen verformt, doch als ich sie ausprobierte, funktionierten sie noch. Ich versuchte den Koffer gewaltsam zu öffnen, in der Hoffnung, er sei vielleicht so stark beschädigt, dass ich ihn mit meinen Händen aufbrechen könnte, doch das war nicht der Fall und mein Versuch misslang.

»Hier«, sagte Finn und reichte mir etwas. »Versuch's damit.«

Es war so ein Multifunktionswerkzeug, so ein Ding zum Ausklappen, und Finn hatte es bereits zu einer Kneifzange geöffnet. Ich nahm sie ihm ab, probierte aus, wie ich sie am besten ansetzen konnte, und versuchte mich dann an den Befestigungen von einem der beiden Schlösser. Die Zange funktionierte viel besser, als ich gedacht hatte, und sobald ich den richtigen Griff um die Befestigungen hatte, musste ich die Zange nur noch nach vorne ziehen und gleichzeitig zur Seite drehen und das Schloss schnappte auf. Genauso leicht ging es mit Schloss Nummer zwei.

Ich gab Finn die Zange zurück und öffnete den Koffer.

Als Erstes sah ich die untrügliche Farbe von Geld – verblichenes Braun, Purpur, Weinrot. Es lag auch noch anderes drin, aber Geldscheine haben irgendwas an sich, das deine Aufmerksamkeit so sehr anzieht und im ganzen Körper kribbeln lässt wie nichts anderes auf der Welt. Deshalb starrte ich einen Moment lang das viele Geld einfach nur an – die mit Gummiband zusammengehaltenen Zehner- und Zwanziger-Rollen, die Stapel brandneuer Fünfziger, die losen Scheine, die in braune Umschläge gestopft waren. Es gab auch ein paar Bündel Euro-Scheine, hauptsächlich 200er und 500er.

»Scheiße«, hörte ich Finn murmeln.

Er war herübergerutscht und saß jetzt Schulter an Schulter mit mir, um in den Koffer zu gucken. Ich hörte und spürte, wie er staunend den Atem ausstieß, und dann hörte ich Trinas Stimme.

»Irgendwas Interessantes?«

Ich guckte hoch und sah, dass sie sich zu mir gewandt hatte, um zu schauen, was ich tat. Das Gleiche galt auch für Cole. Ich drehte den Koffer um und hielt ihn mit offenem Deckel hin, damit es beide sehen konnten. Trina schnappte bei dem Anblick des Geldes nach Luft, doch dann hellte sich ihr Blick auf und sie sah uns mit einem Grinsen an, das vom einen Ohr bis zum andern reichte.

»Meinst du, das Geld ist echt?«, fragte mich Cole.

Ich griff in den Koffer, nahm einen Zwanzigpfundschein heraus und hielt ihn gegen das Licht. Der Schein schien absolut in Ordnung, und als ich mit meinem Finger drüberrieb, wirkte er auch okay.

»Ist entweder echt oder eine sehr gute Fälschung«, antwortete ich.

Er nickte, dann schaute er wieder nach unten auf das Geld. »Was denkst du? Zwanzig Riesen? Fünfundzwanzig?«

»Wahrscheinlich eher so an die dreißig.«

Außer dem Bargeld fanden sich auch noch drei mit Gummiband zusammengehaltene Stapel Kreditkarten in dem Koffer. Cole griff hinein und nahm einen raus, entfernte das Gummi, ließ den Stapel durch die Finger gleiten und zog nach dem Zufallsprinzip ein paar Karten heraus, um sie zu checken. Alle schienen nagelneu, jede trug einen anderen Namen und war nicht unterschrieben. Cole band sie wieder zusammen und warf den Stapel zurück in den Aktenkoffer.

Viel mehr war sonst nicht drin – nur ein paar Stifte, ein Schlüsselbund, ein paar Brillen … und halb verborgen in einer Tasche mit Gummizug eine Mappe im Din-A4-Format.

»Ich muss eine rauchen«, sagte Finn, rutschte über den Sitz und öffnete die Tür.

Er stieg aus dem Wagen, griff nach der halb gerauchten Zigarette hinter seinem Ohr und ging zu einer der

Holzbänke. Ich beobachtete ihn, wie er sich hinsetzte, die Zigarette anzündete und einen tiefen Zug nahm, dann drehte ich mich zu Cole um, wie er es aufnahm. Er hatte nach unserer Fahrt ins Dartmoor aufgehört zu rauchen und auch wenn er es nicht allzu schwer fand und – soweit ich wusste – nie mehr in Versuchung gekommen war, wieder anzufangen, hatte er im Moment ziemlich viel Stress am Hals, sodass ihn der Anblick, wie Finn rauchte, vielleicht doch in Versuchung brachte. Aber er wirkte nicht sonderlich nervös – nicht, dass das notwendigerweise irgendwas hieß. Cole war sehr gut darin, seine Gefühle zu verbergen. Er hatte das fast sein ganzes Leben lang so gemacht.

Trina hatte sich inzwischen zu ihm hinübergebeugt und ich hörte sie leise fragen, ob mit ihm alles okay sei.

»Ja, ach …«, murmelte er, »ich denk einfach bloß nach.«

Sie lächelte ihn an. »Tut dir aber nicht gut.«

»Was tut mir nicht gut?«

»So viel nachzudenken … kommt allem andern in die Quere.«

»Findest du?«

Sie lächelte wieder.

Ich schaute weg und blickte erneut in den Koffer. Ich hörte sie weiterreden, doch es war jetzt nur ein leises Gemurmel und die Worte waren zu unscharf, um sie zu verstehen.

Ich griff in den Aluminiumkoffer und nahm die Mappe heraus, dann schloss ich ihn und legte sie obenauf. Es war nicht zu erkennen, was sich in ihr befand – Vorder- und Rückseite der Mappe waren beide leer –, doch es mussten offenbar irgendwelche Papiere drinstecken, und so schmal, wie die Mappe war, konnten es nicht allzu viele sein. Ich wollte sie gerade öffnen, als mir mein Inneres auf einmal sagte: *Lass es … leg sie zurück … du willst nicht wissen, was drinsteht …*

Ich wartete einen Moment und versuchte mir vorzustellen, wie es sich anfühlen mochte, wenn ich die Mappe wieder zurücklegte, ohne hineinzugucken. Ich sah es mich tun, sah, wie ich die Mappe in die Gummizugtasche des Koffers zurückschob, ohne zu wissen, was drin war, doch ich konnte mir einfach nicht vorstellen, etwas anderes als den unwiderstehlichen Drang zu empfinden, sie wieder rauszuholen und nachzuschauen, was sie enthielt.

Ich schaute auf die Mappe. Und öffnete sie.

~ ~ ~

Ich brauchte nicht lange, um die Papiere in der Mappe durchzublättern. Es waren nur etwa ein Dutzend Blätter und die meisten enthielten bloß Listen mit Namen und Zahlen, einige davon handgeschrieben, andere gedruckt. Ein paar waren in einer Sprache und Schrift verfasst, die ich nicht kannte, die übrigen waren auf Englisch. Es handelte sich eindeutig um irgendwelche Protokolle, doch zum größten Teil konnte ich nicht erkennen, worauf sie sich bezogen, was wahrscheinlich Absicht war. Die einzige Ausnahme war ein Dokument aus zwei zusammengehefteten Seiten, die beide eine Reihe Porträtfotos von jungen Frauen zeigten. Die Porträts waren in Passfotogröße und es gab je sechs auf einer Seite, offenbar eingescannt und ausgedruckt mit wenig oder gar keinem

Anspruch auf Qualität. Sie waren zwar deutlich genug, um zu erkennen, wie die Frauen aussahen, mehr aber auch nicht. Unter jedem der Bilder stand ein Name (nur der Vorname), das Alter der Frau und der Preis. Die Namen waren ganz sicher falsch, die Altersangaben reichten von siebzehn bis zwanzig (und waren wahrscheinlich auch falsch) und die Preise waren in Pfund und Euro angegeben.

Das einzige Foto mit einer zusätzlichen Info zeigte ein Mädchen mit traurigen Augen und rabenschwarzem Haar, dessen Name als Jetta verzeichnet war. Sie war angeblich siebzehn. Mit der Hand hingekritzelt stand neben dem Bild: *Jetta. Fleetside HU1? Sag Sken, sie ist schwanger und was er jetzt machen will. lansk 15 für kid*

Ich starrte wie gelähmt auf das Foto ... erkannte sie ... wusste nicht ... sagte mir: Es kann nicht sein, unmöglich ... wie kann das sie sein? Es ergab keinen Sinn. Doch ihre Augen zogen mich in das Bild, in ein dichtes und stummes Dunkel ... in einen Wald ... ihr zerrissenes Herz schrie ... ihr trauriger Kuss ... und ich sehe sie gleichzeitig auch im Licht einer anderen Zeit, an einem anderen Ort ... das leise Zischeln eines Gasofens, der Geruch nach Zigarrenrauch und Kaffee ... und ich sehe, wie sie den Blick senkt und in das Licht der trägen blauen Flammen lächelt ...

Und dann war alles vorbei.

Und als ich die Augen wieder öffnete, sah ich Coles besorgtes Gesicht direkt vor mir und ich konnte ihm nur stumm die Blätter reichen, auf das Foto des Mädchens mit den traurigen Augen deuten und es ihn selbst sehen lassen.

VIERZEHN

Sie hieß Jess Delaney. Wir hatten sie getroffen, als wir ins Dartmoor fuhren, um rauszufinden, was mit Rachel passiert war. Sie hatte uns geholfen, als sich alle anderen weigerten, in dem Wissen, dass es das ganze Dorf gegen sie aufbringen würde, und sie hatte dafür einen hohen Preis bezahlt.

Sie war besonders.

Traurig und freundlich …

Und gut.

Ihr guter Charakter hinderte sie nicht daran zu tun, was getan werden musste, und in dieser Hinsicht war sie Cole sehr ähnlich. Sie hatten auch noch andere Gemeinsamkeiten und eine, die mir jetzt gerade wieder einfiel – als Cole immer noch dasaß und stumm das Bild anstarrte – war die Angst, ihrem Herzen zu folgen. Ich war in Coles Innerem gewesen, als er mit Jess zusammen war. Ich hatte gefühlt, was sie füreinander empfanden. Und ich fühlte es immer noch … jetzt *und* damals … und jetzt sind wir wieder dort, zurück in dem Wohnwagen auf dem Roma-Camp und teilen den gleichen Moment … Cole und Jess, wie sie sich anblicken, das Verlangen spüren, woanders zu sein … irgendwo allein, irgendwo zusammen … und beide sehen ihn – einen Ort mit weichem Gras, Geflüster und einem weiten Himmel darüber –, doch sie wissen beide, es wird nie geschehen. Es ist ein anderer Ort, eine andere Zeit, ein anderes Leben …

»Wer ist das?«

Es war Trinas Stimme und sie beendete das Jetzt der Vergangenheit und brachte mich zurück ins Jetzt der Gegenwart. Cole sah Trina an, blinzelte und drehte sich zu mir um.

»Das ist doch sie, nicht?«, sagte ich zu ihm.

»Wer?«

»Jess.«

»Jess *Delaney*?«

»Ja.«

Er sah mich stirnrunzelnd an. »Ich versteh nicht …«

»Schau einfach das Foto an, Cole … schau hin und sag mir, dass das nicht Jess ist.«

Er schaute auf das labberige Dokument in seinen Händen, konzentrierte sich auf das Foto, starrte es genau an … und als er die Augen zusammenzog, fragte er sich … könnte sie's sein … könnte sie's sein … nein, natürlich nicht … nein … das ist unmöglich …

Doch er wusste, dass sie es war.

»Glaubst du mir jetzt?«, fragte ich.

Er schaute hoch. »Ich weiß nicht … irgendwie *könnte* sie's sein. Sieht ziemlich ähnlich aus …«

»Komm schon, Cole … sie sieht mehr als nur *ähnlich* aus.«

»Vielleicht …«

Ich schüttelte den Kopf. »Das ist sie … das ist Jess. Du weißt genau, dass es Jess ist.«

»Hey«, sagte Trina so scharf, dass wir aufhörten und

sie ansahen. »Könnt ihr mir vielleicht mal sagen, worum es hier geht? Ich meine, versteh schon, hat wahrscheinlich nichts mit mir zu tun …«

»Tut mir leid«, sagte ich, weil mir bewusst wurde, dass wir sie total ignoriert hatten. »Du hast recht. Wir hätten es dir erklären sollen …«

»Ja, hättet ihr.«

»Zeig ihr das Foto, Cole«, sagte ich.

Er reichte ihr die zusammengehefteten Seiten.

Trina sah ihn kurz an, dann griff sie nach den zwei Blättern und betrachtete sie. Sie nahm sich Zeit, studierte die Fotos von den jungen Frauen ganz genau … erst die vordere Seite, dann die hintere … las die handgeschriebenen Notizen zu dem Foto von Jetta/Jess …

»Das ist eine Preisliste«, sagte sie schließlich mit flacher, ausdrucksloser Stimme.

Cole nickte. »Skender hängt in einem Sexhändler-Ring drin, wahrscheinlich mit Savik zusammen. Sie kaufen oder verkaufen die Mädchen da auf den Fotos.«

Trina schwieg und starrte weiter die Bilder an.

Cole beugte sich zu ihr und zeigte auf das von Jetta/Jess. »Das ist das Mädchen, über das wir reden. Ruben glaubt, wir kennen sie – ein Mädchen, das Jess Delaney heißt.«

»Hier steht, sei heißt Jetta«, sagte Trina.

»Sie benutzen nie die echten Namen.«

»Und was bedeutet das da?«, fragte sie, auf das Gekritzel neben dem Bild deutend.

»Ich denke, es ist eine Info für Skender, dass das Mädchen schwanger ist. Und Skender soll entscheiden, was er jetzt machen will.«

»Ja, den Teil versteh ich ... aber was ist mit dem Rest – *lansk 15 für kid.* Was meint ›lansk‹?«

»Keine Ahnung ... aber wahrscheinlich muss die Frage eher wen lauten als was. Und wer immer Lansk ist ... also, die Info besagt wohl, dass er bereit ist, fünfzehntausend für das Baby zu zahlen, nehme ich an.«

»Verstehe ...«, antwortete Trina und nickte langsam mit dem Kopf. »Fünfzehntausend Pfund ...«

Cole sagte nichts und Trina wirkte wie erstarrt. Das Ganze klang echt übel – Frauen und Kinder, die ge- und verkauft wurden wie Vieh – und ich glaube, ihr wurde bewusst, wie dicht sie dran gewesen war, selbst nur ein Posten auf einer Preisliste zu werden ... Und sie ahnte, dass es noch immer passieren konnte. Skender war immer noch irgendwo da draußen und würde nicht aufhören, nach uns zu suchen. Und wenn er es schaffte ...

Daran wollte ich gar nicht denken.

Ich lehnte mich in den Sitz zurück und sah aus dem Fenster. Finn saß nicht mehr auf der Bank, doch als ich langsam herumschaute – in Gedanken immer noch bei Jess –, sah ich, wie er aus dem Shop der Tankstelle kam und eine Schachtel Zigaretten öffnete. Er ging weiter zu der Ecke des Gebäudes, bog dann nach rechts ab und lief in Richtung der Kundenklos. Die Tür zur Herrentoilette war zu und auf einem Schild außen war zu lesen: *WEGEN REINIGUNG VORÜBERGEHEND GESCHLOSSEN*. Finn stand eine Weile da, unsicher, was er machen sollte, dann trat er an dem Schild vorbei, öffnete ein wenig die Tür und beugte sich hinein, vermutlich um wer immer dort drin war zu fragen, wie lange es noch dauert. Ein paar Sekunden später schloss er die Tür und kam –

eine Zigarette anzündend – zu uns zurück. Und ich wandte meine Aufmerksamkeit wieder Cole und Trina zu.

»Und wer ist sie?«, fragte Trina ihn, während sie die zwei Seiten zurückreichte. »Das Mädchen … diese Jess Delaney. Woher kennt ihr sie?«

Es war eine völlig berechtigte Frage und es lag auch überhaupt nichts Fieses in der Art, wie sie sie stellte, aber irgendwie verschärfte sie die Situation, und das nicht nur zwischen Trina und Cole. Es tangierte auch mich.

Cole sah mich an und hoffte, ich würde Trinas Frage beantworten, doch das hier war etwas, das *er* tun musste, und er wusste das auch. Er hielt meinem Blick nur ein paar Sekunden lang stand, dann wandte er sich zu Trina um und erzählte ihr von Jess.

~ ~ ~

Er fasste sich kurz, hielt sich ganz an die Fakten, und auch wenn er nicht ins Detail ging und wenig Persönliches preisgab, fiel es Cole doch schwer, darüber zu reden. Als er Trina so viel erzählt hatte wie möglich – oder zumindest so viel, wie er erzählen wollte –, war die Erleichterung, die er verspürte, unübersehbar. Es war, als wenn er sehr lange den Atem angehalten hätte und ihn jetzt endlich herausließe. Und der Schmerz war vorbei.

»Klingt so, als ob sie dir viel bedeutet«, sagte Trina zu ihm.

»Na ja, weißt du …«, murmelte er. »Sie war gut zu uns … zu uns beiden …«

»Deshalb müssen wir jetzt *ihr* helfen«, mischte ich mich ein.

Cole seufzte. »Wir *wissen* nicht, ob sie es ist. Überleg

doch mal. Erstens ...« Er schaute auf die Seiten in seiner Hand. »... ist das kein sehr scharfes Foto, oder?«

»Scharf genug, um zu wissen, dass es Jess ist.«

Er schüttelte den Kopf. »Ich seh das *nicht.*«

»Was siehst du nicht?«

»Wie das passiert sein soll. Ich kann mir einfach nicht vorstellen, dass Jess jemals als Ware auf einer Preisliste auftauchen würde.«

»Das kann jeder passieren, Cole«, sagte Trina. »Mir wär es auch fast passiert.«

»Ja, ich weiß. Aber Jess ist eine Roma.«

Trina runzelte die Stirn. »Was macht das denn für einen Unterschied? Leuten wie Skender und Savik ist es völlig egal, wo ihre Mädchen herkommen, welche Hautfarbe sie haben oder was sonst ... Für sie sind das einfach nur irgendwelche Mädchen.«

»Klar, aber diese Mädchen haben keinen Ort, wo sie hinkönnen. Jess hätte etwas gehabt, wo sie hinkonnte ... ein Zuhause, ihren Onkel ... alle andern im Camp. Und wenn sie je verschwunden wäre, hätten die sie auch gesucht. Skender kann das nicht brauchen. Bedeutet viel zu viel Probleme für ihn. So betrachtet, wär Jess den Aufwand nicht wert.«

»Und wenn sie gar nicht mehr bei ihrem Onkel oder in dem Camp war?«, hielt ich dagegen. »Sie hat doch gesagt, dass sie wegwollte, stimmt's? Sie könnte allein irgendwo hingegangen sein, sie könnte Skender, Savik oder Jorqi in die Arme gelaufen sein ... ich meine, ist doch *alles* möglich.«

Cole seufzte. »Ich sag ja nicht, dass sie es *nicht* ist, Rube. Ich ...«

»Was?«

Er schüttelte den Kopf. »Keine Ahnung …«

Ich beobachtete, wie er erneut auf das Foto schaute. Er war verwirrt, versuchte herauszufinden, was er glauben oder tun solle … und ein Teil von mir wünschte, ich hätte ihm das Foto nicht gezeigt. Ich hätte nichts sagen, ihn niemals in diese Lage bringen sollen … doch ich wusste, Cole hätte das nicht gewollt. Er hätte mir sonst gesagt, dass es nicht richtig sei. Und nur das zählte.

»Fleetside, HU1 …«, murmelte er jetzt vor sich hin, was in der Notiz neben dem Foto von Jess/Jetta stand. »HU1«, wiederholte er noch einmal und sah mich an. »Ist das nicht Teil eines Post-Codes?«

Ich nickte. »HU steht für Hull.«

»Hull?«

»Ja«, sagte ich. »Ich glaub, das ist gar nicht so weit von hier. Kann ich aber noch mal auf dem Navi nachgucken, wenn du willst.«

Er schwieg, griff bloß nach dem Navi, das auf dem Armaturenbrett saß, und reichte es mir. Als ich den Weg von unserem aktuellen Standort zur Fleetside in Hull eingab, wusste ich nicht, ob Cole bereits seine Meinung geändert hatte oder nur daran dachte, aber das würde ich gleich herausfinden.

»Ist fünfundachtzig Kilometer von hier«, sagte ich, als die Strecke auf dem Bildschirm erschien. »Fahrtzeit 55 Minuten.«

»Okay«, sagte Cole. »Und was ist mit …?«

»Moment mal«, unterbrach ihn Trina. »Wollt ihr ernsthaft nach Hull und nach dem Mädchen suchen, das vielleicht Jess ist, vielleicht aber auch nicht?«

»Wir müssen das machen«, erklärte ihr Cole.

»Nein, müssen wir nicht. Wir müssen gar nichts … vor allem, wenn es bedeutet, wieder mit Skender zu tun zu kriegen. Und es ist keine zehn Minuten her, da warst du dir sicher, das Mädchen auf dem Foto ist sowieso nicht Jess.«

Cole schüttelte den Kopf. »Ich hab nie gesagt, ich bin *sicher*, dass sie es nicht ist. Ich war nur nicht überzeugt, das ist alles. Ich bin auch immer noch nicht überzeugt. Aber solange die Möglichkeit besteht – und die besteht wirklich –, müssen wir das klären. Was würdest du denn tun, wenn es die Möglichkeit gäb, dass eines der Mädchen auf den Fotos jemand wär, der dir sehr viel bedeutet? Dann würde dich das doch auch nicht kaltlassen. Dann würdest du doch auch etwas tun.«

»Ja, also … klar. Aber –«

»Dann würdest du doch auch alles versuchen, um ihr zu helfen, genauso, wie du der Äffin geholfen hast. Und es wär dir scheißegal, ob du es wieder mit Skender zu tun kriegst, stimmt's?«

Trina starrte Cole an, offenbar fehlten ihr die Worte und sie hatte jetzt etwas an sich, das ich nicht ganz verstand. Es war, als ob sie sich schämte – wegen Gefühlen und Motiven, die sie nicht steuern konnte.

»Du musst nicht mitkommen, wenn du nicht willst«, sagte Cole und seine Tonlage machte klar, dass er es ernst meinte. »Du kannst hierbleiben oder wir lassen dich irgendwo auf dem Weg raus, an einer Tankstelle, einem Hotel oder so …«

Sie lächelte ihn an. »So einfach wirst du mich nicht los. Und außerdem …«

Ihre Stimme verlor sich.

»Außerdem was?«, fragte Cole.

»Du brauchst mich doch, oder?«

Ihr Blick fixierte Cole, als sie das sagte, und ich konnte mir gut ausmalen, wie ihre Worte in seinem Kopf herumwirbelten und ihn verwirrten ... und dann sah ich, wie sie wegschaute, wie ihr Blick von etwas außerhalb des Wagens angezogen wurde, und im nächsten Moment wurde die Tür rechts von mir geöffnet und Finns Dreadlock-Kopf beugte sich rein.

»Wir fahren doch noch nicht, oder?«, fragte er und sah dabei Cole an.

»Was?«, fragte der.

»Ich muss aufs Klo. Aber die Herrentoilette war zu, als ich aus dem Shop kam.« Er grinste. »Ich wollt nur Bescheid sagen, damit ihr nicht ohne mich losfahrt.«

»Verstehe ...« antwortete Cole.

»Ich beeil mich.«

Cole zuckte mit den Schultern. »Mach dir keinen Kopf. Wir fahren nirgendwohin. Nimm dir so viel Zeit, wie du willst.«

Cole sah ihm nach, wie er zu den Toiletten zurücklief. Das Schild *WEGEN REINIGUNG VORÜBERGEHEND GESCHLOSSEN* war jetzt weg, die Tür zu den Männerklos stand offen. Cole schaute zu, wie Finn reinging, und blickte gebannt auf die Tür. Und dann, nach ungefähr zehn Sekunden, sagte er: »Bin gleich zurück«, stieg aus und folgte ihm zu den Klos.

FÜNFZEHN

Finn lehnt rauchend an der gegenüberliegenden Wand, als Cole die Toiletten betritt. Er hat ihn eindeutig erwartet, nickt ihm zu. Cole nickt zurück. Er weiß, dass Finn auf ihn wartet, und er weiß, dass es hier sein muss. Sie wissen es beide. Es war die ganze Zeit klar und nun ist es so weit.

Ich bin jetzt wieder in Coles Innerem. Sein Herz ist nicht leer, wie ich geglaubt habe, was gut ist, aber mir wäre wohler, wenn der nicht entleerte Teil weniger besorgt wirkte. Das gefällt mir nicht. Und ich wünschte, ich könnte daran etwas ändern. Aber ich bin hier nur ein Passagier … ich kann nicht mehr, als in ihm sein.

Links von ihm befindet sich eine geschlossene Tür – *NUR FÜR PERSONAL* – und davor lehnt ein Schild mit der Aufschrift *ZUTRITT VERBOTEN*. Cole nimmt das Schild, dreht sich um und stellt es direkt vor den Toiletteneingang, dann schließt er die Tür – und geht auf Finn zu, bis er direkt vor ihm steht. Finn rührt sich nicht, sondern steht da mit seiner Zigarette und lächelt Cole schweigend an.

»Du weißt, dass wir nicht nach Manchester fahren?«, fragt Cole.

»Ja, hab ich mir schon gedacht.«

»Und wie lautet jetzt dein Plan?«

»Was meinst du?«

»Du weißt genau, was ich meine. Wir sind jetzt ungefähr östlich von Manchester, etwa auf gleicher Höhe. Näher kommen wir nicht mehr ran, wenn wir gleich losfahren. Wenn du also nach Manchester willst, macht es keinen Sinn, weiter mit uns zu fahren.«

»Und wenn ich mich anders entschieden hab und gar nicht nach Manchester will?«

»Warum solltest du?«

Finn zuckt mit den Schultern. »Muss es dafür einen Grund geben?«

»Ja.«

Finn antwortet nicht sofort. Er nimmt noch einen Zug von der Zigarette, bläst den Rauch aus, schnippt sie dann in das Pissoir und fixiert den Blick wieder auf Cole.

»Du hältst mich für einen Junkie, stimmt's?«, sagt er.

»Kam mir in den Sinn.«

Finn lächelt. »Ich seh so aus, was?«

»Ja, genau.«

»Glaubst du, ich hab gerade was genommen?«

»Schwer zu sagen ...«

Finn lacht. »Nein, ist es nicht. Für viele Leute vielleicht, aber nicht für jemanden wie dich oder mich. Wir sehen es in den Augen, hören es an der Stimme, erkennen es an der Art, wie jemand läuft, ob er was nimmt.« Er unterbricht sich und schaut mit einem vielsagenden Blick zu Cole. »Ich bin so clean wie nur was und das weißt du genau.«

»Ja, vielleicht … aber wenn du *kein* Junkie bist, wieso wirkst du dann so?«

»Ich werd sterben.«

~ ~ ~

»Ruben? Alles okay mit dir? Hey, Ruben?«

Es war Trina. Wir saßen im Jeep. Ich hinten, sie vorn.

»Verdammte Scheiße, Ruben! Was hast du –?«

»Sorry«, antwortete ich. »War in Gedanken total woanders …«

»Das kannst du wohl sagen.« Sie schüttelte den Kopf – erleichtert, aber auch ein bisschen gereizt. »Verdammt, Ruben … ich hab echt gedacht, mit dir ist was.«

»Ja, tut mir leid.«

»Wie auch immer«, sagte sie mit einem Seufzer. »Ich glaub, es ist besser, wenn ich mit Huck noch mal Gassi geh … dass er pinkeln kann und so.«

»Gute Idee.«

»Ich dachte, vielleicht kommst du mit und nimmst die Äffin, aber das ist wahrscheinlich keine so gute Idee, oder?«

»Nein, nicht wirklich.«

Es wurde jetzt schnell dunkel, doch die Tankstelle leuchtete so hell, dass Trina und Huck gut zu erkennen waren, als sie zu der kleinen Fläche aus Rasen und Büschen gingen. Es wäre falsch zu sagen, dass Trina glücklich wirkte, doch sie wirkte jetzt zumindest so, als würde sie sich ansatzweise okay fühlen. Und sich okay fühlen ist keine kleine Sache.

~ ~ ~

»Du wirst was?«, fragt Cole Finn.

»Ich werd sterben.«

Cole schüttelt den Kopf. »Versteh ich nicht.«

»Ich bin krank«, sagt Finn einfach. »Deshalb seh ich so schlecht aus. Und es wird nicht mehr besser. Hab vielleicht noch sechs Monate oder so.«

»Und was hast du? Krebs?«

»Spielt keine Rolle. Hab dir alles erzählt. Mehr musst du nicht wissen.«

»Woher weiß ich, dass du nicht lügst?«

»Warum sollte ich? Was hätte das für einen Sinn?«

»Sag du's mir.«

Finn seufzt. »Ich weiß, was du tust, und ich weiß auch, warum. Ist schon okay … hab's verstanden.«

»Was verstanden?«

»Du und Trina …«

»Es gibt kein ›Ich und Trina‹ … und selbst wenn da was wär, es geht dich nichts an.«

Finn lächelt. »Genau davon red ich.«

»Wovon?«

»Du willst nicht zugeben, dass zwischen dir und Trina was läuft. Deshalb hast du vor dir selbst und vor allen andern so getan, als wenn ich ein Junkie wär, und zu verstehen gegeben, dass es für jemanden wie Trina mit ihren Problemen – was immer die sind – nicht gut ist, wenn sie auch noch mit einem Drogenabhängigen abhängt oder auch bloß mit einem, der regelmäßig irgendwas einwirft. Aber der *wahre* Grund, wieso du mich nicht dabeihaben willst, ist ein anderer: Du hast dir nämlich in den Kopf gesetzt, dass ich mit ihr was anfangen will oder sie vielleicht auf mich steht … und das frisst dich auf, richtig?« Finn unterbricht sich wieder, sieht Cole an und gibt ihm die Chance, etwas zu sagen. Und als Cole schweigt, fährt er fort: »Da läuft absolut null zwischen Trina und mir, okay? Was das angeht, interessiert sie mich nicht und Trina will auch nichts von mir. Ich meine, ist doch überdeutlich, dass sie Gefühle für dich hat, da musst du schon blind sein, wenn du das nicht merkst. Oder einfach nur blöd.«

Coles Kopf ist inzwischen von so vielen Gefühlen vernebelt – Verlegenheit, Peinlichkeit, Erleichterung … dem Flattern eines hochfliegenden Herzens … und all das verwoben mit einem unerwünschten Zweifel. Es sind Gefühle, die einer hat, wenn jemand, den er nicht mag, nett zu ihm ist oder sich Mühe gibt, ihm zu helfen …

~ ~ ~

Und jetzt weiß ich es. Ich weiß, was sich zwischen Cole und Finn an der Tankstelle geändert hat. Ich spüre es in ihm … ein Gefühl der Erinnerung, doch nicht die Erinnerung selbst … oder jedenfalls nicht die ganze. Es gibt Bruchstücke. Vage Momente – Coles abgetötetes Herz … Schmerz … ein zerstörtes Gesicht voller Blut … und dann ein plötzlicher erschütternder Schlag, ein brüllender Schmerz und ein stählerner Arm, der ihm gegen die Kehle kracht und ihn hinabreißt in die Finsternis …

Und dann …

Ist sie da.

Die Sache, die passiert ist.

Und es ist nicht so, dass Cole sie vor *mir* verheimlicht hat … er hat sie vor sich selbst verheimlicht.

Finn hatte ihn gerettet.

Ich verstehe immer noch nicht genau, wie es passiert ist, doch es muss geschehen sein, kurz nachdem ich Cole verlassen hatte – um Trina aufzuhalten, damit sie nicht in Skenders Range Rover geriet – und Cole sich den beiden Männern ausgeliefert sah, die wir aus dem Streit auf dem Parkplatz hatten heraustreten sehen. Ich denke, er hatte wahrscheinlich einen von ihnen niedergestreckt, doch der andere war zu stark für ihn gewesen, der Typ hatte ihn so im Würgegriff gehabt, dass Cole nicht mehr rauskam und spürte, wie er ohnmächtig wurde, in die Finsternis hinabglitt … und das hätte es eigentlich gewesen sein müssen: das Ende. Und es wäre auch so gekommen, wenn Finn nicht hinter dem Typen, der Cole würgte, aufgetaucht wär und ihm einen Stein gegen den Schädel geschlagen hätte.

Das war es, was alles verändert hatte.

Finn hatte Coles Leben gerettet.

~ ~ ~

»Schau«, sagt Finn jetzt zu Cole. »Ehe ich sterbe, will ich bloß noch so viel Zeit wie möglich okay sein und mich einfach gut fühlen. Die großen Sachen interessieren mich nicht … dieser typische Bucket-List-Quatsch. Geht mir am Arsch vorbei, mit Delfinen zu schwimmen oder irgend 'nen Berg zu bezwingen und so … Ich will lediglich Dinge tun, die sich gut anfühlen …« Er lächelt vor sich hin. »Macht das für dich Sinn?«

Cole nickt. »Ist deine Zeit. Deine Entscheidung, was du mit ihr anfangen willst.«

»Genau. Was hieltest du also davon, wenn ich sage,

ich will nicht nach Manchester, sondern lieber mit dir, Ruben und Trina nach Schottland?«

»Soll das heißen, es gefällt dir, mit uns zusammen zu sein?«

»Das heißt, es fühlt sich okay an.«

»Und das ist alles? Das ist der einzige Grund, weshalb du mit uns zusammenbleiben willst – weil es sich *okay anfühlt*?«

»Ich weiß, dass das nicht sehr überzeugend klingt, aber denkst du echt, dass mir nichts Besseres einfiele, wenn ich dich anlügen wollte?«

Cole weiß, dass Finn durchaus in der Lage wäre, ihn doppelt zu täuschen, so wie er auch weiß, dass alles, was Finn ihm erzählt hat, leicht eine einzige Lüge sein könnte. Und er weiß ebenso: Selbst wenn er Finn nicht mehr so wenig mag wie am Anfang, heißt das nicht, dass er ihm vertrauen kann. Und selbst *wenn* er die Wahrheit sagt …

Nein, sagt Cole in seinem Innern. Hör auf damit. Nicht schon wieder.

Er hat die Schnauze voll von dem Ganzen – dem endlosen Reden und Nachdenken, der ständigen Flut an Fragen und Antworten, den Zweifeln und Möglichkeiten … es wird ihm alles zu viel, ermüdet ihn, bereitet ihm Schmerzen … er will das nicht mehr. Kann das nicht mehr.

»Warst du schon mal in Hull?«, fragt er Finn.

»In Hull?«

»Ja.«

Finn zieht die Augenbrauen zusammen: »Was hat jetzt Hull mit dem Ganzen zu tun?«

~ ~ ~

Das ist eine gute Frage – Was hat Hull mit dem Ganzen zu tun? –, und als die zwei zusammen aus der Toilette kommen und zum Jeep zurückgehen, wobei Cole irgendwie versucht, Finns Frage zu beantworten, spüre ich, wie ich die Innenwelt meines Bruders wieder verlasse und zu mir selbst zurückkehre.

SECHZEHN

Ich versuchte von einem Münztelefon im Tankstellenshop aus noch mal das Monkey House anzurufen, doch es ging wieder niemand dran, auch kein Anrufbeantworter lief.

Hatte wahrscheinlich nichts zu bedeuten. Menschen, die ihr Leben Tieren widmen, haben es nicht so mit Alltagsdingen, das heißt, wenn es im Monkey House vielleicht ein Problem mit der Telefonleitung gab, war wahrscheinlich einfach noch niemand gekommen, um sie zu reparieren …

Das war vermutlich der Grund. Oder irgend so etwas in der Art.

Irgendwas Nichtiges.

~ ~ ~

Jetzt, nachdem sich die ganze Anspannung ein bisschen gelegt hatte, konnten wir es uns endlich leisten, was von den Sachen zu essen, die Trina in der Raststätte an der Autobahn gekauft hatte. Und wie wir vier so zusammen im Wagen saßen und die Sandwichs, Chips, Kekse und Törtchen mampften, wirkte alles ein wenig ruhiger und stiller als vorher. Irgendwelche Dinge brodelten zwar noch immer unter der Oberfläche, doch –

für den Moment zumindest – blieben sie dort, was das Ganze viel einfacher machte.

Es lag eine merkwürdige Normalität über allem, eine Alltäglichkeit, von der ich vorher gar nicht gewusst hatte, dass sie fehlte. Man spürte sie an den ganz einfachen Dingen, die keine tiefergehende Bedeutung hatten. Wie zum Beispiel, als Finn mich fragte, ob ich was von den Hula-Hoop-Kartoffelringen wolle, und ich antwortete: »Welche Sorte?«, worauf er meinte: »BBQ Beef« – und »Bibikju« sagte, nicht »Barbecue« –, worauf ich den Kopf schüttelte und eine Grimasse zog vor Ekel und er mit den Schultern zuckte und meinte: »Wie du willst, umso mehr bleibt für mich …«

Nichtige Dinge.

Wir fütterten auch die Tiere. Trina hatte die Sachen gekauft, ehe sie Finn und Huck traf, weshalb nichts Spezielles für Hunde dabei war, aber Finn hatte ein scheinbar endloses Reservoir an Hundekeksen in seinen Taschen und teilte sowieso, was immer er aß, mit Huck. Bisher war mir die Nähe zwischen ihnen noch gar nicht so aufgefallen. Außer den paar Malen, als Finn ihm kurz den Kopf tätschelte, und einmal, als er Hucks Kopf in seine Hände genommen und ihm irgendwas aus dem Auge gemacht hatte, waren mir keine sichtlichen Zeichen besonderer Zuneigung zwischen den beiden bewusst gewesen. Aber jetzt, als ich beobachtete, wie sie zusammen aßen und Finn leise mit Huck sprach (auf die exakt gleiche Weise wie mit allen andern), konnte ich ihre unglaubliche Nähe zueinander und wie viel jeder dem andern bedeutete gar nicht mehr übersehen. Die Zuneigung war die ganze Zeit über da gewesen, begriff ich. Sie mussten es nur nicht zeigen.

»Heißt er mit vollem Namen eigentlich Huckleberry?«, fragte ich Finn.

»Im Prinzip ja. Aber so nenn ich ihn nie.«

»Und nach welchem Huckleberry heißt er? Nach der Romanfigur Finn oder nach dem Comic-Hund Huckleberry Hound?«

Finn lächelte. »Ein bisschen nach beiden. Obwohl, hauptsächlich heißt er so, weil der Name irgendwie gut zu ihm passt, weißt du ... als wenn er als Huck geboren wär.«

Ich nickte. »Ist ein guter Name.«

Finn schaute zu der Äffin. Sie fraß eine dicke Birnenspalte, kaute sie bemerkenswert vorsichtig mit den Seitenzähnen und machte dabei leise Schmatzlaute mit ihrer Zunge.

»Hat *sie* auch einen Namen?«, fragte Finn.

Ich schüttelte den Kopf. »Sie braucht keinen.«

»Wieso nicht?«

Ehe ich antworten konnte, drehte sich Trina auf ihrem Sitz um und sagte: »Es wär nicht richtig, ihr einen Namen zu geben.«

Ich hätte es nicht besser ausdrücken können. Ihr einen Namen zu geben, wär wirklich nicht richtig gewesen. Sie war ein Affe, kein Mensch. Auch kein Hund. Kein Haustier. Sie *gehörte* uns nicht. Sie war ein Tier.

Die Äffin fraß immer noch – nahm sich Zeit, genoss jeden Bissen –, und als wir so dasaßen und sie beobachteten, legte sie den Kopf zurück und starrte zum Dachhimmel des Jeeps hoch.

»Was macht sie?«, fragte Trina.

»Ich glaub, sie hält Ausschau nach Adlern«, antwortete ich in Erinnerung an ein Video, dass ich auf YouTube gesehen hatte. »Adler jagen in der Wildnis gern kleine Affen, darum halten Kapuzineraffen immer nach ihnen Ausschau. Wenn ein Affe einen Adler sieht, stößt er einen Warnruf aus und alle andern aus der Sippe jagen so schnell wie möglich von den Bäumen, weil sie wissen, am Boden ist es für sie deutlich sicherer.« Ich schaute auf die Äffin hinab und fragte mich, ob sie wohl instinktiv wissen würde, was zu tun war, wenn sie den Adler-Warnruf hörte, oder ob junge Kapuzineraffen so was erst lernen mussten.

»Hier oben wird sie wohl nicht viele Adler finden, oder?«, sagte Finn und sah zu, wie die Äffin weiter das Dach absuchte.

Plötzlich blitzten ein paar Bilder in meinem Kopf auf. Einige stammten aus einer Fernsehdoku, die ich gesehen hatte, der Doku über den Handel mit exotischen Haustieren. Andere waren Erinnerungen an Dinge, die ich in der Realität erlebt hatte, doch im Wesentlichen zeigten sie alle das Gleiche – Tiere in Gefangenschaft, die sichtbar an geistigen Störungen litten. Manche liefen in ihrem Käfig auf und ab, andere liefen im Kreis oder schwankten hin und her, bissen oder leckten sich so lange, bis ihre nackte Haut mit roten Flecken überzogen war …

Die Äffin zeigte keine Symptome dieser Art und nur weil sie nach Adlern Ausschau hielt, obwohl sie gar keinen richtigen Himmel sah, bedeutete das nicht, dass sie geistig gestört war oder so. Es konnte vielleicht daran liegen, dass sie nie das gelernt hatte, was sie in der freien Wildbahn von ihrer Mutter oder in einer eng geknüpften Gemeinschaft von Kapuzineraffen gelernt hätte. Trotzdem konnte ich die Vorstellung nicht ertragen, dass sie vielleicht den Verstand verlor. Aus einem unerfindlichen Grund schmerzt mich Wahnsinn bei Tieren mehr als der Wahnsinn bei Menschen.

SIEBZEHN

Wir hatten die Autobahn hinter uns gelassen und fuhren auf der A63 in Richtung Hull. Es war nicht weit – 34 Kilometer, sagte das Navi – und in der Dunkelheit des Winterabends hatte das Auto eine innere Ruhe angenommen, die uns in ihr Schweigen hüllte. Die Luft, die Dunkelheit, die Stille waren Teil dieser Ruhe und sie wurde noch intensiviert durch den verschwommenen Schleier blendender Lichter, die an uns vorbeirasten. Es war die Art von beruhigter Stille, die dir die Augen zufallen lässt und dich in den Schlaf lullt, doch außer Huck und der Äffin – die zusammengerollt nebeneinander auf einer Decke im Kofferabteil lagen – schlief, glaub ich, niemand von uns. Es ging uns zu viel durch den Kopf, zu viele Fragen, zu viele Zweifel und Ängste –, und je näher wir Hull kamen und je mehr uns das Ausmaß dessen, was wir vorhatten, bewusst wurde, desto stärker wurden unsere Zweifel und Ängste. Ich spürte sie in der Luft ... wir sollten das nicht tun ... alles fing doch gerade an, gut zu werden ... und selbst wenn dieses Mädchen Jess Delaney *ist* – was wir überhaupt noch nicht wissen – und wir es tatsächlich irgendwie schaffen sollten, sie aus was auch immer für einer Hölle zu befreien, in der sie steckt, verändert das doch garantiert unsere ganze Situation. Alles, was gerade anfing, sich halbwegs okay anzufühlen ... wird nicht mehr okay sein. Wir werden wieder da sein, wo wir begonnen haben – auf der Flucht, gejagt ... und ohne zu wissen, wo wir miteinander stehen oder was wir füreinander empfinden ... ohne zu wissen, was wir mit uns selbst anfangen sollen ...

»Alles okay mit dir?«, hörte ich Cole Trina leise fragen.

»Ja ... hab nur ein bisschen ... du weißt schon ...«

»Angst?«

»Ja ...«

Cole lächelte. »Ich auch.«

»Was macht dir Angst?«

»Wahrscheinlich das Gleiche wie dir.«

Sie schwiegen wieder, und während Cole einfach nur fuhr und Trina neben ihm saß und durch die Windschutzscheibe sah, war da etwas zwischen ihnen, das vorher nicht da gewesen war. Ich lehnte meinen Kopf gegen die kühle Seitenscheibe, schloss die Augen und ließ mich ins Nirgendwo forttreiben.

~ ~ ~

Das Roma-Camp lag auf einer verkümmerten Wiese gleich neben der Haupteinfallstraße nach Hull. Es war nicht sehr groß – vielleicht sechs oder sieben Wohnwagen und ungefähr die gleiche Menge an Pkws und Lieferwagen –, und als wir vorbeikamen, verlangsamte Cole das Tempo und sah lange zu dem Camp rüber. Es war schwierig, in der Dunkelheit allzu viel zu erkennen, doch die Straßenbeleuchtung reichte aus, um einen

Überblick zu bekommen. Die Wiese wurde von Weißdornhecken und niedrigen Steinmauern halbwegs umgrenzt und hatte ein verriegeltes Eisentor als Eingang. Am hinteren Ende brannte ein kleines Lagerfeuer, abseits der Wohnwagengruppe, und zwei oder drei Gestalten standen drum rum, rauchten und stocherten gelegentlich mit Stöcken in der Glut. Sonst war niemand zu sehen, aber in den Fenstern der meisten Wohnwagen schien ein mattes Licht, was höchstwahrscheinlich bedeutete, dass dort jemand war.

Als wir fast an dem Lager vorbei waren, erwartete ich, dass Cole wieder Gas geben würde, doch stattdessen bremste er plötzlich, setzte den Blinker, wurde noch langsamer und dann bogen wir in eine unbeleuchtete Haltebucht ein. Niemand sagte etwas, als der Jeep stehen blieb und Cole den Motor abstellte, und ich glaube, Trina – und wahrscheinlich auch Finn – gingen davon aus, dass er jetzt erklären würde, wieso er hielt. Doch er sagte nur: »Dauert nicht lang«, und ehe wir etwas antworten konnten, war er schon aus dem Wagen und lief in die Dunkelheit.

~ ~ ~

Ich kannte Coles Art und wusste, dass er manchmal egoistisch und gedankenlos rüberkommen konnte – oder auch einfach nur unhöflich –, und die Tatsache, dass er sich gar nicht bewusst war, irgendwas Falsches zu tun, war keine Entschuldigung. Nur weil du nicht respektlos sein willst, ändert das ja nichts daran, dass du es bist. Doch wie immer Cole war und was immer er tat, er war mein Bruder. Ich entschuldigte ihn nicht, aber ich konnte seine Handlungsweisen nicht ignorieren – und Trina hätte mir das auch nicht durchgehen lassen –, deshalb gab ich mir einfach nur Mühe zu erklären, was Cole meiner Meinung nach vorhatte.

»Hast du das Roma-Camp gesehen, an dem wir gerade vorbeigefahren sind?«, fragte ich Trina.

»Du meinst die Wohnwagen und Autos in der Wiese?«

Ich nickte. »Da ist Cole hin.«

»Zu dem Roma-Camp?«

»Ja …«

Sie zog die Augenbrauen zusammen. »Ich versteh nicht … wieso will er da hin?«

»Sie wissen vielleicht was über Skender und Savik und was es mit der Adresse in Hull auf sich hat … vielleicht wissen sie sogar was über Jess.«

Trina schüttelte den Kopf. »Ich kapier es immer noch nicht … wieso sollen die was über Skender oder Jess wissen?«

»Das sind Roma … Jess auch.« Ich zuckte mit den Schultern. »Dinge sprechen sich rum, verstehst du …«

»Aber selbst *wenn* sie was wissen, wieso sollen sie es Cole erzählen? Der ist doch ein totaler Fremder. Ich meine, wie kommt er darauf zu glauben, dass er einfach in ihr Camp marschieren, Fragen stellen kann und sie ihm sagen, was immer er wissen will?«

»Also, ein *totaler* Fremder ist Cole nicht …«

»Er *kennt* sie?«

»Soweit ich weiß, nicht … und ich bezweifle auch, dass irgendjemand von denen *ihn* kennt. Doch es besteht eine gute Chance, dass sie zumindest wissen, wer er ist. Oder sie wissen jedenfalls, wer unser Vater ist.«

»Euer Vater?«

Ich nickte. »Unser Dad war einer der besten Bare-Knuckle-Fighter seiner Zeit. Sie erzählen noch immer Geschichten über ihn.«

»Was ist ein Bare-Knuckle-Fight?«

»Ist so ein Gipsy-Ding … na ja, eigentlich nicht *nur*. Ich meine, es gibt auch Bare-Knuckle-Boxer, die keine Roma sind –«

»Euer Dad ist Roma?«

»Ja.«

»Dann seid Cole und du auch Roma?«

»Mehr oder weniger, ja …«

»Mehr oder weniger?«

»Unsere Mum ist keine.«

»Verstehe.« Trina zögerte, senkte den Blick und wirkte ein bisschen hilflos. Es war, als wollte sie etwas sagen, wüsste aber nicht, ob es okay war.

»Was ist?«, fragte ich.

»Ach, nichts …«, murmelte sie. »Ist nur …« Sie hob den Blick und sah mich an. »Ist das überhaupt okay, von ›Gypsies‹ zu reden? Ich dachte, das Wort ist … du weißt schon …«

»Beleidigend?«

»Ja.«

Ich zuckte mit den Schultern. »Ist hier in England nicht ganz so extrem wie zum Beispiel in Deutschland. Für manche von uns ist es beleidigend, für andere nicht. Kommt drauf an …«

»Kommt auf was an?«

»Wer's sagt. Zu wem man es sagt. Wie es gesagt wird … ist kompliziert.«

»Und wie weiß man, ob es okay ist, jemanden so zu nennen?«

»Frag einfach.«

»Verstehe ...«, sagte sie, nicht überzeugt. »Und du, Ruben, siehst du dich als Roma?«

»Ich seh mich nur als mich selbst.«

»Stört es dich, wenn man dich ›Gypsy‹ nennt?«

Ich schüttelte den Kopf. »Keinen von uns – weder mich, noch Cole oder Dad. Dad war immer stolz, sich als ›Gypsy‹ zu bezeichnen.«

Trina nickte nachdenklich. »Und wieso habt ihr noch nie euren Dad erwähnt? Sind deine Eltern geschieden?«

Ich schüttelte den Kopf. »Er sitzt im Gefängnis.«

»Euer Dad?«

»Ja.«

»Weshalb?«

»Wegen Totschlag.«

»Echt?«

Ich nickte. »Er hat jemanden in einem Bare-Knuckle-Fight getötet. War in Wahrheit ein Unfall. Er hat einen guten Punch gelandet, sein Gegner ging zu Boden und ist mit dem Kopf auf einen Stein geknallt. Niemand hat Dad dafür verantwortlich gemacht – es war ein Unfall. Doch es stellte sich raus, dass da noch sehr viel mehr im Spiel war. Im Grunde war das Ganze inszeniert, um Dad fertigzumachen ... und weil die Polizei auch mit drinhing, hatte er nie eine Chance. Die haben ihn zu vierzehn Jahren verknackt.«

»Das ist lang«, sagte Trina leise.

»Ja ... sehr lang. Anfangs hab ich ständig an ihn gedacht, mir ausgemalt, wie er gefangen in seiner Zelle hockt, die Wände anstarrt und stundenlang immerzu auf und ab läuft ... nirgendwohin kann, nichts tun kann, kein Leben mehr hat ...« Ich schüttelte den Kopf. »Irgendwann musste ich aufhören, so viel über ihn nachzudenken ... hat mich kaputtgemacht.«

Trina wollte gerade etwas sagen, als ihr Blick plötzlich auf irgendwas draußen fiel, und ich musste ihrem Blick gar nicht folgen, um zu wissen: Es war Cole. Ich sah es an allem, was Trina war.

~ ~ ~

Es gab einen Moment, kurz bevor Cole wieder einstieg, in dem ich zufällig zu Finn sah. Er hatte kaum ein Wort gesagt, nachdem Cole ausgestiegen war, und mir wär fast entfallen, dass er überhaupt mit im Wagen saß. Er brauchte ein paar Sekunden, bis er merkte, dass ich ihn ansah, und sobald er es mitkriegte, schaltete sein Gesicht automatisch auf Lächeln. Finn nickte mir freundlich zu. Doch direkt davor, in den ein, zwei Sekunden vor dem Lächeln, hatte ich hinter seine Maske gesehen. Ich sah den sterbenden jungen Mann in ihm, den jungen Mann, der von unerträglicher Trauer niedergedrückt wurde, den jungen Mann, der Todesangst hatte. Und dann, im Bruchteil einer Sekunde, war die Maske wieder da gewesen und der sorglose Finn zurück – der sein gewohntes Lächeln zeigte, für den Moment lebte und das Leben nicht allzu ernst nahm. Ich hoffte, er wusste nicht, dass ich die Wahrheit gesehen hatte. Sie war für niemand anderen bestimmt ... sie war seine Wahrheit und nur seine allein. Ich war in sie eingedrungen. Und das war eine Wahrheit, von der wir beide besser nichts wussten.

~ ~ ~

Als Cole wieder einstieg, hatte er etwas dabei, das in ein altes Stück Sackleinen gewickelt war. Es besaß ungefähr die Form eines Zylinders und war circa einen halben Meter lang. Er setzte sich ans Lenkrad, beugte sich vor und verstaute das eingewickelte Teil unter dem Fahrersitz.

»Alles okay?«, fragte er beiläufig, als er sich wieder aufrichtete, und sah erst Trina an, ehe er sich zu Finn und mir umdrehte.

»Du hättest uns sagen sollen, wo du hingehst«, warf Trina ihm vor.

»Was?«

»Wir wussten nicht, wo du hin bist.«

Er sah mich an. »Hast du ihnen nichts gesagt?«

»Doch, hat er«, antwortete Trina. »Aber darum geht's nicht.«

Cole sah sie fragend an.

Sie starrte zurück, dann schüttelte sie den Kopf und seufzte. »Ist gut ... spielt keine Rolle. Du hättest es uns einfach nur sagen sollen, mehr nicht.«

Ich glaube, erst da begriff Cole, dass sie mit »uns« eigentlich »mir« meinte. Du hättest *mir* sagen sollen, wohin du gehst. Jetzt verstand er es wirklich.

»Ja, du hast recht«, sagte er zu Trina. »Ich hätte es dir sagen müssen. Tut mir leid ...«

»Schon okay ... war bloß ... ist ja auch eigentlich nichts ... spielt keine Rolle –«

»Nein«, widersprach Cole und schüttelte den Kopf. »Es ist *nicht* nichts, es *spielt* eine Rolle.« Er fasste hinüber und legte sanft seinen Arm auf ihre Schulter. »Passiert nicht wieder, okay? Versprochen.«

Sie sah ihn an, von beidem leicht überrascht, von seiner Zerknirschung und von der Berührung ihres Arms. Und es war tatsächlich nur eine Berührung ... nicht mehr. Er hielt ihren Arm nicht fest, streichelte ihn nicht oder irgendwas und die Berührung war so leicht, dass sie sie kaum spürte. Doch *was* sie spürte, war das Kribbeln im Bauch und das heftige Pochen ihres Herzens ... und sie wusste, es war zu viel Reaktion für so eine kleine Berührung ... es war auf peinliche Weise zu viel ... aber es war keine Peinlichkeit, die wehtut. Es lag keine Scham darin, kein Hass oder Schmerz ... genau genommen hatte die Scham etwas an sich, das sich in Ordnung anfühlte ... als ob sie sich genau *so* fühlen sollte.

Sie sah Cole an, ihre Blicke trafen sich, dann nickte sie still mit dem Kopf.

Es war das, was jeder von ihnen brauchte.

~ ~ ~

»Keiner von ihnen wusste was über Jess«, sagte Cole und erzählte, wie es mit den Roma gelaufen war. »Und sie haben Jess auch nicht erkannt, als sie das Foto sahen. Sie hatten aber gehört, was im Dartmoor passiert ist, und einer der Älteren – er hieß Doolin – meinte, er erinnere sich an Reason, das sei aber Jahre her ...«

»Reason?«, fragte Trina.

»Jess' Onkel«, erklärte Cole. »Reason Delaney. Sie hat bei ihm gelebt, in dem Camp im Dartmoor.«

»Reason hat sie großgezogen«, ergänzte ich, falls Trina oder Finn den Satz falsch verstanden. »Ich weiß nicht, was mit ihren Eltern passiert war, aber ich glaub, Reason hat sie mehr oder weniger adoptiert, als sie klein war.«

»Mehr oder weniger?«, fragte Trina.

»Roma kümmern sich um ihre Leute«, antwortete Cole.

Ich hatte das Gefühl, dass Trina auf eine Erklärung wartete, was er damit meinte, doch ich wusste, er würde nichts weiter sagen.

»Hatte Doolin eine Idee, wo Reason und die andern hin sind, nachdem sie Lychcombe verließen?«, fragte ich ihn.

»Er meinte, er hätte Gerüchte gehört, dass es das Camp nicht mehr gibt, und er glaubte sich zu erinnern, dass irgendwer ihm erzählte, er hätte Reason oben im Norden gesehen.«

»War Jess bei ihm?«

Cole schüttelte den Kopf. »Sind alles nur Gerüchte, Rube. Du weißt doch, wie so was läuft.«

Ich nickte. »Was ist mit Skender und Savik? Wenigstens über die muss Doolin doch was gewusst haben.«

»Ja, die im Camp wissen alle von den beiden. Offenbar haben sie vor ungefähr einem halben Jahr hier in der Gegend mit Schwarzhandel und Prostitution angefangen und jetzt ist hier so ziemlich alles unter ihrer Kontrolle – der Hafen, die Schmugglerrouten, die Bordelle … und sie haben genügend Zollbeamte und Polizeileute auf ihrer Gehaltsliste, sodass sie so gut wie unantastbar sind.« Cole schwieg einen Moment, fasste in seine Tasche und zog ein zusammengefaltetes Blatt Papier raus. Dann faltete er es auseinander und hielt es so, dass wir es sehen konnten. Es war die handgezeichnete Karte einer Straße und ihrer unmittelbaren Umgebung. Die Straße war mit dem Namen Fleetside versehen und in Richtung des einen Endes war ein fettes **X** eingezeichnet. »Wenn wir mit Jess recht haben«, erklärte Cole, »dann finden wir sie hier.« Er zeigte auf das **X**. »Ist ein Bordell ... eines von Skenders Häusern. Keiner von den Roma, die ich gefragt hab, wusste irgendwas über die Sicherheitssysteme, die es dort gibt, oder mit wie vielen Typen wir es da wahrscheinlich zu tun kriegen, aber sie meinten, dass das Ganze da ziemlich offen läuft und die Polizei nichts dagegen unternimmt.«

Cole schwieg und trank einen kräftigen Schluck aus der Mineralwasserflasche. Wir saßen alle nur da, keiner sagte was, jeder wartete bloß, dass Cole fortfuhr, doch als er zu Ende getrunken hatte, wischte er sich nur mit dem Handrücken über den Mund und starrte zu uns zurück.

»War's das?«, fragte Trina schließlich.

Cole zuckte mit den Schultern. »So ziemlich.«

»Hilft nicht viel weiter, oder?«

»Ist mehr, als wir vorher wussten.«

»Nicht viel.«

»Na ja, das hier gibt's auch noch«, sagte er, griff unter den Sitz und zog das Teil vor, das in Sackleinen verpackt war. Er legte es auf seinen Schoß, wickelte es aus und brachte eine abgesägte Schrotflinte zum Vorschein.

»Scheiße«, sagte Finn. »Ist die geladen?«

»Wär schlecht, wenn nicht«, erklärte ihm Cole.

»Scheiße«, wiederholte Finn.

»Glaubst du wirklich, wir werden das Ding da brauchen?«, fragte Trina und beäugte das brutal wirkende Gewehr.

»Ich weiß es ehrlich gesagt nicht. Aber ich hab es lieber dabei und brauch es nicht, als andersrum.« Dann wickelte er das Gewehr wieder ein. »Außerdem«, ergänzte er noch, »haben es mir die Roma geschenkt und sie wären beleidigt gewesen, wenn ich das Geschenk nicht angenommen hätte.«

»Ja?«, sagte Trina.

Cole nickte. »Ist so ein Roma-Ding ... eine Tradition. Sachen zu schenken bedeutet ihnen viel.« Er beugte sich vor und schob das Gewehr wieder unter den Sitz zurück. »Ist doch wahr, oder, Rube?«

Ich sah Trina an. »Die einzige Roma-Tradition, die Cole kennt, ist falsche Roma-Traditionen erfinden, stimmt's, Cole?«

Er lächelte vor sich hin, ließ den Motor an, fuhr aus der Haltebucht und los ging's, in Richtung Lichtergeflimmer der Stadt.

ACHTZEHN

Bordell ist ein hässliches Wort – ein hässliches Wort für ein hässliches Geschäft. Zugegeben weiß ich nicht genug über den Sexhandel, um sagen zu können, ob *alle* Bordelle ein hässliches Geschäft sind – und natürlich war ich noch nie in einem. Was ich drüber weiß (oder zu wissen glaube), sind irgendwelche Sachen, die ich gehört oder gelesen habe – und mir ist klar, dass es wahrscheinlich jede Menge Orte gibt, wo Prostituierte arbeiten, die nicht annähernd so schlimm sind wie das Bordell in der Fleetside. Aber es gibt bestimmt weitaus mehr, die genauso sind – Orte, für die die meisten jungen Frauen illegal ins Land gebracht werden, angelockt mit falschen Versprechungen von einem guten Job und einem besseren Leben, um am Ende in Prostitution und erzwungener Drogenabhängigkeit zu landen.

Als wir in jener Nacht nach Hull hineinfuhren, auf dem Weg zu dem Bordell in der Fleetside, war ich ziemlich sicher, dass es für die anderen jungen Frauen in dem Haus nichts ändern würde – egal was geschah, wenn wir dort ankamen, und egal ob wir Jess fanden oder nicht. Es waren nicht verriegelte Türen, vergitterte Fenster oder Männer mit starken Fäusten und Pistolen, die sie gefangen hielten, sondern ihre eigene Drogensucht, die Angst um ihre Familien und die Tatsache, dass man ihnen alle Ausweise weggenommen hatte, dass sie kaum oder gar kein Englisch sprachen, auch kein eigenes Geld hatten und nirgendwohin konnten … Und man hatte ihnen eingeredet, dass sie, wenn sie zur Polizei gingen, verhaftet, wegen Prostitution und Drogendelikten angeklagt und entweder im Gefängnis oder in einem Flugzeug landen würden, das sie dahin zurückbrachte, wo sie herkamen … Und wenn sie dort ankämen, würden sie feststellen, dass man ihre ganze Familie ermordet hatte und ihr Zuhause bis auf die Grundmauern niedergebrannt sei.

Und es gab nichts, was wir dagegen tun konnten.

»Ist nicht unser Problem, Rube«, höre ich Cole in meiner Erinnerung sagen.

»Ist aber trotzdem nicht in Ordnung, oder?«

»Die Welt ist voll von Dingen, die nicht in Ordnung sind.«

~~~

Wir fuhren zweimal an dem Bordell in der Fleetside vorbei, bevor wir den Jeep ein Stück weiter die Straße entlang abstellten. Wie es die Roma Cole erzählt hatten, war es ein gewöhnliches dreistöckiges Haus, nicht anders als alle anderen in der Gegend – ein bisschen heruntergekommen, ein bisschen vernachlässigt … aber keine Bruchbude, die jeden Moment zusammenkracht. Es gab keine Anzeichen, was hinter den Mauern geschah. Alle Fenster waren mit Vorhängen versehen, sodass man nicht reingucken konnte. Wenn man nicht wusste, dass es ein Bordell war, ging man wahrscheinlich ganz unbedarft an
~~~

dem Haus vorbei. Doch wenn du in einem Auto saßest und das Gebäude eine längere Zeit im Blick hattest … dann war es anders. Nach einer guten halben Stunde hatten wir genügend Männer gesehen, die dort ein- und ausgingen, um zu wissen: Es war das Haus, das wir suchten. Doch das war auch so ziemlich alles. Der Rest – wie wir dort reinkommen würden, wie wir Jess finden und wie wir sie dort rausbringen sollten – war noch ein Rätsel.

»Was denkst du, Rube?«, fragte mich Cole nach einer Weile. »Irgendeine Idee?«

Ich war mir fast sicher, er wusste genau, was ich überlegte, doch ich beschrieb es ihm trotzdem.

»Ich denke, wir müssen das Ganze erst mal checken. Wenn wir vorher wissen, mit wie vielen Männern wir es da drinnen zu tun kriegen, wo sie sich befinden und wo Jess ist … dann haben wir vielleicht eine Chance, sie rauszuholen.«

»Und was ist, wenn wir nicht erst alles checken?«, fragte Cole.

Ich zuckte mit den Schultern. »Dann können wir nur die Daumen drücken und hoffen.«

Cole nickte zustimmend. »Du meinst also, einer von uns soll da rein, um das Haus zu erkunden?«

»Ja.«

»Wie stellst du dir das vor?«

»Er muss als Kunde auftreten. Eine andere Möglichkeit seh ich nicht.«

Cole drehte sich zu Finn um: »Irgendwelche Einwände?«

»Okay … ich mach's.«

»Du machst was?«

»Ich geh da rein und späh das Haus aus.«

Cole sah ihn bloß an und wusste nicht, was er sagen sollte.

»Eine andere Möglichkeit gibt's nicht«, erklärte Finn. »Ich bin der Einzige, der es tun kann.«

»Wie kommst du darauf?«

»Wer immer da reingeht, muss schließlich so tun, als wär er ein Freier, richtig?«

»Klar.«

Finn nickte. »Trina kommt also nicht infrage. Genauso wenig wie du oder Ruben.«

»Wieso nicht?«

»Na ja, weil Ruben zu jung ist. Und weil Jess dich kennt, oder?«

»Ja, und?«

»Was wird sie machen, wenn sie dich da drinnen sieht? Sie wird dich ja wohl kaum ignorieren, oder? Sie wird also irgendwas tun – deinen Namen rufen, mit dir reden, dich fragen, was du hier machst –«

»Okay«, sagte Cole. »Verstehe.«

Finn lächelte. »Also bleib nur ich übrig.«

»Ja«, gab Cole zu. »Du hast recht.«

~ ~ ~

Finn hätte seine Überlegenheit Cole gegenüber ausspielen können, doch es sprach für ihn, dass er es nicht tat, nicht mal als Witz. Und als Cole drauf bestand, ihn einzuweisen, bevor Finn reinging – ihm zu erklären, worauf er achten und wie er das machen sollte, ohne aufzufallen, oder was zu tun war, wenn irgendwas schiefging –, hörte er ihm nur aufmerksam zu, um sich alles zu merken. Er schien nicht nervös und die einzige Frage, die er Cole stellte, war: Was, wenn der Moment kam, dass er wirklich mit einer der jungen Frauen mitgehen musste?

»Ich kann ja schlecht sagen, ich will gar nicht, oder? Ich meine, das ist doch der Grund, wieso ich vermeintlich da bin.«

»Du könntest sagen, du hast plötzlich Kopfschmerzen«, schlug Trina mit einem Grinsen vor.

Finn warf ihr ein halbherziges Lächeln zu.

»Du musst dann nur warten«, meinte Cole, »bis du allein mit ihr bist. Danach kannst du eine Ausrede erfinden, wieso du nichts von ihr willst – irgendwas, das dir einfällt, was, spielt keine Rolle –, und ihr sagen, du bezahlst sie extra, bar auf die Hand, wenn sie dich so lange bei ihr im Zimmer bleiben lässt, wie du bezahlt hast. Auch ohne Sex.«

»Wie viel extra soll ich ihr geben?«, fragte Finn.

Ich hatte bereits ein Bündel Geld aus Skenders Koffer genommen und reichte es Finn.

»Hier sind tausend«, sagte ich.

»Gib ihr so viel wie nötig«, ergänzte Cole.

Und das war es so etwa. Die Zeit zu reden war vorbei.

Finn saß eine Weile bloß da und überlegte, dann zündete er eine Zigarette an, sagte zu Huck, dass er ein braver Junge sein solle, und stieg aus.

Wir sahen, wie er die Straße überquerte und auf das Haus zuging, eine kleine Rauchfahne hinter sich herziehend, dann trat er auch schon ein und die Tür schloss sich wieder.

~~~
~~~

Es war ein bisschen komisch, auf einmal wieder zu dritt im Auto zu sitzen, fast so, als wären wir ohne Finn nicht mehr vollzählig. Wenn ich an den Morgen zurückdachte, an den Moment, als Cole und ich den Schrottplatz verließen und im Nieselregen zusammen durch die Hintergassen von East London liefen, in dem gewohnten brüderlichen Schweigen ... konnte ich uns kaum mehr als *uns* sehen. Etwas war jetzt anders, irgendwas, das es schwer machte, uns – besser gesagt: die beiden – für real zu halten. Und in gewisser Weise waren sie das ja auch nicht. Es gab sie physisch nicht. Sie existierten nur noch in unseren Köpfen.

Wir drei redeten nicht viel, als Finn weg war. Es hätte durchaus viel zu bereden gegeben – auch über Finn natürlich –, doch aus irgendeinem Grund sagten wir schließlich kein Wort über ihn. Stattdessen saßen wir mehr oder weniger bloß da und beobachteten das Haus, beobachteten, wie die Männer ein- und ausgingen, und schauten ständig nach der Uhr. Auch Huck saß nur da – starrte still und stumm aus dem Fenster und wartete mit hündischer Geduld darauf, dass Finn zurückkam – und ich hatte das Gefühl, er würde ewig dort warten, wenn es sein müsste. Die Äffin lag zusammengerollt auf einer alten zerschlissenen Decke, den Schwanz um den Körper geschlungen, und schlief still vor sich hin. Ab und zu zuckte sie ein bisschen und stieß einen leisen Brodellaut aus, der fast wie das Schnurren einer Katze klang, und ich versuchte mir vorzustellen, wovon sie träumte. Ich versuchte mir einzureden, dass sie womöglich eine Art instinktives, unterbewusstes Wissen über ihre natürliche Umgebung besaß und zumindest in ihren Träumen im

Regenwald lebte, wo sie zu Hause war … aber ich wusste, dass das wahrscheinlich bloß Wunschdenken war.

Doch das Monkey House war kein Traum. Das Asyl in Lochoran war ein realer Ort. Es gab das Haus und die Äffin würde bald dort sein. Es war vielleicht kein Regenwald, aber sie würde Bäume zum Klettern haben, andere Kapuzineraffen zum Spielen und sie musste nicht mehr auf einer schmutzigen alten Decke hinten in einem gestohlenen Jeep vor einem Bordell in Hull schlafen …

Und das war doch was, oder?

Eine gute Aussicht.

Ich hoffte es zumindest.

~ ~ ~

Eine halbe Stunde später saß Finn wieder im Auto und erzählte, was er herausgefunden hatte. Er wirkte ganz ruhig, kaum aufgewühlt durch das, was für ihn eine nervenaufreibende Erfahrung gewesen sein musste, und als er anfing über das Bordell zu reden, sah ich, dass Cole insgeheim ziemlich beeindruckt war. Er versteckte es gut, besonders vor Finn, denn natürlich wollte er nicht, dass Finn glaubte, er würde anfangen, ihn zu mögen.

»Es gibt keine Sprechanlage oder so was am Eingang«, erklärte Finn. »Nur eine Kamera an der Wand über der Tür und ein Schild, auf dem steht, dass man reingucken soll. Das heißt, du stehst einfach da und schaust eine Weile in die Kamera, bis irgendwann – wahrscheinlich bis sie dich gecheckt haben und bei ihnen keine Alarmglocken losgehen – die Tür aufspringt.«

»Dann muss die Kamera also ständig überwacht sein«, sagte Cole.

Finn nickte. »Es gibt einen kleinen Raum, der, wenn du reinkommst, gleich rechts vom Flur liegt. Die Tür war halb zu, als ich vorbeiging, deshalb konnte ich nicht viel sehen, doch es standen dort mehrere Bildschirme und ein Mann überwachte die Bilder der Kamera an einem Laptop.«

»War er allein?«

»Er war der Einzige, den ich wirklich gesehen hab, aber ich bin mir sicher, er hat mit jemandem geredet, als ich vorbeilief. Ich würde also sagen, es waren mindestens zwei. Und ein weiterer stand in der Nähe vom Eingang.«

»Wo genau?«

»Direkt hinter der Tür.«

»Was hat der gemacht?«

»Eigentlich nichts ... bloß an der Wand gelehnt.«

»Hat er was zu dir gesagt?«

Finn schüttelte den Kopf. »Hat mich kaum angesehen. Und nur mit dem Kopf zu einer Tür am Ende des Flurs gezeigt.« Finn zündete sich eine Zigarette an, ließ das Fenster ein paar Zentimeter runter und blies den Rauch raus. Einen Moment lang schaute er zu dem Haus rüber, dann fuhr er mit seinem Bericht fort. »Die Tür führt zu einem Raum, der wie eine Rezeption aussieht oder so«, erklärte er uns. »Gibt dort Sessel mit Kissen drin, Kaffeetischchen, ein paar Sofas und auch eine Bar mit Drinks und Snacks und so weiter. Wie es schien, war dort eine mittelalte Frau für alles zuständig – den Freiern die Mädchen vorstellen, das Geld kassieren,

Probleme lösen. Aber es war auch ein Mann da ... so ein großer Bodybuilder-Typ mit Glatzkopf. Er tat eigentlich nichts in der Zeit, als ich dort war – lehnte nur an der Bar und redete mit der Frau –, doch ich geh davon aus, dass er für den Fall da steht, dass irgendwas außer Kontrolle gerät.«

»Ist er bewaffnet?«, fragte Cole.

»Nicht dass ich wüsste.«

»Und die andern zwei, die du gesehen hast? Hatten die irgendwelche Waffen?«

»Ich hab überhaupt keine Waffen gesehen.«

»Natürlich nicht ... die tragen sie ja verdeckt.«

Finn zuckte mit den Schultern. »Ich bin nicht du, Cole. Ich weiß nicht, wie man feststellt, ob jemand verdeckt eine Waffe trägt. Musste ich bisher auch nicht wissen.«

Cole wusste, er hätte Finn sagen müssen, dass er darauf achten solle, und hätte sich in den Hintern treten können, dass er daran nicht gedacht hatte. Doch jetzt war es zu spät, deshalb schob er den Frust beiseite und konzentrierte sich wieder auf Finn, der inzwischen erzählte, wie einer der Freier von einem der Mädchen aus dem Rezeptionsbereich eine Treppe hinaufgeführt wurde. Aber als Finn schließlich selber dran war, wurde er nicht die Treppe hinauf eskortiert, sondern durch eine Tür einen langen Gang auf derselben Etage entlang.

»Auf beiden Seiten des Flurs gibt es vier Zimmer«, erklärte er. »Und am Ende des Flurs noch eine Tür, die aber verriegelt ist. Deshalb nehme ich an, sie führt nach hinten raus aus dem Haus.«

»Konntest du in die Zimmer reinsehen?«, fragte ihn Cole.

»Nein, alle Türen waren zu. Doch ich glaube nicht, dass sie sich allzu sehr von dem Zimmer unterscheiden, in das ich geführt wurde.«

Als er fortfuhr und von dem Mädchen erzählte, das ihn in ihr Zimmer führte – und nach seinen Aussagen war sie wirklich noch ein Mädchen ... höchstens sechzehn oder siebzehn –, verlor er ein bisschen die Ruhe und sein Selbstvertrauen. Er versteckte es ganz gut, doch ich saß dicht genug bei ihm, um das wachsende Unbehagen zu spüren. Es kam mir so vor, als ob er wüsste, er hatte nichts falsch gemacht, und sich doch anders fühlte. Das Mädchen habe Nadia geheißen, erklärte er uns, und ihm erzählt, dass sie achtzehn sei und aus Rumänien komme.

»Es war ihr egal, dass ich nichts von ihr wollte«, sagte er. »Es schien, als ob ihr eigentlich alles egal wär. Selbst als ich ihr das Extra-Geld gab, schien es ihr nichts zu bedeuten. Sie nahm es, aber ich glaub nicht, dass es ihr etwas ausgemacht hätte, kein Geld zu kriegen.«

»War sie auf Drogen?«, fragte Cole.

Finn nickte. »Sie hat nicht geschwankt oder gelallt oder so, aber sie war definitiv nicht bei sich. Sie war wie tot, als wäre sie zwar körperlich da, aber sonst nichts. Sie hatte nichts ... kein Ego, kein Leben. Nichts.«

Es war schwer, sich das vorzustellen, fast zu schlimm, um es sich auszumalen, und ich glaube, das war vielleicht auch der Grund, wieso Cole nicht weiter drauf einging.

»Hast du sie nach Jess gefragt?«

Finn nickte wieder. »War zuerst etwas schwierig, weil Nadia nicht viel Englisch kann, und sie wollte auch sowieso nicht viel reden. Aber schließlich hat sie erzählt, dass es ein Mädchen gibt, das dort Jetta heißt, doch so viel sie gehört habe, sei diese Jetta weggebracht worden.«

»Weggebracht wohin?«

»Das wusste sie nicht. Sie meinte, das passiert ständig – Mädchen kommen und gehen.«

»Wusste sie, dass Jetta schwanger ist?«

»Nein.«

»Und wo sie her war? Wusste sie darüber was?«

Finn schüttelte den Kopf. »Sie hat gesagt, über so was reden sie nicht. Sie stellen untereinander keine Fragen …«

»Warum nicht?«, fragte Cole.

Finn zuckte bloß mit den Schultern.

»Schutzmechanismus«, sagte Trina. »Das Gleiche passiert auch in den Heimen für Kinder. Je weniger du über jemanden weißt, desto leichter kannst du den Menschen vergessen, wenn er nicht mehr da ist.«

Cole nickte und drehte sich wieder zu Finn um. »Und glaubst du, Nadia hat dir die Wahrheit gesagt über Jetta? Glaubst du, sie wusste wirklich nichts über sie?«

»Ich fürchte, sie ist wahrscheinlich so durch den Wind, dass sie gar nicht mehr weiß, was die Wahrheit ist. Ich meine, als sie anfing, mir von dem Lieferwagen zu erzählen, da hat sie, glaub ich, überhaupt nicht mitbekommen, dass das völlig im Widerspruch stand zu dem, was sie vorher erzählt hatte.«

»Von welchem Lieferwagen?«

Finn nahm einen tiefen Zug von der Zigarette und schloss einen Moment lang die Augen, dann stieß er einen Schwall blaugrauen Rauchs aus. Und als der Rauch in der Luft verwirbelte und durch die Fensterlücke verschwand, erzählte er von dem Lieferwagen.

»Ich wusste zuerst überhaupt nicht, wovon sie sprach. Sie fing einfach an, sich über den Lieferwagen auszulassen, und redete drüber, als hätte sie mir davon schon erzählt. Erst als ich ihr klarmachen konnte, dass das nicht stimmte, und sie bat, noch mal von vorn anzufangen, hab ich es langsam kapiert.«

»Was kapiert?«

»Also im Grunde wollte sie mir wohl sagen, dass Jetta vielleicht noch gar nicht weg ist, und wenn nicht, dann ist sie wohl in dem Lieferwagen eingesperrt, der auf dem Hof hinterm Haus steht. Aber wenn der Lieferwagen nicht mehr da ist, dann haben sie sie wohl schon weggebracht.«

»Warum sollten sie sie in den Lieferwagen sperren?«, fragte Cole. »Wenn sie sie, aus welchem Grund auch immer, irgendwo wegsperren wollen, wieso dann nicht in einem der Zimmer?«

»Das hab ich Nadia auch gefragt. Aber sie meinte, das weiß sie nicht.«

»Sie muss ihr Kind bekommen haben«, mischte sich Trina ein.

Wir drei sahen sie fragend an, weil wir nicht kapierten, was Trina meinte.

»Babys machen Lärm«, erklärte sie. »Die schreien ständig, Tag und Nacht ... und ein schreiendes Baby willst du in einem Bordell doch nicht hören, oder?«

»Und wenn jemand sie wegbringen will«, ergänzte ich, »müssen sie nicht mal ins Haus, sondern bloß in den Hof fahren, sie und das Baby aus dem Lieferwagen ins andere Auto bringen und wieder wegfahren. Oder gleich den Lieferwagen nehmen.«

Finn erzählte weiter, dass er, nachdem er Nadias Zimmer verlassen hatte, den Flur entlanggeschlichen sei, um die Tür nach hinten raus zu checken. Sie war mit drei kräftigen Bolzen gesichert – jeder davon mit einem Vorhängeschloss versehen – und dazu mit einem zentralen Riegelschloss. Außerdem werde die Tür noch mit einer Kamera an der Wand überwacht. Die Tür selbst besaß einen kleinen Schlitz, den man aufschieben konnte, um rauszusehen. Finn hatte einen kurzen Blick durch den Schlitz gewagt und einen schmuddeligen weißen Lieferwagen gesehen, der auf dem ringsum von hohen Mauern umgebenen Hof parkte. Oben seien die Mauern mit Stacheldraht versehen und der einzige Weg rein und raus ginge durch ein schweres Eisentor, das mit einem dicken Stahlriegel gesichert sei.

»Stand jemand da, der das Tor bewacht hat?«, wollte Cole wissen.

Finn schüttelte den Kopf. »Hab zumindest niemanden gesehen.«

Cole senkte kurz den Blick und dachte über irgendwas nach, dann schaute er wieder zu Finn hoch. »Gute Arbeit.«

Finn zuckte mit den Schultern. »Ich wünschte, ich hätte mehr tun können.«

»Du hast getan, was du konntest. Ohne dich wüssten wir nichts von dem Lieferwagen und hätten wahrscheinlich auch keine Ahnung, dass der Weg hintenrum vielleicht einfacher wird, als wenn wir den Vordereingang nehmen.«

Finn nickte bloß.

Cole drehte sich zu mir um. »Einverstanden? Wir greifen sie von hinten an.«

»Total.«

Er schaute zu Trina. »Was denkst du?«

»Ja«, sagte sie nur. »Dann los.«

NEUNZEHN

Die schmale Gasse hinter dem Haus erinnerte mich an die Gasse hinter dem *Live and Let Live* und als wir sie entlangfuhren, musste ich an den Morgen dort zurückdenken. Ich spürte wieder dieses Gefühl von Fremdheit, von *Anderssein*. Es fühlte sich an, als wäre der Morgen eine Ewigkeit und gleichzeitig nur ein paar Minuten her.

»Ruben?«

Es war Cole. »Alles Okay?«

»Ja, alles okay«, sagte ich.

Er war nicht vollständig überzeugt, aber doch zufrieden genug mit der Antwort, um mich in Ruhe zu lassen und sich wieder auf das zu konzentrieren, was wir vorhatten. Wir näherten uns inzwischen dem Eisentor auf der Rückfront des Hauses und als Cole langsamer wurde, konzentrierte auch ich mich ganz auf das Hier und Jetzt.

Auch wenn Finn keine Überwachungskameras auf der Rückseite des Hauses gesehen hatte, musste es doch wenigstens *eine* geben. Alles andere hätte uns überrascht, deshalb zogen wir, ehe wir ausstiegen, die Kapuzen hoch und bedeckten unsere Gesichter mit provisorischen Masken aus abgerissenen Kleiderfetzen und sonstigen Stoffteilen, die im Auto herumlagen. Außerdem hatten wir die Kennzeichen des Jeeps sorgsam mit Dreck und Öl verschmiert, um sie unleserlich zu machen.

Wir hatten drei Waffen für uns vier Leute. Trina hatte bereits entschieden, das ganze Reden mit Jetta/Jess zu übernehmen und dass sie deshalb keine Waffe brauchte – oder wollte –, was bedeutete, dass wir die Waffen unter uns dreien aufteilen konnten. Ich nahm die eine von Jorqis Pistolen, Finn die andere und Cole die abgesägte Flinte. Wir hatten bereits entschieden, wie wir durch das Eisentor in den Hinterhof kommen wollten, und als Cole den Jeep direkt neben dem Tor parkte, stiegen wir alle aus und machten uns ans Werk.

Cole lief jetzt auf Autopilot – dachte nichts, fühlte nichts, handelte bloß –, und auch wenn er nicht gehetzt wirkte, war er doch im Nullkommanichts erst auf der Motorhaube und dann auf dem Dach des Jeeps. Und im nächsten Moment war er verschwunden – mit einem Schritt vom Autodach rüber zum oberen Ende des Tors und danach der Sprung in den Hof. Es gab keine unmittelbare Reaktion – keine Schüsse, keine Rufe, keine Anzeichen, dass Cole entdeckt worden war. Dann hörten wir das solide Klacken des massiven Riegels und im nächsten Moment schwang das Eisentor auf.

Während Finn beim Jeep blieb, um uns den Rücken freizuhalten, falls irgendwer uns von der Straße aus den Weg abzuschneiden versuchte, folgten Trina und ich Cole zu dem weißen Kastenwagen, den Finn uns beschrieben hatte. Es war ein Ford Transit – nicht neu, aber auch nicht alt … ohne Aufschrift, ohne Heckfenster – und er stand rechts an der Wand. Es gab kein Lebenszeichen aus dem Innern – keine Geräusche, keine Bewegung, kein Licht –, und gerade als ich schon anfing zu glauben, dass Finn verarscht worden war und niemand im Heck des Lieferwagens steckte oder je gesteckt hatte, hörten wir einen Schuss, der laut durch die Nachtluft hallte. Plötzlich war die Hölle los.

Ich hatte das Mündungsfeuer aus dem Augenwinkel gesehen – eine kurze Lichtexplosion aus einem Fenster im ersten Stock. Cole schien es auch wahrgenommen zu haben. Er schwang herum, feuerte zweimal in kurzem Abstand aus seiner Flinte, und während die ohrenbetäubenden Schüsse und das Splittern und Herabstürzen von zerborstenem Glas an den Hofmauern widerhallten, suchten wir drei eilig Schutz hinter dem Lieferwagen.

»Alles okay?«, fragte Cole Trina.

Sie nickte.

Er lud das Gewehr neu, dann drehte er sich zu mir um. »Gib mir die Pistole.«

Ich reichte sie ihm.

»Bleib, wo du bist, bis ich die Hecktür aufhab«, sagte er.

»Moment, Cole …«, fing Trina an, doch er hatte sich bereits hinter dem Transit vorgebeugt und feuerte ein paar Schüsse in Richtung Haus. Ich hörte weitere Fenster zu Bruch gehen, einen Schmerzensschrei, Schüsse und Flüche … dann setzte sich Cole in Bewegung, steckte schnell die Pistole ein, sprang mit dem Gewehr in den Händen aus seiner Deckung und schoss aus der Hüfte. Der Knall der Flinte erfüllte die Luft, hallte zwischen den Mauern hin und her, und als sich der Widerhall langsam verlor, hörte ich Cole mit dem Gewehrkolben gegen die

Tür schlagen, um das Schloss zu zerstören. Ein weiterer Schuss kam aus dem Haus, traf die Seite des Lieferwagens mit einem scharfen metallischen Schlag und aus dem Innern des Transit hörten wir jetzt einen gedämpften Schrei – ein kurzes schockiertes und schnell unterdrücktes Aufkreischen –, dann ein weiteres Geräusch, eines, auf das wir hätten vorbereitet sein sollen, aber nicht waren … das leise Wimmern eines Babys.

Trina beugte sich dicht an die Wand des Lieferwagens und legte eine Hand um den Mund. »Jess! Jetta! Hörst du mich?« Sie schwieg, horchte, doch es kam keine Antwort. Wieder kam ein Schlag von der Hecktür, als Cole weiter gegen den Türgriff hämmerte. »Alles gut!«, rief Trina. »Wir tun dir nichts! Wir versuchen nur, dich da rauszuholen!«

Ein weiterer Schlag erschütterte den Transit, diesmal begleitet von einem dumpfen metallischen Knacken, dem Geräusch von etwas, das aufbricht, und im nächsten Moment hörten wir das Knirschen einer Tür, die geöffnet wurde.

»Jess?«, hörte ich Cole fragen. »Bist du's? Alles in Ordnung mit dir?«

Keine Antwort.

»Ich bin's, Jess«, sagte er. »Cole Ford. Ruben ist auch hier.«

Weitere Schüsse.

Das Gewehr knallte – einmal, zweimal …

»Ruben!«, rief Cole. »Trina!«

Wir schoben uns um das Heck. Die geöffnete Tür schützte uns gegen das Haus, und als ich in den Lieferwagen schaute, sah ich die kalte, finstere Leere, die ich mir vorgestellt hatte … und irgendwie schien die vage Gestalt eines in Decken gewickelten Mädchens, das im Dunkel am anderen Ende des Transit kauerte, nichts von der schrecklichen Leere zu nehmen.

»Sie zeigt sich nicht oder sagt irgendwas«, flüsterte Cole Trina zu. »Ich weiß nicht, was –«

Ein Bersten von splitterndem Glas schnitt ihm das Wort ab, als ein Schuss einen der Außenspiegel des Wagens traf. Cole beugte sich um die Tür, feuerte ein paar Schüsse aus dem Gewehr und ging gleich wieder in Deckung.

»Wir müssen hier raus«, sagte er und sah Trina an.

Sie nickte und ohne ein weiteres Wort stemmte sie sich hoch in das Heck des Transits und ging zu dem in Decken gehüllten Mädchen im Eck. Ich wollte ihr hinterher, doch Cole hielt mich zurück.

»Lass das Trina machen«, sagte er.

Ich blieb, wo ich war, und sah zu, wie sich Trina vor dem Mädchen niederhockte und anfing mit ihr zu reden.

»Ruben!«

Die Schärfe in Coles Stimme riss mich aus meinen Gedanken und ich sah, dass er mir die Pistole hinhielt.

Ich nahm sie ihm ab.

»Ich brauch dich jetzt bei mir, Ruben«, sagte er und sah mir in die Augen. »Okay?«

Ich nickte.

Ein weiterer Schuss traf den Lieferwagen.

»Ich will, dass du die hintere Tür von dem Haus im Auge behältst«, erklärte mir Cole. »Kümmer dich nicht um die Fenster oder sonst irgendwas, behalt nur die Tür im Blick. Und wenn du irgendwen rauskommen siehst oder auch nur, dass sie aufgeht, dann schieß. Ansonsten halt dich zurück. Wir haben nicht mehr viel Munition. Hast du verstanden?«

Ich nickte wieder.

Er lächelte mich an. »Ist nicht einfach, was?«

»Was ist nicht einfach?«

»Das Richtige zu tun.«

»Tun wir das?«

Plötzlich kam ein Schuss von hinten, und als ich mich umdrehte und zu dem offenen Tor schaute, sah ich, wie sich Finn hinter den Jeep duckte, die Pistole ausgestreckt in der Hand, und über die Straße zielte. Was bedeutete, dass mindestens einer der Männer aus dem Bordell versuchen musste, uns einzukreisen. Gut möglich, dass es auch mehr als einer war.

Ich drehte mich wieder zum Haus um und beobachtete durch einen Spalt zwischen Lieferwagen und geöffneter Hecktür den hinteren Eingang. Von hinten kamen weitere Schüsse, aber diesmal erinnerte ich mich an Coles Anweisung – *Kümmer dich nicht um die Fenster oder sonst irgendwas, behalt nur die Tür im Blick* – und genau das tat ich. Und nach ein paar Sekunden sah ich, wie die Tür aufging und ein Gesicht vorsichtig herausspähte. Ich hielt die Pistole bereits in Richtung Tür und musste nur noch abdrücken. Ich schoss. Die Pistole knallte laut, ihr Schuss hallte in meinem Kopf wider und ich sah, wie ein Stück Mauer nicht weit von der Tür absprang. Der Mann im Eingang zuckte zusammen, warf einen Arm hoch, um sein Gesicht zu schützen, und ehe ich die Chance hatte noch mal abzudrücken, wich er ins Haus zurück und knallte die Tür wieder zu.

»Cole?«

Das war Trina. Ich drehte mich um, als ich ihre Stimme hörte, und sah, wie sie dem Mädchen über die Ladefläche des Lieferwagens zu uns hinüberhalf. Das Mädchen war wackelig auf den Beinen – sie schlurfte und taumelte – und Trina tat alles, sie aufrecht zu halten und vorwärtszuschieben. Das Mädchen hielt ihr Baby im Arm, drückte es an die Brust, während sie sich gleichzeitig irgendwie über das Kleine beugte und instinktiv versuchte, es mit ihrem Körper zu schützen. Sie war immer noch in Decken gehüllt, genau wie ihr Baby, doch jetzt konnte ich ihr Gesicht ziemlich deutlich erkennen. Und es bestand kein Zweifel, dass sie nicht Jess war. Sie hatte zwar *gewisse* Ähnlichkeiten – die Gesichtsform, der Mund … vielleicht irgendwas an den Augen –, doch man musste danach suchen. Aber der Kern ihres Ichs – die Art, wie sie sich präsentierte, dieses unbeschreibliche Etwas, das uns voneinander unterscheidet und zu dem macht, wer wir sind …

Das war nicht Jess.

Ich wusste es. Cole wusste es. Und Trina sah es in unsern Gesichtern.

Es war nicht Jess.

Mein Kopf war leer.

»Sie sagt, sie heißt Jetta«, erklärte Trina mit seltsam ruhiger Stimme.

Ich schaute auf und sah sie an der Ladekante des Transits, den Arm um die Taille des Mädchens gelegt, um ihr zu helfen, aufrecht zu stehen. Ich wusste nicht, was ich sagen sollte. Cole auch nicht. Wir beide standen bloß da … unwissend und unfähig zu reagieren.

»Sie kommt mit uns, okay?«, sagte Trina und half Jetta von dem Lieferwagen runter.

Es war keine Frage und auch kein Vorschlag, sondern eine Feststellung – Jetta zurückzulassen war keine Option und wir hatten darüber nicht mitzubestimmen. Wir hatten unsere Entscheidungsmöglichkeit gehabt und wir hatten so falsch gelegen, dass es kaum zu fassen war.

Trinas Arm lag jetzt um Jettas Schultern und drehte sie behutsam in Richtung Jeep. »Das da drüben ist unser Auto«, erklärte sie ihr. »Wir bringen dich und dein Baby hier raus … hast du verstanden?«

Jetta nickte.

»Bei uns wirst du in Sicherheit sein«, ergänzte Trina. »Das versprech ich dir. Du und dein Baby … alles wird gut.«

Jetta nickte nur wieder.

Ein Schuss von irgendwoher durchschnitt die Luft.

»Wir müssen weg hier«, sagte Trina zu Cole. »Und nichts hat sich geändert. Wir bleiben bei unserm ursprünglichen Plan.«

Cole nickte, und als er sich zu mir umdrehte, sah ich, dass er wieder ganz in der Gegenwart war, wieder ganz bei sich. Und als sich unsere Blicke trafen, spürte ich, wie auch ich zurückkehrte. Er streckte die Hand aus. Ich reichte ihm die Pistole, dann trat ich hinüber zu Trina und Jetta.

Cole schaute zu dem Jeep. Finn war noch da, zielte noch immer mit seiner Waffe die Straße entlang, doch im Moment schoss er nicht.

»Finn!«, rief Cole.

Finn drehte sich um.

»Kannst du uns Feuerschutz geben?«, schrie Cole.

»Jetzt?«

»Ja.«

Finn warf einen Blick die Straße entlang, dann drehte er sich wieder zu Cole um. »Kein Problem«, rief er. »Sag einfach Bescheid.«

»Bist du sicher?«

Finn grinste. »Absolut.«

Cole schob sich zum Rand der offenen Lieferwagentür. Ich stand jetzt rechts neben Jetta, Trina links. Ich warf einen Blick zu Cole rüber. Er hatte die Pistole in der einen, die abgesägte Flinte in der anderen Hand. Für einen Augenblick hielt ich seinem Blick stand, dann nickte er mir zu und als ich von ihm wegschaute, schrie er Finn *»JETZT«* zu. Während sie beide in Richtung Haus ballerten und uns Feuerschutz gaben, rannten Trina und ich mit Jetta so schnell wir konnten zum Jeep.

Anfangs war es ein echtes Problem für Jetta. Sie hatte Gott weiß wie lange in einem eiskalten Lieferwagen gehockt, was nicht gerade die ideale Voraussetzung zum Laufen ist, und dazu trug sie noch ihr Baby im Arm. Weshalb sie zuerst kaum mehr als Schritttempo schaffte. Aber Trina packte ihren Arm und drängte sie immer weiter und allmählich bewegte sich Jetta ein bisschen freier.

Hinter uns gab es weiter Schüsse, doch sie wurden immer sporadischer. Jetzt ging es darum, so schnell wie möglich den Jeep zu erreichen.

Ich hörte Cole hinter uns herrennen, er schien auch nicht mehr in Richtung Haus zu schießen. Vor uns sah ich Finn, der den Motor gestartet und alle Türen geöffnet hatte. Als wir ankamen, packten wir Jetta und ihr Baby auf den Rücksitz, dann sprangen wir selbst ins Auto, schlossen die Türen und warteten mit gesenkten Köpfen auf Cole und Finn. Ein paar Sekunden später sprang Finn auf den Beifahrersitz und im nächsten Moment glitt Cole auf den Fahrersitz neben ihm. Er sagte nichts, sondern legte nur eilig den Gang ein und schon waren wir weg, jagten die Straße entlang, fort in die endlose Nacht.

~ ~ ~

Eine Weile sagte niemand etwas. Unser Schweigen war von einer schweren Last an Gefühlen erfüllt, die uns voneinander entfernte. Es fühlte sich nicht gut an, aber auch nicht, als wäre es unumkehrbar.

Doch es gab noch etwas anderes.

Ich wusste nicht, was es war.

Aber irgendwas fühlte sich absolut falsch an.

ZWANZIG

Es muss so gegen zehn Uhr am Abend gewesen sein, als wir durch die Vororte von York fuhren, fühlte sich aber deutlich später an. Die Nacht besaß die Stille früher Morgenstunden, doch das lag vielleicht nur an unserer Müdigkeit. Milde ausgedrückt war es ein langer Tag gewesen und Verstand und Herz liefen auf null. Wir waren weit weg von zu Hause und davon abgesehen, dass ich mir die ganze Zeit Sorgen um Mum machte und mir dauernd einzureden versuchte, es ginge ihr gut, vermisste ich sie. Ich vermisste alles dort – Mum, Onkel Joe, unser Haus, den Schrottplatz, die verschatteten Regionen unserer vertrauten Welt ... die Hintergassen von East London, die rußgeschwärzten Eisenbahnbrücken, die geschlossenen Brückenbögen und von Graffiti überzogenen Backsteinmauern ... Das alles war so sehr Teil von mir, dass es immer einfach *da* war und ich überhaupt nicht drüber nachdenken musste. Dagegen war die Welt, in der wir uns jetzt bewegten, ein unbekannter Ort und ich konnte nicht einfach dort *sein*, ohne bewusst dran zu denken. Ich musste ständig die Augen offen halten und meinen Kopf eingeschaltet lassen, und je länger ich es tun musste, desto mehr strengte es mich an. Es zehrte mich aus, stumpfte mich ab, erschöpfte mich. Und ich wusste, was ich – was wir – jetzt mehr als irgendwas sonst brauchten, war ein Ort, wo wir die Nacht über ausruhen konnten. Es klang ganz einfach, doch schon bald wurde klar, dass das überhaupt nicht einfach war.

~ ~ ~

Das Gefühl von Verkehrtsein, das ich gespürt hatte, als wir Hull verließen, war nicht verschwunden, aber sobald wir wieder zu reden begannen, trat es nach und nach in den Hintergrund. Doch endgültig weg ging es nicht und es blieb so präsent, dass es fast unmöglich schien es zu ignorieren. Aber im Moment gab es dringendere Dinge zu überlegen.

~ ~ ~

Ich saß jetzt mit Huck und der Äffin im Kofferraumteil. Ich hätte auch mit Trina, Jetta und dem Baby auf der Rückbank sitzen können, doch ich wollte Trina und Jetta mehr Raum geben. Trina hatte, kurz nachdem wir von dem Bordell losfuhren, angefangen, mit Jetta zu sprechen. Zuerst hatte Jetta nur schweigend dagesessen, doch Stück für Stück drang Trina zu ihr durch und schließlich hatte Jetta begonnen zu antworten. Ihre Stimmen waren so leise, dass ich kaum ein Wort hörte, obwohl ich direkt daneben saß. Also *brauchten* sie zwar eigentlich nicht mehr Privatsphäre, aber ich dachte, dass Jetta vielleicht freizügiger reden würde, wenn ich nicht so dicht dabei war. Deshalb war ich über die Rücklehne geklettert und hatte mich zu Huck und der Äffin in den Kofferraumteil gesellt und Trina und Jetta für sich sein lassen.

Es war nicht gerade bequem da hinten und ich hoffte, dass ich mich nicht allzu lange dort arrangieren musste. Wir hatten uns schon geeinigt, dass wir irgendwas halbwegs Nettes brauchten – und uns verdient hatten –, wo wir die Nacht verbringen konnten, was im Grunde ein Hotel meinte. Das Problem mit Hotels war nur, wie wir bezahlen sollten. Nicht dass wir kein Geld hatten, wir hatten immerhin einen ganzen Koffer voll Bargeld –, doch die meisten Hotels akzeptierten keine Barzahlung. Und selbst wenn wir eins fanden, würden sie vermutlich unsere Ausweise sehen wollen – die natürlich keiner von uns zeigen konnte. Überdies würden fünf jugendliche Freaks mit einem Hund, einem Affen und einem Koffer voll Geld ziemlich auffallen, sodass irgendwer uns garantiert verdächtig fände und lieber die Polizei rief.

»Und wenn wir eine von den Kreditkarten aus dem Koffer benutzen?«, fragte Trina. »Oder sieht man dann sofort, dass sie nicht echt ist, dass sie geklaut sein muss oder so?«

»Funktionieren würde sie wahrscheinlich schon«, erklärte ihr Cole. »Das Problem mit Karten ist nur, dass sich die Zahlungen leicht zurückverfolgen lassen.« Er zuckte mit den Schultern. »Soll nicht heißen, dass es unmöglich ist, aber ich hab keine Lust, die ganze Nacht am Hotelfenster zu stehen und zu checken, ob die Polizei kommt oder Skenders Leute, falls die Kartenzahlung sie doch auf unsere Spur bringt.«

»Wenn wir also nicht in einem Hotel übernachten können, was dann?«, fragte Trina.

»Keine Sorge«, antwortete Cole, »ich bring uns schon in einem Hotel unter.«

»Und wie?«

Er lächelte. »Jeder Mensch hat seinen Preis.«

~ ~ ~

Es dauerte eine weitere halbe Stunde, bis wir ein Hotel fanden, das Cole gefiel. Es war ein großer alter fünfstöckiger Kasten in einer Straße nahe dem Bahnhof, mit Backsteingemäuer, Erkerfenstern und gediegen wirkenden Schornsteinköpfen. Es war so ein Hotel, das einmal zu den besten der Stadt gehört, doch die glorreiche Zeit lange hinter sich hatte. Es war immer noch ein ganz schön beeindruckendes Bauwerk, aber man musste nicht lange suchen, um die Zeichen der Vernachlässigung zu entdecken – abblätternde Farbe, rissige Fensterbänke, Mauerwerk, das repariert werden musste.

Der kleine Parkplatz hinter dem Haus war »wegen dringender Ausbesserungsarbeiten vorübergehend geschlossen«, doch zum Glück gab es vor dem Hotel genügend freie Plätze am Straßenrand. Und da standen wir jetzt – der Jeep etwa fünfzig Meter von dem Hotel entfernt eng am Bordstein geparkt.

Cole hatte uns im Wesentlichen erzählt, wie er plante, uns für die Nacht in dem Hotel unterzubringen, und auch wenn wir alle, einschließlich Cole, unsere Bedenken hatten, wusste doch keiner eine bessere Lösung. Und wie Cole gesagt hatte: Wenn es nicht klappte, mussten wir zumindest nichts befürchten, also sollten wir es einfach probieren.

Kurz bevor er sich aufmachte, klappte Cole die Sonnenblende runter und rückte sie so zurecht, dass er sich in dem kleinen Spiegel sehen konnte, dann fing er an, mit seinen Haaren herumzumachen – sie glatt zu drücken, hin und her zu streichen, an den Knoten zu ziehen ... und sich dabei stirnrunzelnd zu betrachten.

»Was tust du da?«, fragte Trina und bemühte sich, nicht zu grinsen.

»Nichts«, murmelte er, gab auf und klappte die Sonnenblende wieder hoch. »Ich dachte bloß ...«

»Was?«

Er seufzte. »Ich dachte bloß, ist vielleicht nicht schlecht, wenn ich ein bisschen vorzeigbarer ausseh, verstehst du ... nicht so strubbelig.«

»Du meinst, wenn du in das Hotel gehst?«

Er nickte. »Nicht dass es wichtig ist ... ich meine, ist ja nicht das Ritz, oder?«

Trina beugte sich zwischen den Sitzen vor. »Komm her«, sagte sie. »Lass mal sehen, was ich tun kann.« Und als er den Kopf in ihre Richtung drehte, packte sie ihn an den Schultern und rückte ihn so vor sich zurecht, dass sie seinen Haarschopf gut im Blick hatte.

»Echt nicht ...«, sagte er, als sie die Hand ausstreckte. »Spielt also keine Rolle. Wird niemand drauf achten.«

»Halt jetzt mal die Klappe und lass mich machen, okay? Dauert nur eine Minute.« Sie lächelte ihn an. »Vertrau mir ... ich weiß, was ich tu.«

Cole hielt still und sagte nichts, als sie seine Haare nahm und mit ihnen rumspielte.

»Muss auch nicht zu ordentlich sein«, sagte er leise. »Bloß so, dass –«

»Du ein bisschen vorzeigbarer aussiehst?«

»Ja.«

Sie blickte ihn schweigend an.

»Tut mir leid«, sagte er nach ein paar Sekunden. »Ich halt jetzt den Mund und sag nichts mehr.«

~ ~ ~

Manchmal sind es die kleinen Dinge, die das Wesentliche eines Moments einfangen. So war es auch mit den fünf Minuten, die Trina brauchte, um Coles Haare zurechtzumachen. Von außen betrachtet entwirrte sie hauptsächlich die schlimmsten Knoten und strich ihm die Haare nach hinten (nur mithilfe von Wasser). Und das einzig nach außen Sichtbare, das er tat, war, schweigend dazusitzen und Trina gewähren zu lassen. Jemand, der nichts über die beiden wüsste, hätte sich wohl auch nichts weiter dabei gedacht. Aber ich kannte Cole in- und auswendig. Und ich wusste genau, egal wie klein und unbedeutend das hier zwischen ihm und Trina zu sein schien, für Cole war es alles andere als klein und unbedeutend. Er kannte das einfach nicht – Nähe, Berührung ... sich in die Hände von jemand anderem zu geben. Er kannte das nicht, mochte es nicht, wollte es nicht, brauchte es nicht. Der einzige Mensch, dem er erlaubte, so was bei ihm zu tun, war unsere Mum und selbst bei ihr hätte er es am liebsten vermieden.

Doch jetzt ...

Jetzt das.

Zuzulassen, dass Trina ihm mit den Händen durch seine Haare fuhr ... zuzulassen, dass es ihm gefiel ... ihre Gefühle für ihn zu spüren und mit einer gewissen Verwunderung zu merken, dass er keine Angst hatte und keine Notwendigkeit sah, sie abzuwehren und sich in seine Leere zurückzuziehen ...

Und Trina, die strahlend sagte: »So, das sollte reichen.«

Und Cole, wie er sich im Spiegel betrachtete – innerlich überrascht und mit einem verlegenen Lächeln auf den Lippen (sei es auch nur, weil er es nicht gewohnt war, sich um sein Äußeres zu kümmern) ... und wie er sich dann zu Trina zurückwandte mit einem absolut ehrlichen Lächeln und ihm das Herz die Kehle zuschnürte, als er merkte, wie sie ihn ansah ...

Das war es.

Dieser Moment ...

Das war es.

~ ~ ~

Es ist alles noch in ihm, als er ein paar Minuten später aussteigt und zu dem Hotel geht – die ganzen Gefühle, das Lächeln, die Berührung ihrer Hände –, doch als er schließlich die Hotellobby betritt, ist er schon wieder der andere Cole, der leere ... der Cole, der keine Gefühle hat. Ich mag es zwar immer noch nicht, doch ich bin froh, dass es ihm immer noch gelingt. Denn Gefühle helfen ihm jetzt nicht weiter.

Das weiß ich.

Ich bin in ihm.

Ich sehe, was er sieht, als er durch die Lobby auf die Rezeption zugeht, alles wahrnimmt und in sein Gedächtnis einbrennt – die Aufzüge und Treppen links, das Restaurant am anderen Ende der Halle, die Spiegelwand rechts ... sein Spiegelbild, das von dort zu ihm herüberschaut ... die zurückgestrichenen Haare und sein selbstsicherer Schritt, der ihm das richtige Auftreten verleiht für das, was er vorhat.

Es scheint keine Kameras zu geben, zumindest sind keine sichtbar, und außer dem Menschen am Empfang ist die Hotellobby leer.

Der Typ an der Rezeption ist ein gepflegter junger Mann in Anzug und Krawatte. Als Cole durch die Tür trat, hat er ihn kurz taxiert und freundlich angelächelt, doch als Cole durch die Lobby auf ihn zukam, hat er – professionell höflich – weggeschaut und irgendwas an seinem Computer gemacht. Er hat einen unverkennbaren Ausdruck von Kompetenz und Geschäftigkeit an sich, den Cole lieber nicht gesehen hätte, doch er lässt sich davon nicht irritieren. Kompetent und geschäftig hin oder her, auch er wird seinen Preis haben. Cole zweifelt keine Sekunde daran.

»Guten Abend, Sir«, sagt der Mann, als Cole an die Rezeption tritt. »Möchten Sie einchecken?«

»Tja, das ist das Problem«, antwortet Cole und wirft einen Blick auf das Namensschild an der oberen Jackentasche des Mannes. »Genau da hoffe ich, dass Sie mir helfen können, Marco.«

~ ~ ~

Es braucht eine Weile – mindestens zwanzig Minuten –, aber Cole schafft es am Ende. In der Geschichte, die er Marco erzählt, ist er Mitglied einer Theatergruppe, die gerade mit dem Flugzeug von einer Tour zurückgekommen ist, welche sie an Schulen in ganz Europa geführt hat. Aber nun ist das ganze Gepäck verschwunden und möglicherweise gestohlen worden. Und als ob das nicht schon genug wär, fährt Cole fort, hätte es auch noch vor dem Abflug eine Verwechslung mit ihren Taschen gegeben und ein kleiner Rucksack mit nahezu all ihren Wertsachen – einschließlich Kreditkarten etc. – sei statt beim Handgepäck bei den aufgegebenen Sachen gelandet, weshalb jetzt sämtliche Karten und alles andere weg seien.

An diesem Punkt merkt Marco, dass mit der Geschichte etwas nicht stimmt, und weiß schon genau, worauf Cole hinauswill, doch gerade als er sie abkürzen und ihm sagen will, dass er bloß seine Zeit vergeudet, zieht Cole ein noch ungeöffnetes Bündel £50-Scheine aus der Tasche und legt es beiläufig auf den Empfangstresen. Es ist Skenders Geld und Cole hat noch jede Menge mehr davon in seinen Taschen. Und so, wie Marco plötzlich schweigt und das Geld gierig anstarrt, weiß Cole, dass er ihn an der Angel hat.

Der Rest ist vergleichsweise einfach.

Der Deal, auf den sie sich einigen, lautet, dass Marco Zimmer für Cole und seine Theatergruppe bucht und die Buchung selbst zahlt. Und Cole zahlt ihm das Geld in bar zurück zuzüglich einer Summe von £3000 für den Aufwand.

~ ~ ~

Als Cole das Hotel verlässt und zu dem Jeep zurückläuft, hält er sich weiter von allen Gefühlen frei. Er hat an diesem Tag schon mehr gedacht, gefühlt und geredet als sonst in einem ganzen Monat, und der Tag ist ja längst noch nicht vorbei. Es gibt immer noch Dinge zu bedenken und zu bereden, immer noch Dinge zu fühlen …

Die Nacht liegt noch vor ihm.

EINUNDZWANZIG

Auch wenn wir uns alle einig gewesen waren, dass wir als Ort, wo wir die Nacht verbringen konnten, »etwas halbwegs Nettes brauchten und uns verdient hatten«, glaube ich nicht, dass es uns allzu extrem gestört hätte, wenn es ein bisschen weniger hübsch gewesen wäre. Wir waren alle so übermüdet und ausgelaugt, dass wir uns um »was Nettes« keine großen Gedanken mehr machten. Solange wir ein Dach über dem Kopf, irgendetwas zum Schlafen und idealerweise eine Tür zum Abschließen hatten, war alles andere egal. Was nicht hieß, dass wir uns gegen ein bisschen Komfort und Luxus sträubten, und als Cole die Tür öffnete und uns in unser Hotelzimmer schob, standen wir anfangs nur da und grinsten vor Überraschung über die Opulenz und schiere Größe. Selbst Jettas Gesicht hellte sich einen Moment lang auf, und ein kleines Lächeln ließ das Mädchen erahnen, das sie einmal gewesen war, doch es war schnell wieder verschwunden.

Cole hatte von Marco wirklich was für sein Geld bekommen, nachdem er darauf bestand, die besten Zimmer zu kriegen, die es in dem Hotel gab, egal was es koste. Und die hatten wir nun tatsächlich. Es war eine Suite in der obersten Etage mit zwei Schlafräumen und einem angrenzenden Doppelzimmer, die so ziemlich alles bot, was man nur brauchen konnte, und noch viel mehr – einen riesigen Fernseher an der Wand, absurd gigantische Kingsize-Betten, Körbe mit Obst, einen Kühlschrank voll Snacks und Getränken, flauschige weiße Bademäntel und passende Latschen … Das Ganze war einfach nur lachhaft. Es gab einen Hauptraum mit Sofas, Sesseln und Teetischchen, ein zentrales Bad, einen Flur, der zu den beiden Schlafräumen führte, die beide noch zusätzlich ein eigenes Bad besaßen, und einen zweiten Flur, der wesentlich kürzer war und zu der Tür des angrenzenden Doppelzimmers führte.

Es war klar, dass Jetta und das Baby das abgetrennte Doppelzimmer kriegen sollten, und während Trina sie hineinführte und ihr zeigte, wie sie die Tür mit ihrer Schlüsselkarte öffnen und verriegeln konnte, ließen wir andern uns auf das Sofa und in die Sessel im Hauptraum fallen – Cole aufs Sofa, Finn und ich in die Sessel – und streckten die Beine von uns … ohne zu reden, ohne etwas zu tun … einfach nur still den Luxus genießend.

Huck lag zu Finns Füßen auf dem Teppich und die Äffin saß auf dem Tisch und wühlte sich durch einen der Obstkörbe, nahm einen Bissen von allem, was ihr gefiel, und ließ den Rest auf den Boden fallen. Jedes Mal, wenn die Früchte den Teppich trafen, gab es einen dumpfen Schlag, und immer wenn die Äffin den Schlag hörte, schaute sie kurz nach unten, was ihn verursacht hatte, danach wühlte sie weiter im Korb rum.

»Ich dachte, Affen sind intelligent«, brummelte Cole.

Ich zuckte nur mit den Schultern, zu müde, um mir eine Antwort zu überlegen.

Finn stieß ein leises Stöhnen aus und erhob sich erschöpft. »Badezimmer«, murmelte er und machte sich auf den Weg.

Als er weg war, drehte sich Cole um und fragte mich: »Was ist mit uns los, Rube? Verdammte Scheiße, was haben wir uns nur gedacht?«

»Du meinst wegen Jess?«

»Ja …« Er schüttelte den Kopf. »Wie konnten wir uns so irren? Wieso haben wir überhaupt geglaubt, dass das Jess ist?« Er seufzte. »Ich versteh das einfach nicht, Rube. Wie konnten wir nur so was Dämliches tun? Was ist los mit uns?«

»Nicht mit uns«, erklärte ich ihm. »Es war meine Schuld. Ich war es, der dachte, das ist Jess. Du hast sogar noch versucht, mich vom Gegenteil zu überzeugen.«

»Bloß am Anfang. Danach war ich genauso sicher wie du. Ich hätte doch nie die Fahrt nach Hull gemacht, wenn ich nicht überzeugt gewesen wär.«

Ich wusste, was er versuchte – er wollte die Schuld mit mir teilen –, und dafür liebte ich ihn, doch wir wussten beide, wenn ich nicht gewesen wäre, wären wir nie nach Hull gefahren und in keine Schießerei geraten, die leicht hätte tödlich ausgehen können. Und wir hätten Skender und Savik nicht noch mehr Gründe geliefert, uns zu jagen und umzubringen. Es war alles meine Schuld.

»Das waren wir beide«, sagte Cole. »Es sind immer wir zwei – egal ob gut oder schlecht, richtig oder falsch … das spielt keine Rolle. Okay?«

Ich nickte.

Er schaute mir tief in die Augen, sah in mich rein, um sicher zu sein, dass wir eine Einheit waren wie immer –

was auch wirklich stimmte –, und dann schauten wir auf, weil Finn aus dem Badezimmer zurückkam und zum Kühlschrank ging.

»Ich hol mir ein Bier«, sagte er. »Will sonst noch jemand was?«

»Ja, ich nehm auch eins«, antwortete Cole.

»Ruben?«

»Nein, danke. Alles okay.«

Gerade als Finn Cole die Flasche Bier reichte und sich wieder in den Sessel setzte, öffnete sich die Tür zu dem angrenzenden Zimmer, Trina kam raus und schloss sie leise hinter sich.

»Macht euch um mich bloß keine Gedanken«, sagte sie, als sie die Bierflaschen sah.

»Du warst ja nicht da«, antwortete Finn.

»Tja, aber jetzt.«

Finn seufzte und wollte schon gerade aufstehen.

»War nur ein *Witz*«, sagte sie und gab ihm ein Zeichen, sitzen zu bleiben. »Du glaubst doch nicht ernsthaft, ich würde verlangen, dass du zum Kühlschrank gehst und mir was zu trinken holst, oder?«

Finn lächelte. »Ich wusste, dass du's nicht ernst meinst.«

»Ja klar«, sagte sie und lächelte zurück, während sie sich abwandte und an den Kühlschrank ging.

»Wie geht's Jetta?«, fragte Cole.

»Einen Moment«, antwortete Trina und öffnete den Kühlschrank. Dann griff sie hinein und nahm eine kleine Flasche Wein raus, kam auf uns zu, öffnete sie unterwegs schon und trank einen ersten Schluck. Sie setzte sich zu Cole auf das Sofa, schaute zu dem angrenzenden Zimmer hinüber, beugte sich vor und machte ein Zeichen, dass Finn und ich näher kommen sollten. Wir zogen die Sessel heran, sie schaute noch einmal zu der geschlossenen Tür und dann wieder uns an. »Da ist was, was ihr über Jetta wissen solltet«, sagte sie leise. »Ich meine, ich weiß, sie ist in so schlechter Verfassung, dass sich kaum sagen lässt, was genau mit ihr los ist, und sie selbst würde sowieso nie zugeben, dass mit ihr oder dem Baby etwas nicht stimmt …«

»Wieso nicht?«, unterbrach Cole sie.

»Sie will auf keinen Fall zu einem Arzt oder ins Krankenhaus.«

»Warum?«

»Weil sie illegal nach England gebracht wurde. Und sie glaubt, wenn sie zum Arzt muss oder ins Krankenhaus, wird man sie den Behörden melden, ihr das Baby wegnehmen und sie ins Gefängnis stecken. Ich hab versucht ihr zu sagen, dass das nicht stimmt, doch es ist, als wär sie drauf programmiert, und sie lässt sich durch nichts davon abbringen. Aber ich glaube nicht, dass das der einzige Grund ist, wieso sie zu keinem Arzt will.« Trina unterbrach sich, nahm den Wein vom Tisch und trank noch einen Schluck, dann räusperte sie sich und fuhr fort. »Als ich im Auto mit ihr gesprochen hab, fiel mir auf, dass es ihr nach einer Weile immer schlechter ging, so als wenn sie krank würde. Es wurde Stück für Stück schlimmer. Sie meinte, dass es wahrscheinlich bloß ein Infekt wär, den sie sich eingefangen habe, eine Grippe vielleicht oder so, doch es war klar, dass sie log.«

»Was für Anzeichen hatte sie?«, fragte Cole.

»Unkontrolliertes Zittern, Schwitzen, Bauchschmerzen …«

»Entzugserscheinungen«, mischte sich Finn ein.

Trina nickte. »Als ich sie ins Zimmer gebracht hab, ist sie sofort im Bad verschwunden. Ich hab mir erst nichts dabei gedacht und angenommen, sie muss bloß ganz dringend aufs Klo. Aber sie blieb ziemlich lange und als sie endlich wieder rauskam, war klar, dass sie etwas genommen hatte. Sie war zwar immer noch ein bisschen zittrig und konnte die Augen kaum aufhalten, aber sie war nicht mehr so verzweifelt und es tat ihr auch nichts mehr weh. Mehr so, als wenn sie auf einmal total betäubt wär, sie keine Schmerzen mehr spürte und ihr einfach alles egal wär …«

»Und wie geht's ihr jetzt?«, fragte Cole. »Ich meine, was hat sie gemacht, als du gegangen bist?«

»Gar nichts … bloß dagesessen, ihr Baby gehalten und ins Leere gestarrt.«

»Glaubst du, das Baby ist bei ihr sicher?«, fragte Finn.

»Weiß nicht«, antwortete Trina.

»Ist nicht okay, oder?«, sagte Finn kopfschüttelnd. »Ist ja schon schlimm genug, dass sie wahrscheinlich während der Schwangerschaft auf Heroin war, aber wie kann sie jetzt halbwegs vernünftig auf ihr Baby aufpassen, wenn sie ständig neben sich steht?«

»Und was willst du damit sagen?«, fragte ihn Trina. »Dass wir ihr das Baby wegnehmen sollen?«

»Nein, natürlich nicht –«

»Was dann? Was sollen wir deiner Meinung nach tun?«

Finn seufzte. »Keine Ahnung … ich hab nur …«

»Ist nicht ihre Schuld«, sagte Trina knapp. »Sie hat es

sich nicht ausgesucht, abhängig zu werden. Die haben sie gezwungen, ein Junkie zu werden, so wie sie all die andern Mädchen in dem Bordell auch gezwungen haben.«

»Ja, ich weiß, aber das heißt nicht –«

»Ich behalt sie und das Baby heut Nacht im Auge, okay?«

Das brachte ihn zum Schweigen.

Und dann schaltete sich Cole ein. »Was machen wir morgen?«, fragte er. »Sie kann doch nicht mitkommen, oder? Aber wir können sie auch nicht einfach hier sitzen lassen.«

»Morgen ist ein neuer Tag«, antwortete Trina. »Das klären wir, wenn's so weit ist.«

~ ~ ~

Trotz der schmerzenden Müdigkeit in den Knochen schien es keiner von uns sehr eilig zu haben, ins Bett zu gehen und ein bisschen Schlaf zu tanken. Wir alle hatten das Gefühl, dass das Zusammensitzen – und uns in der Gemeinschaft relativ sicher und geborgen zu fühlen – uns mehr gab, als uns eine Runde Schlaf bieten konnte. Es war die Chance für uns, die zu sein, die wir waren, und alles andere eine Weile zu vergessen. Und während die Nacht weiter fortschritt und sich in die frühen Morgenstunden stahl, taten wir genau das.

~ ~ ~

Zu sein, wer wir waren, war für mich nicht das Gleiche wie für die andern. Sie verhielten sich schon aus sozialer Gewohnheit so – saßen da, redeten miteinander, tranken Wein und Bier, aßen Chips und Schokoriegel –, wogegen ich nichts anderes brauchte, um ich zu sein, als mich in meine Gedanken zurückzuziehen und zu schweigen. Das war, wer – und wo und wie – ich wirklich war. Doch je länger ich dort blieb, desto stärker wurde ich Teil von allem um mich herum und desto mehr wurde es ein Teil von mir … und fühlte sich immer stärker so an, als ob ich mich verlöre und etwas anderes würde, etwas, das ich war und gleichzeitig nicht war.

Aber was immer *es* war und was immer ich war, ich merkte, wie ich emporstieg … dahintrieb … dahinglitt … in der Luft meines Inneren wie ein Staubkorn hochschwebte, getragen nur von der Luft selbst und dem Atem, der Hitze und der Bewegung von Körpern. Ich hatte über nichts die Kontrolle. Ich hatte keinen Einfluss, wohin ich trieb oder was ich sehen und spüren konnte … doch es schien egal.

Es war, wie es war.

~ ~ ~

Es war …

Finn, der glücklich wirkt, die Einfachheit des Moments genießt – nur zu reden, zu reden, ohne wirklich etwas zu sagen, zu reden, weil er es will, weil es ihm gefällt; mehr kann er sich nicht erhoffen, das und die Liebe zu seinem Hund … die Tatsache, dass die Sorge um Huck seine einzige echte Angst vor dem Sterben ist … und der Gedanke, sie könnten nicht mehr zusammen sein, die einzige Traurigkeit, die heftig genug scheint, um ihm Tränen in die Augen zu treiben …

~ ~ ~

Es war …

Cole und Trina, die völlig einverstanden sind, dass Finn den größten Teil der Unterhaltung bestreitet, während sie zusammen auf dem Sofa sitzen, ohne sich wirklich zu berühren, aber doch dicht genug, dass es, wenn einer von ihnen sich rührt – zum Beispiel nach einem Drink greift oder sich auch nur anders hinsetzt – unvermeidlich eine Art von Berührung bedeutet … Arm gegen Arm, Bein gegen Bein … Füße, Hände, Schultern, Hüften …

Es war, dass Cole und Trina sich genügten.

Stilles Lächeln, stumme Blicke …

Und es war gut.

~ ~ ~

Es war …

Trina, die zu der Wanduhr aufschaut und sich langsam erhebt.

»Ich seh mal besser wieder nach Jetta.«

Und wie Cole und Finn zuschauen, als sie geht und beide einen Moment lang den Hauch von Verlegenheit spüren … doch ohne dass das tief geht … es ist hauptsächlich nur die Verlegenheit, die aufkommt, wenn du plötzlich allein zurückgelassen wirst mit jemandem, den du nicht so gut kennst – oder nicht so sehr magst – wie den Menschen, der gerade gegangen ist. Und sobald beide nach ihren Bierflaschen gegriffen und einen kräftigen Schluck genommen haben, ist es schon wieder okay und sie fangen erneut an zu reden.

»Und, wie geht es dir?«, fragt Cole.

»Bin noch nicht tot, wenn du das meinst.«

»Es gibt immer ein Morgen.«

»Morgen ist ein neuer Tag …«

»So heißt es.«

Es war Finn, der sich jetzt in seinem Sessel zurücklehnte und träge im Zimmer umsah, bis sein Blick an der Tür zu dem angrenzenden Zimmer hängen blieb. Und nachdem er sie eine Weile angestarrt hatte, ließ sich, ohne dass er den Blick von der Tür löste, erneut seine Stimme vernehmen.

»Ich hab über Jetta nachgedacht.«

»Ja?«

»Denkst du, wir hätten sie dalassen sollen?«

»Haben wir aber nicht.«

»Ja, ich weiß … aber was, wenn wir es getan hätten?«

»Haben wir aber nicht.«

»Ich komm mit der Frage bei dir nicht weiter, was?«

»Nein.«

~ ~ ~

Es war …

Trina, die sich mit Jetta und ihrem Baby im anderen Zimmer befindet … Jetta auf dem Bett, den Rücken an die Wand gelehnt und eine Decke umgewickelt, das Baby in ihren Armen. Das Baby schläft ruhig und Jetta starrt ins Leere, ihr Gesicht ist nicht mehr ihres, sondern bloß eine bemalte Maske …

Es war Trina, die Fragen stellte.

»Wie kommt es, dass sie es dich haben kriegen lassen?«

»Was?«

»Das Baby … wieso haben sie dich nicht gezwungen abzutreiben?«

»Sie wussten es nicht.«

»Sie wussten nicht, dass du schwanger warst?«

»Ich auch nicht. Ich … verstehst du …«

»Es war nichts zu sehen?«

»Nein … ich wusste es nicht.«

Es war Trina, die das Baby ansah, von dem sie nichts wusste, nicht einmal, ob es ein Mädchen oder Junge war oder wie es hieß …

»Versuch mal, ein bisschen zu schlafen.«

»Nein … das Baby …«

»Ich kann drauf aufpassen, wenn du willst.«

»Ich muss es füttern.«

»Oh, stimmt … ja … natürlich.«

~ ~ ~

Es war …

Trina, die einige Zeit später im Bad steht und im Spiegel in sich hineinstarrt und etwas sucht … irgendwas, das sie daran glauben lässt, dass es nicht immer gleich laufen muss und es diesmal *wirklich* anders sein wird … dass *nicht* alles kaputtgeht …

Sie weiß, dass sie sich irrt.

Spürt es im Innern.

Wie all die anderen Male …

Aber sie weiß, dass es sich diesmal wirklich anders anfühlt …

Es ist Trina, die sich im Spiegel zulächelt, und das Spiegelbild lächelt zurück.

Das reicht ihr für den Moment.

~ ~ ~

Es war …

Huck, der auf dem Sofa schläft und träumt, wie er läuft. Seine geschlossenen Augen zucken und die kurzen Beine zucken … und der Affe liegt neben ihm, faul auf der Sessellehne ausgestreckt, die Glieder hängen zu beiden Seiten schlaff nach unten und der träge Blick wird von dem Zucken des träumenden Huck angezogen.

~ ~ ~

Es war …

später, als sich die Geräusche und Bewegungen der Körper in einer dunklen, reglosen Stille aufgelöst hatten, als ich spürte, wie ich wieder im Innern meines Bruders war, doch diesmal scheine ich sowohl in ihm als auch in der Luft um ihn herum zu sein, in der Luft, die er atmet …

~ ~ ~

Cole ist jetzt in einem der Schlafzimmer und sitzt in einem Sessel am Fenster mit den zugezogenen Vorhängen. Trina sitzt auf dem Bett und lehnt sich wohlig gegen den aufgestapelten Kissenberg am Kopfende.

»Die Größe des Betts ist verrückt«, sagt sie und schaut sich um. »Wieso soll irgendwer so etwas Großes brauchen? Ich hab in Zimmern gelebt, die kleiner waren als dieses Bett hier.«

Cole lächelt sie an. Es genügt ihm, einfach nur dazusitzen, in diesem Zimmer zu sein … mit ihr. Wenn es das wäre, wenn das alles wär, was ist … er könnte damit leben.

Sie hat aufgehört umherzublicken und schaut ihn an.

»Was ist?«, fragt er, immer noch lächelnd.

»Nichts … hab dich nur angeschaut, mehr nicht.« Sie lächelt jetzt mit. »Ich kann auch aufhören, wenn es dich stört.«

»Nein … ist schon okay. Ich glaub, ich komm ganz gut damit klar.«

»Heute Morgen bist du nicht damit klargekommen.«

»Wann?«

»Als wir in dem Pub waren und danach auch … im Auto … hat dich jedes Mal total nervös gemacht, wenn ich dich angeschaut hab.«

Cole schüttelt den Kopf. »Ich war nicht *nervös* …«

»Du hättest mir auch was vormachen können.«

»Ja, aber …«

»Schon gut … war schön. Hat mir echt viel bedeutet.«

»Was denn bedeutet?«

»Zu wissen, dass du mir nicht wehtun würdest.«

~ ~ ~

Sie erzählt ihm nicht alles – das schafft sie nicht –, aber mehr als je einem anderen Menschen. Wie sie mit sechs nach Jahren der Vernachlässigung durch ihre Mutter und fast täglichem Missbrauch durch deren Freund in ein Heim kam und wie ihr Leben seitdem ein einziger betäubender Nebel aus Unterbringungen bei Pflegeeltern, in Heimen und diversen psychiatrischen Einrichtungen war.

»Es war nicht alles schlecht«, erzählt sie ihm. »Vieles von dem, wo sie mich untergebracht haben, war eigentlich ziemlich gut. Und es gibt viel mehr Leute, die sich ernsthaft um Kinder kümmern, als man meint ...« Sie unterbricht sich und denkt nach. »Ich glaub, das Problem ist: Wenn du einmal Leuten vertraut hast, von denen du dachtest, die meinen es ehrlich, was sich dann aber als Lüge rausstellt, und sie dich bloß fertigmachen oder dir wehtun wollen oder so ... na ja, dann ist es halt schwer, danach noch irgendwelchen andern zu trauen, egal wie fürsorglich und freundlich sie wirken.«

Cole weiß nicht, was er sagen soll. Er möchte unbedingt etwas antworten, aber er findet nichts, das genug Bedeutung hat. Also sagt er nichts, sondern sitzt nur da und hört weiter zu. Und auch wenn er es nicht weiß – genau das ist es, was Trina sich wünscht.

»Ich erinnere mich nicht an viel von dem, was passiert ist«, fährt sie fort. »Und oft weiß ich nicht, ob die Dinge, an die ich mich erinnere, wirklich passiert sind. Alles vermischt sich in meinem Kopf. Es ist, als wenn ... keine Ahnung, ist schwer zu beschreiben. Ich weiß nicht, ob ich manche von den wirklich üblen Dingen selbst abblocke – Dinge, die zu wehtun, um drüber nachzudenken – oder ob es unterbewusst geschieht und die Dinge irgendwie abgeblockt werden, ohne dass ich es weiß. Aber egal, in meinem Kopf sind viele Dinge, von denen ich bewusst gar nichts weiß, doch manchmal träum ich und die Träume vermischen sich mit dem Unterdrückten und am Ende weiß ich nicht mehr, was wahr ist und was nur Traum ...« Sie unterbricht sich erneut und sieht Cole an. »Ergibt das für dich einen Sinn?«

Cole nickt. »Absolut.«

»Echt?«

»Ja.«

Sie lächelt. »Ich wünschte, es würde auch für mich Sinn ergeben.«

Sie reden weiter. Trina erzählt Cole von allen möglichen Dingen – Gedanken, Gefühlen, Ängsten, Träumen – und Cole gibt sich viel Mühe, ihre Fragen zu Rachel und unserem Dad zu beantworten und über seine Gefühle, über das, was mit beiden passiert ist …

Und die Zeit vergeht …

Wie im Flug.

Wie alle Zeit der Welt.

Und alles dazwischen.

Und irgendwann merke ich, dass Cole aus dem Sessel am Fenster aufgestanden ist und inzwischen mit verschränkten Beinen bei Trina auf dem Bett sitzt. Sie hat ihren Platz nicht gewechselt, aber sitzt jetzt nicht mehr gegen die Kissen am Kopfende gelehnt, sondern aufrecht und sieht Cole an … und sie hat den rechten Ärmel von ihrem Hoodie nach oben geschoben und zeigt die Schnitte und Narben auf der Innenseite von ihrem Arm.

»Schön blöd, was?«, sagt sie und schaut auf die zerstörte Haut.

Cole beugt sich ein bisschen vor und betrachtet die Wunden genauer. Die meisten sind nur ein paar Zentimeter lang und sie wirken für Cole wie mit einer Rasierklinge gezogen. Einige sind älter und schon verheilt, sodass sie bloß noch blassweiße oder rosaliche Narben bilden, andere deutlich jünger … ein paar frisch verschorft und manche, bei denen der Schorf abgeknibbelt ist.

»Tun die weh?«, fragt Cole leise.

»Du meinst jetzt?«

Er nickt.

»Nicht wirklich«, antwortet Trina, fasst mit der linken Hand hin und fährt sanft mit der Fingerspitze über die Wunde und die vernarbte Haut. »Manchmal können sie ein bisschen jucken, und so richtig tun sie es, wenn sie anfangen zu heilen … aber ich würde nicht sagen, dass sie tatsächlich wehtun.«

Cole beobachtet sie, als sie weiter mit den Fingerspitzen über die Wunden fährt, und er fragt sich, wie sich das wohl für sie anfühlt, nicht nur im Kopf, sondern auch in der Fingerspitze … Haut auf Haut … zu spüren, was sie sich selbst angetan hat …

Wie fühlt sich das an?

Sie hebt den vernarbten Arm und hält ihn Cole schweigend entgegen.

Er schaut ihr in die Augen.

Sie schaut zurück.

Er schaut nach unten … streckt langsam die Hand aus, berührt mit der Fingerspitze ihre verstümmelte Haut. *Wie fühlt sich das an?* Es fühlt sich wie nichts und wie alles an … die gewölbten Narben, der Schorf, die mit der Klinge geritzte Haut … die Berührung allein, das Prickeln, das Versprechen … es fühlt sich so an, wie es sich eben anfühlt.

»Du hast mich gar nicht gefragt, wieso ich das mache?«, sagt Trina.

»Soll ich das denn?«, fragt Cole und sieht zu ihr hoch.

Sie nimmt seine Hand. »Vielleicht später …«

Mehr muss nicht gesagt werden.

ZWEIUNDZWANZIG

Ich wusste nicht, was es war, das mich geweckt hatte, und wie ich so unter diversen Decken zusammengerollt in der Dunkelheit auf dem Sofa im Hauptzimmer lag, mich ganz still verhielt und intensiv horchte, hörte ich bloß ab und zu das leise Gemurmel des fernen Autoverkehrs und meinen eigenen Herzschlag in der Stille. Am anderen Ende zeigten die im Dunkel schwebenden roten Ziffern einer Digitaluhr auf dem Fernseher 04:59. Ich horchte noch ein, zwei Minuten und hörte noch immer nichts Ungewöhnliches, doch gerade als ich die Augen wieder schließen wollte, um noch mal einzuschlafen, brach das dumpfe Zuschlagen einer Autotür durch die Stille. Es kam von der Straße unten und es klang nah … wie direkt vor dem Hotel.

Zu nah, um es zu ignorieren.

Ich stand auf und ging leise zum Fenster am anderen Ende des Raums. Das Licht vom Display der Klimaanlage an der Wand spendete gerade genug Helligkeit, um den Weg zu erkennen, und so schaffte ich es, ohne zu stolpern oder über irgendetwas zu fallen, ans Fenster. Ich weiß nicht, was ich zu sehen erwartete, als ich die Kante des Vorhangs behutsam zur Seite zog und auf die Straße fünf Stockwerke unter mir hinabblickte, doch ganz sicher nicht Jetta. Und als ich sah, wie sie mit ihrem Baby in den Armen aus dem Hotel kam und ein Mann an ihrer Seite sie zu zwei wartenden Range Rovern führte, versuchte ich mir noch einzureden, dass es nicht sie war, nicht Jetta … Es konnte nicht sein. Ich musste mich schon wieder irren. Aber selbst wenn ich mich irrte, gab es doch keinen Zweifel an den drei Männern, die gerade aus dem ersten Range Rover gestiegen waren. Der, der vorwegging, war eindeutig Skender, die anderen zwei Savik und Jorqi. Keiner der drei war in sonderlich guter Verfassung. Jorqi ging am Stock und hatte den von meinem Schuss verletzten Fuß dick bandagiert. Savik trug eine Halskrause und humpelte stark von dem Zusammenstoß mit Cole, und Skenders Gesicht war voller Kratzer und Blutergüsse wegen der Misshandlung durch Trina und die Äffin. Von den anderen fünf Männern, die ich sah, erkannte ich keinen, und als der Typ mit Jetta am Arm hinten in den Range Rover einstieg, wandte ich mich vom Fenster ab und jagte hinüber zu Coles Schlafzimmer.

»COLE!«, schrie ich. *»STEH AUF, COLE! SKENDER IST DA! BEEIL DICH!«*

Er konnte nicht mehr geschlafen haben, denn er öffnete die Schlafzimmertür und kam raus, noch bevor ich sie erreichte. Ich blieb nicht stehen, um etwas zu erklären, sondern sagte nur, er solle mitkommen, führte ihn rüber zum Fenster und erklärte ihm so viel wie möglich auf dem Weg. Die Autos und die Männer standen alle noch da, als ich wieder die Kante des Vorhangs zur Seite schob und ihn die Lage selbst sehen ließ.

»Jetta ist hinten im zweiten Wagen«, erklärte ich ihm.

»Bist du sicher, dass sie's war?«

Ich nickte. »Sie war's, Cole … ganz sicher.«

Dann tauchte Trina auf. Sie trat aus dem Schlafzimmer und kam zu uns rüber. »Was ist los?«, fragte sie.

»Jetta ist weg«, erklärte ihr Cole. »Und Skender ist da.«

»Jetta ist *weg*?«

»Ruben hat gesehen, wie sie das Hotel verließ und in ein Auto gestiegen ist. Sie muss von dem Telefon in ihrem Zimmer aus jemanden angerufen haben.«

»Habt ihr drüben nachgeschaut?«

Cole sah mich an.

Ich schüttelte den Kopf.

»Ich geh schon«, sagte Trina, drehte sich um und jagte zur Tür in das angrenzende Zimmer.

Cole und ich wandten uns wieder zum Fenster um und schauten gerade rechtzeitig runter, um mitzukriegen, wie drei der Männer hinten um das Hotel rumliefen und Skender den Rest zum Haupteingang führte.

»Verdammt«, murmelte Cole.

Dann kam Trina zurück und schüttelte wütend den Kopf. Auch Finn tauchte jetzt auf und wirkte noch ziemlich verschlafen und verwirrt. Ich erklärte ihm eilig, was los war, und die Realität riss ihn schnell aus seiner Benommenheit. Er wusste – wie wir alle –, dass wir *schwer* in der Scheiße steckten.

Skender und seine Männer würden nicht lange brauchen, um hochzukommen. Selbst wenn wir die Tür verriegelten und verbarrikadierten, würden sie irgendwann trotzdem reinkommen. Sie waren mindestens zu acht, also viel mehr als wir, und sie waren mit Sicherheit alle bewaffnet. Zwar besaßen wir noch unsere Pistolen und das Gewehr, doch wir hatten das meiste unserer Munition bei der Schießerei vorm Bordell verbraucht. Was bedeutete: Wenn wir versuchten mithilfe unserer Waffen aus dem Zimmer herauszukommen, hatten wir keine Chance. Die einzige Option war, auf der Stelle loszurennen und zu türmen, was aber auch ziemlich sinnlos schien. Raus ging es nur über den Aufzug oder die Treppen, und die hatte Skender sicher längst unter Kontrolle.

Das alles schien ziemlich aussichtslos.

Aber dann sah ich Cole an.

Es war nicht Hoffnung, die ich in seinen Augen entdeckte – für Hoffnung oder Verzagen hatte er nie viel übriggehabt –, es war schiere Kalkulation. Und da wusste ich, dass wir doch noch eine Chance hatten.

»Also los«, sagte er einfach. »Gehen wir.«

~ ~ ~

Wir packten eilig die wenigen Sachen zusammen, die wir unbedingt brauchten, und liefen zur Tür. Cole hatte die Waffen, Trina den Aktenkoffer von Skender, Finn trug Huck und ich die Äffin. Finn hatte Huck in seinen Rucksack gesteckt und die Klappe oben gerade so weit offen gelassen, dass der Hund noch den Kopf rausstrecken konnte. Und zufällig – oder vielleicht auch nicht – war mir die Äffin, als ich sie hochnahm, zu meiner Überraschung auf die Schulter gesprungen, sodass sie mit Huck fast auf gleicher Höhe saß. Sie hatte noch nie auf meiner Schulter gehockt und es fühlte sich irgendwie nett an. Aber gleichzeitig wirkte etwas daran falsch. Es war auf seltsame Weise irritierend, doch im Moment gab es wichtigere Dinge zu überlegen, und als Cole an die Tür trat und einen kurzen Blick durch den Spion warf, legte ich meine Irritation eilig ab.

Cole entriegelte die Tür und schubste sie vorsichtig mit dem Gewehrlauf auf. Dann wartete er einen Moment und beugte sich schließlich hinaus, um den Gang entlang zu spähen. Durch den Spion hatte er offenbar nichts gesehen, aber er wollte kein Risiko eingehen. Der Aufzug und das Treppenhaus lagen am Ende des Gangs, ungefähr vierzig Meter nach links, und von dort würden Skenders Männer kommen. Doch noch war von ihnen eindeutig nichts zu sehen und nach ein paar Sekunden trat Cole zurück und blickte uns an.

»Hier lang«, sagte er.

Er lief den Gang nach rechts, fort von Aufzug und Treppenhaus, in die entgegengesetzte Richtung, und wir drei folgten ihm.

Das Gangende lag nur etwa zehn Meter von unserem Zimmer entfernt und wir waren schon fast da, als Cole vor einer Tür stehen blieb, die linker Hand in die Wand eingelassen war. Die Tür war blau und arg verschrammt und trug den Warnhinweis *ZUTRITT STRENG VERBOTEN – NUR FÜR BEFUGTES PERSONAL.* Cole schaute wieder den Gang zurück, ob immer noch nichts von Skenders Leuten zu sehen war, dann öffnete er die Tür, hinter der sich ein vollgestopfter kleiner Abstellraum mit Wartungszeug auftat – Werkzeug, Farbeimer, Reinigungsgeräte. Am anderen Ende führte eine an der Wand befestigte Stahlleiter zu einer Luke in der Decke.

»Die Luke führt euch auf den Nordteil des Dachs«, erklärte uns Cole. »An der Südflanke gibt es außen eine Feuerleiter, die euch nach unten auf die Straße bringt, da, wo wir den Jeep abgestellt haben.« Er brach ab, schaute erneut den Gang entlang und wandte den Blick dann wieder uns zu. »Wenn ihr am Auto seid, fahrt los, okay? Wartet nicht auf mich. Ich bleib hier und halte Skenders Männer so lange wie möglich auf, das heißt, ihr solltet genügend Zeit haben –«

»Moment, Cole«, sagte ich. »Wovon *redest* du? Du wirst nicht hierbleiben … das *geht nicht*. Das ist absurd –«

»Ich diskutier das nicht, Rube. Wir haben keine Zeit. Skenders Leute können jeden Moment hier sein.«

»Aber es macht nicht mal Sinn«, entgegnete ich und schüttelte ungläubig den Kopf. »Das weißt du genau. Ist völlig *unnötig*, sie aufzuhalten. Und selbst wenn du es schaffst und du hier lebend rauskommst, wie willst du uns finden?«

»Vertrau mir einfach, Ruben, okay? Ich weiß, was ich tue.«

Ich schüttelte wieder den Kopf. Es war, als würde ich auf einen Cole einreden, den ich nicht kannte … einen Cole, der nicht *wusste*, was er tat. Ich drehte mich zu Trina und Finn, um zu sehen, was sie davon hielten, und gerade als ich es tat, sah ich, wie Trina auf Cole zuging und sich direkt vor ihm aufbaute. Sie stand jetzt so dicht vor ihm, dass sich ihre Gesichter beinahe berührten. Trinas Augen schauten durch seine hindurch in sein Herz.

»Ich sollte dir das nicht sagen müssen, Cole«, erklärte sie leise. »Aber ich geh nicht ohne dich. Wenn du hierbleibst, bleib ich auch.«

»Ich genauso«, sagte ich.

»Tja, und ich kann nicht fahren«, ergänzte Finn. »Also macht es keinen Sinn, dass ich allein geh, stimmt's?«

Cole schwieg. Er stand nur da und starrte in Trinas Augen. Auch sie schwieg. Sie standen so still und stumm, waren so eins miteinander, dass es schien, als ob der Rest der Welt – einschließlich mir und Finn – gar nicht existierte.

»Okay«, sagte Cole schließlich.

Es klang ein bisschen vage und ich war mir anfangs nicht sicher, was er meinte. Doch so, wie ihn Trina anlächelte – mit einem Lächeln, das nur ihm allein gelten konnte –, ging ich davon aus, dass er sich umentschieden hatte und nun doch mit uns mitkommen würde.

»Aber wir dürfen nicht noch mehr Zeit vergeuden«, sagte er. »Wir müssen jetzt echt los –«

Seine Stimme wurde abrupt abgeschnitten, als Trina ihn zu sich heranzog und auf den Mund küsste. Und ehe er reagieren konnte, drehte sie sich schon um, trat in den Abstellraum und ließ Cole leicht verwirrt dastehen. Doch nach einem kurzen Moment atmete er einmal tief durch, wartete eine Sekunde und schaute sich dann zu Finn und mir um. Wir beide hatten ein dümmliches Grinsen im Gesicht, so wie kleine Kinder, die gerade den großen Bruder dabei erwischt haben, wie er seine Freundin küsst.

»O shit«, seufzte Cole.

»Sorry«, antwortete Finn, immer noch grinsend.

»Schwachköpfe«, murmelte Cole und checkte von Neuem Aufzug und Treppenhaus.

Als er niemanden sah, trat er auf die andere Seite des Gangs, zog den Arm zurück und rammte seinen Ellenbogen in den Feuermelder an der Wand. Das Glas splitterte, und während der schrille Heulton durch die Luft schnitt, traten wir alle in den Abstellraum und schlossen hinter uns die Tür.

~~~

Der Weg über das Dach des Hotels und hinab auf die Straße entsprach weitgehend Coles Beschreibung. Das Dach war flach und ringsum von einer einen Meter hohen Backsteinmauer umgeben. Während wir Cole über einen schmalen Laufpfad entlang der Mauer folgten, konnten wir unten die Straße sehen, getaucht in den gelblichen Schein der Laternen. Es war weit bis nach unten und aus der Höhe des Dachs ließen sich die geparkten Autos kaum unterscheiden. Wenn der Jeep nicht direkt unter einer Laterne geparkt hätte, hätten wir ihn womöglich gar nicht gesehen. Doch da stand er. Und jetzt mussten wir bloß noch hinkommen.

Je weiter wir uns der Feuerleiter am Südrand des Dachs näherten, desto mehr von ihr konnte ich einsehen. Die Eisenstufen verliefen im Zickzack an der Hotelwand entlang bis runter zur Straße. Die Leiter wirkte stabil, und als Cole auf die oberste Stufe trat, wackelte und rasselte nichts. Auch als er den Handlauf umfasste und einmal kräftig dran zog, hielt das Geländer. Was nicht hieß, dass auch der Rest der Leiter sicher sein würde, aber es war besser als nichts.

Die Luft so kurz vor der Morgendämmerung war eisig, als wir vier über die Leiter nach unten stiegen. Cole ging
~~~

voraus, Trina dahinter. Cole hielt dabei ständig Ausschau nach Skender und den andern – überprüfte den Hoteleingang am oberen Ende der Straße, spähte hinauf zum Dach –, doch immer wieder wartete er auf den Stufen, bis Trina ihn einholte.

Ich half Cole beim Ausschauhalten nach Skender und seinen Männern, aber wir entdeckten sie nicht, und als wir endlich unten auf der Straße standen, war es verlockend zu denken, wir wären Skender von Neuem entwischt. Doch wir hatten das schon mal geglaubt und hatten uns elendig getäuscht. Deshalb blieben wir auf der Hut, als wir auf den Jeep zuliefen – schauten die Straße vor und zurück, checkten das Dach und die Lücken zwischen den Autos und spähten in alle Schatten. Cole hielt das Gewehr auf Hüfthöhe und du musstest nur in seine Augen sehen, um zu wissen, er würde, wenn nötig, nicht zögern zu schießen. Aber wieder sahen wir niemanden. Keinen Skender, keinen Savik oder Jorqi, keine Killer.

~ ~ ~

Wir schafften es tatsächlich ohne weitere Probleme zurück zu dem Jeep, und es dauerte nicht lange, bis wir aus York raus- und wieder in Richtung Schottland fuhren. Das erste schwache Licht der Morgendämmerung kroch jetzt über den Horizont, und als sich der fahle orangefarbene Schein der aufgehenden Sonne über dem Himmel ausbreitete, brachte er das Versprechen auf einen brandneuen Tag mit. Wir hatten noch immer einen langen Weg vor uns, eine weite Reise, aber wir hatten es schon so weit geschafft, trotz all unserer Fehler und Irrtümer. Und wir lebten noch immer, zogen noch immer unser Ding durch, was immer das Ding eigentlich war …

Es war auf jeden Fall etwas.

DREIUNDZWANZIG

Es war unmöglich zu klären, wie Skender mitbekommen hatte, wo wir uns befanden. Wahrscheinlich hatte er gehört, bewaffnete Angreifer hätten Jetta aus dem Bordell entführt, und auch wenn unsere Gesichter auf den Überwachungsbildern vom Angriff nicht zu erkennen waren, hatte er doch kapiert, dass wir es zumindest gewesen sein *könnten*. Und dann hatte er wahrscheinlich diejenigen, die das Bordell führten, angewiesen, ihn umgehend zu benachrichtigen, sobald es Hinweise gab, wo wir steckten, wo Jetta war oder wo wir gewesen sein könnten.

Genauso unmöglich zu klären war, wieso uns Jetta betrogen hatte. Vielleicht hatte sie einfach ihre Optionen abgewogen und entschieden, dass es für sie das kleinere Übel war, wieder zurück ins Bordell zu gehen. Wahrscheinlicher war aber, dass sie alles Heroin, das sie bei sich trug, aufgebraucht hatte und der einzige Weg, an Nachschub zu kommen, gewesen war, dorthin zurückzukehren. Wie auch immer, sie hatte nur von dem Telefon in ihrem Zimmer aus im Bordell anrufen und erzählen müssen, wo sie sich befand.

»Aber sie hätte uns doch nicht auch noch verraten müssen«, ärgerte ich mich.

»Doch«, sagte Cole. »Schließlich musste sie ja die im Bordell überzeugen, dass sie nichts mit uns zu tun hatte und wir sie gegen ihren Willen entführt hätten. Andernfalls – wenn die Leute annähmen, sie sei aus freien Stücken mit uns gekommen – konnte sie sich leicht ausrechnen, dass das wahrscheinlich ihr Todesurteil wäre.«

Trina seufzte. »Sie hätte mit uns reden sollen – wir hätten schon eine Lösung gefunden.«

Finn schüttelte den Kopf. »Sie ist abhängig. Heroin ist für sie das Einzige, was zählt ... es kommt vor allem andern, sogar vor dem Baby. Und wir bedeuteten null für sie. Wir interessieren sie nicht die Bohne. Solange sie uns irgendwie benutzen konnte, um das zu kriegen, was sie wollte – was sie *brauchte* –, hat sie bestimmt nicht zweimal überlegt.«

»Denkst du, sie haben ihr geglaubt?«

»Keine Ahnung ...«

»Denkst du, sie haben sie umgebracht?«

»Ich weiß es echt nicht.«

Da verstummte Trina, saß nur in Gedanken da ... und nach einer Weile lehnte sie sich in den Sitz zurück, drehte den Kopf zur Seite und starrte mit leerem Blick aus dem Fenster.

~ ~ ~

Wir waren inzwischen vielleicht eineinhalb Stunden gefahren und die Landschaft, die draußen vorbeiglitt, veränderte sich deutlich und fühlte sich auch ganz anders an. Der Himmel war nach Tagesanbruch eine Zeit lang wolkenlos gewesen, doch jetzt zog er sich mit einem alles umgreifenden Schleier zu, der die Gegend in ein steingraues Licht tauchte. Alles hier oben schien kalt und hart, das Land wirkte wild und alt. Und die Städte, die in der Ferne vorbeizogen, hatten etwas von uralten Siedlungen an sich, sie lagen geduckt unter dem weiten grauen Himmel, als ob sie schon ewig dort wären und immer dort sein würden, ohne sich zu verändern, bis die Welt auseinanderbrach und starb.

~ ~ ~

Cole ließ Trina jede Menge Zeit, mit ihren Gedanken allein zu sein, bevor er sie fragte, ob alles okay sei.

»Ja …«, antwortete sie und drehte sich mit einem verhaltenen Lächeln zu ihm um. »Ja, ich bin okay … nur ein bisschen … keine Ahnung … es ist, als wenn dieses ganze Zeug in meinem Kopf umherwirbelt, aber ich krieg's nicht zu fassen. Ist alles zu sehr vermengt …« Sie seufzte. »Ich will eigentlich gar nicht drüber nachdenken … doch ich bekomm es nicht aus dem Schädel.«

»Verstehe …«, sagte Cole, ohne den Blick von der Straße zu wenden. »Aber ansonsten ist mit dir alles okay.«

Er sagte es mit so ausdrucksloser Miene, dass Trina ein paar Sekunden bloß dasaß und ihn anstarrte, doch dann sah ich, wie ihr Cole einen kurzen Blick zuwarf, und sie brach in ein Lachen aus.

»Ich glaub, ich mag dich lieber, wenn du nicht versuchst, lustig zu sein«, sagte sie, grinste ihn einen Moment an und drehte sich dann zu mir um. »Was meinst du, Rube? Er wirkte doch viel cooler, als er ganz düster und mürrisch war.«

»Mit *cooler* kenn ich mich nicht so aus«, antwortete ich, »aber er war auf jeden Fall wesentlich weniger nervig.«

~~~

Wir fuhren weiter.

Nachdem wir aus York raus waren, hatte uns das Navi auf die A1 geführt und wir waren weiter Richtung Norden gefahren. Irgendwo war die A1 zur A66 geworden und während der Jeep weiter durch den Morgendunst brummte, ertappte ich mich bei der Frage, was wir tun würden, wenn wir das Affenasyl in Lochoran gefunden und die Äffin übergeben hatten. Würden wir einfach nach London zurückfahren, zurück zu dem Autofriedhof, zurück nach Hause? *Konnten* wir denn überhaupt zurück? Würde dort nicht die Polizei auf uns warten? Würde Mum da sein? Oder saßen sie und Joe immer noch im Gefängnis? Und was war mit Trina und Finn? Wohin sollten sie, wenn wir nach Hause zurückfuhren? Für Finn wäre das vielleicht nicht so schlimm. Er hatte gesagt, dass er nur so viel Zeit wie möglich damit zubringen wollte, einfach okay zu sein und sich okay zu fühlen, ehe er starb. Deshalb nahm ich an, er würde uns bitten, ihn irgendwo rauszulassen, und dann aufs Neue nach etwas suchen, was ihm gefiel.

Aber so einfach war das für Trina nicht.

Sie hatte kein Zuhause, wohin sie zurückkonnte, und sie würde eindeutig nicht in das Heim zurückgehen, aus dem sie geflohen war. Das hatte sie hinreichend deutlich gemacht. *»Ich geh nicht zurück«*, hatte sie uns erklärt. *»Nie mehr geh ich dahin zurück. Lieber sterb ich.«*
~~~

Wohin also *kann* sie, fragte ich mich. Und wie sicher würde sie, auf sich allein gestellt, sein? Wie sicher vor Skender – und wie sicher vor sich selbst? Und was war überhaupt mit Skender? Wo standen wir mit ihm?

Ich beugte mich vor und sagte zu Cole: »Skender hat doch den Jeep gesehen. Er kennt also das Auto, in dem wir unterwegs sind.«

Cole nickte. »Spielt aber keine Rolle. Solange er das Kennzeichen nicht hat – und dafür haben wir ja gesorgt –, weiß er nur, dass wir in einem schwarzen Jeep Cherokee sitzen, und das reicht nicht, um uns zu finden.«

»Und was ist, wenn er den Jeep schon auf dem Weg zum Hotel entdeckt hat?«, fragte ich. »Vielleicht hat er ja angehalten und ihn genauer unter die Lupe genommen.«

»Das hätten wir mitgekriegt. Dann hätte er ihn nicht einfach so stehen gelassen, dass wir damit abhauen können, oder? Als Erstes hätte er sicher dafür gesorgt, dass der Jeep nicht mehr läuft. Und außerdem hätte er mindestens einen von seinen Leuten abgestellt, um ihn im Blick zu behalten.«

»Und was heißt das jetzt?«

»Es heißt, dass Skender im Augenblick vermutlich keine Ahnung hat, wo wir sind oder wohin wir wollen.«

»Vermutlich?«, hakte ich nach.

Er zuckte mit den Schultern. »Alles ist *vermutlich* irgendwas.«

Ich verstand, was er meinte.

~ ~ ~

Es war erst so gegen neun oder zehn Uhr morgens, als wir über die Grenze nach Schottland fuhren. Es war nicht viel von einer Grenze zu sehen, nur ein großes Schild neben der Straße – in den schottischen Nationalfarben – mit der Aufschrift: *WILLKOMMEN IN SCHOTTLAND* – und darunter *FÀILTE GU ALBA*, was wahrscheinlich das Gleiche auf Gälisch bedeutete.

Und das war's.

Das Schild glitt vorbei und verlor sich in der Ferne. Wir fuhren weiter, ordnungsgemäß willkommen geheißen in Schottland.

~ ~ ~

Als wir irgendwann tanken und auf die Toilette mussten, wäre es das Sicherste und Vernünftigste gewesen, sämtliche Rastplätze an der Autobahn zu meiden, falls Skender sie doch irgendwie überwachen ließ, und nach einer Tanke oder einem großen Supermarkt in einer nahe gelegenen Stadt Ausschau zu halten. Aber auch wenn wir nicht wirklich darüber sprachen, entschieden wir uns, glaub ich, gegen die sichere und vernünftige Variante, weil es ansonsten bedeutet hätte, nicht wirklich mutig und davon überzeugt zu sein, dass Skender im Dunkeln tappte. Und wenn wir jetzt nicht zeigten, dass wir dran glaubten, würden uns die Zweifel und Ängste den ganzen Rest der Reise begleiten. Deshalb fiel die Entscheidung – ohne sie wirklich auszusprechen – so, dass wir weiter bis zur nächsten Raststätte fahren würden.

~ ~ ~

Sie war nicht so groß wie die an der M1, wo wir unseren Kampf mit Skender und seinen Männern geführt hatten, die Einrichtung selbst und die Art, wie sie angelegt war, wirkten ebenfalls völlig anders. Trotzdem herrschte die gleiche Atmosphäre wie an allen Autobahnraststätten, einschließlich der an der M1, was es schwierig machte, diese hier als einen völlig anderen Ort zu begreifen. Und während wir vorsichtig den Parkplatz abfuhren – und uns alle nach irgendwelchen Anzeichen von Dingen oder Leuten umsahen, die nicht ins Bild passten oder irgendwie seltsam wirkten –, herrschte ein nervöses Schweigen im Wagen und ich spürte das Flattern der Angst in meinem Bauch. Und selbst als wir uns so weit wie möglich davon überzeugt hatten, dass wir nicht beobachtet wurden, fühlten wir uns nicht vollkommen sicher.

Aber das war okay.

Sich vollkommen sicher zu fühlen ist das Gegenteil von sicher.

Wenn du nicht vorsichtig bist, kann man dich leicht töten.

~ ~ ~

Wir blieben weiter vorsichtig, als wir den Wagen abgestellt hatten, und einigten uns, abwechselnd die Toiletten aufzusuchen und nie allein irgendwo hinzugehen, außer natürlich Trina auf die Damentoilette.

»Und diesmal«, sagte Cole zu ihr, »kannst du das Essenkaufen Ruben und mir überlassen.«

»Das glaub ich eher nicht«, antwortete sie.

»Was soll das heißen? Ich dachte, das wär, was du wolltest.«

»Tja, ist es aber nicht, okay? Hast du ein Problem damit?«

Cole schüttelte den Kopf. »Nein … nein, natürlich nicht … ich hab nur …« Er verstummte, als er Trina grinsen sah, und begriff, dass sie ihn auf die gleiche Weise zum Narren gehalten hatte wie er vorher sie. »Ja, schon gut«, sagte er und lächelte, während er ihr in die Augen sah. »Ich denke, jetzt sind wir quitt.«

»Ja … fürs Erste.«

Er schwieg einen Moment, dann fragte er: »Übernimmst du jetzt also das Einkaufen oder nicht?«

~ ~ ~

Trina und Finn gingen als Erste auf die Toiletten und ließen Cole und mich mit Huck und der Äffin im Jeep zurück. Cole beobachtete, wie Trina und Finn fortgingen, und sein Blick wanderte regelmäßig auf dem Parkplatz umher auf der Suche nach irgendjemandem, der sie beobachtete. Doch ihm fiel nichts auf, Trina und Finn schafften es ohne Probleme zu den Toiletten und wir sahen, wie sie hineingingen.

Cole stieß die Luft aus und ich spürte, wie sich seine Anspannung löste.

»Alles okay mit dir?«, fragte ich.

Er drehte sich in seinem Sitz um und sah mich an: »Und mit dir?«

»Ich hab zuerst gefragt.«

Er lächelte. »Ja, alles in Ordnung mit mir … glaub ich jedenfalls.«

»Ist es immer noch okay für dich, dass wir zu dem Monkey House fahren?«

»Und für dich?«

Er sah zu der Äffin, während er den Satz sagte. Sie saß neben mir, lehnte rücklings an meinem Bein, hatte den Ellenbogen auf meinem Knie liegen und schaute still aus dem Fenster.

»Sie ist ein Tier«, antwortete ich. »Darum muss sie auch leben wie ein Tier …« Ich zuckte mit den Schultern. »Wie sehr es auch wehtut, sie gehen zu lassen: Ist bloß ein kleiner Preis dafür, ihr ein besseres Leben zu schenken.«

Cole nickte. »Gut. Solange es für dich noch okay ist, ist es das auch für mich. Und jetzt, wo wir so weit gekommen sind, sollten wir sowieso weitermachen. Wenn uns nicht wieder was aufhält, sind wir in ein paar Stunden dort.«

»Ja …«

»Was ist, Ruben?«

»Was?«

»Worüber machst du dir Sorgen?«

»Ich mach mir keine *Sorgen* …«

»Aber irgendwas hast du.«

Ich seufzte. »Hab drüber nachgedacht, was danach sein wird, das ist alles …«

»Du meinst, nachdem wir beim Monkey House waren?«

Ich nickte. »Wir können ja nicht nach Hause zurück. Jedenfalls nicht, solange Skender in der Nähe ist und es den Haftbefehl gegen dich gibt …«

»Ja, ich weiß –«

»Und was ist mit Trina? Was wird aus ihr, wenn das hier alles vorbei ist? Wo soll sie hin?«

Cole antwortete nicht, doch sein Schweigen und der schmerzvolle Blick in seinen Augen sagten mir, dass er sich genau das selbst schon gefragt und auch keine Antwort gefunden hatte. Und das beunruhigte ihn.

»Ich bin nicht gut in so was, Rube«, sagte er jetzt. »Ich hab keine Ahnung, was ich tun soll.«

»In was bist du nicht gut?«

»Du weißt genau, wovon ich rede.«

»Du meinst das mit dir und Trina.«

»Ja ...« Er schüttelte den Kopf. »Ist nicht so, dass ich mit ihr nicht zusammen sein will ... sondern einfach das Ganze, verstehst du ... wie so was läuft, was es mit einem macht ... all das. Es macht mich ganz kirre, Rube ... ehrlich. Ich hab keine Ahnung, was ich tu.«

»Tja, was auch immer, es scheint ja zu funktionieren.«

»Wie kommst du darauf?«

»Hab schließlich Augen im Kopf, Cole. Bin ja nicht blöd.«

»Ja, gut ...« Er wurde nicht wirklich rot, doch er war näher dran, als ich es je bei ihm erlebt hatte.

»Egal«, fuhr er fort, »die Sache mit Trina und was wir nach dem Monkey House machen ... was meinst *du* denn, was ich tun soll?«

»Frag sie einfach ... red mit ihr drüber.«

»Und was, wenn sie sagt, das geht mich nichts an?«

»Das sagt sie nicht.«

»Vielleicht doch.«

»Garantiert nicht.«

»Und wenn trotzdem?«

Ich seufzte und schüttelte den Kopf. »Du denkst zu

viel nach, Cole. Das ist *mein* Job. *Du* musst einfach nur Cole Ford sein.«

~~~

Es war Trinas Idee, einen hübscheren Ort als den Parkplatz zum Essen zu suchen. Sie hatte so ungefähr dieselben Dinge eingekauft wie beim letzten Mal – Sandwichs, Chips, Törtchen, Schokolade, Obst, Nüsse, Kekse – und wir Übrigen waren davon ausgegangen, dass wir im Auto essen würden. Aber Trina hatte andere Pläne.

»Ich meine, seht euch das alles doch an«, sagte sie und schwenkte mit der Hand umher in Richtung der Landschaft in der Ferne. »Es gibt Berge dahinten ... richtige *Berge* ... und wahrscheinlich auch Seen und Flüsse und so was, und das Ganze geht endlos so immer weiter ... und schaut mal den Himmel an ...« Sie schüttelte den Kopf. »Und wir wollen einfach nur auf einem Parkplatz hocken und uns den Magen vollstopfen?«

Wenn es nach Cole, Finn und mir gegangen wäre, hätte uns das vermutlich wirklich gereicht, einfach nur dazusitzen und uns auf dem Parkplatz das Zeug reinzuhauen, nicht weil wir etwas dagegen hatten, einen schöneren Ort zum Essen zu suchen, sondern bloß, weil wir Hunger hatten und essen wollten, jetzt sofort, auf der Stelle ... und es war ja auch nicht so, dass das Essen irgendwie besser schmeckte, wenn wir es uns woanders reinstopften. Aber Trina beharrte so entschieden darauf, dass schnell klar war: Das Einfachste war, Trina ihren Willen zu lassen, wenn wir so schnell wie möglich zu unserem Essen kommen wollten.
~~~

Und deshalb machten wir es so.

Etwa eine halbe Stunde, nachdem wir die Raststätte wieder verlassen hatten und über praktisch leere Landstraßen weiterfuhren, kamen wir zu einem verlassenen Picknickplatz irgendwo mitten im Niemandsland.

VIERUNDZWANZIG

Wir schwiegen zuerst nur vor Staunen, saßen bloß in dem Jeep, reglos und sprachlos von der Landschaft, die sich vor uns ausbreitete, so weit das Auge reichte. Es war schwer, das alles aufzunehmen – riesige Flächen offenes Land, eingehüllt in die gelblich braune Leblosigkeit des Winters, windumtoste Wogen aus wildem Gras und öder Vegetation, hier und da von Mulden aus Farben durchsetzt … das Blassviolett der Heide und in der Ferne, hinter dem allen, eine massive Wand aus grauen Bergen, die in den Himmel ragte wie eine Legion alter Schildwachen. Es war eine echte Wildnis – ohne Häuser, ohne Autos, ohne Geschäfte, ohne Menschen. Der einzige Beweis menschlicher Existenz war der Picknickplatz selbst und auch er bestand nur aus einer kleinen Schotterfläche – gerade groß genug für zwei Autos –, ein paar verwitterten Picknicktischen und einem leeren Mülleimer.

»Siehst du?«, sagte Trina mit leuchtenden Augen zu Cole. »Ist das nicht besser als so ein schäbiger Tankstellenparkplatz?«

»Ja«, antwortete er und schenkte ihr ein Lächeln. »Ja, das stimmt.«

Sie war total aufgeregt, platzte vor Ungeduld wie ein

Kind. »Ich hatte noch nie ein Picknick«, sagte sie, griff in den Fußraum und hob die Plastiktüte voll Essen hoch. »Eine Schande, dass wir nicht so ein Dingsbums haben, du weißt schon ... wie heißen die noch, so ein geflochtenes rechteckiges Teil mit Deckel zum Öffnen ...?«

»Ein Korb.«

»Ja, aber genauer.«

»Fresskorb, Picknickkoffer.«

»Ja, genau – einen Picknickkoffer ... das wär jetzt toll.«

»Ich glaub, die Plastiktüte passt besser zu uns«, fand Finn. »Ist doch mehr unser Stil, oder?«

»Was soll das für ein Stil sein?«, fragte Trina. »Billig und hässlich?«

»Und schlecht für die Umwelt«, ergänzte ich.

Sie grinste mich an, dann öffnete sie die Tür, stieg aus dem Wagen und lief mit der Plastiktüte zu den Holztischen.

»Scheiße«, sagte Finn. »Ich glaub, das heißt, wir essen nicht im Auto.«

~ ~ ~

Eine hochstehende Sonne schimmerte aus dem frischen blauen Himmel auf uns herab, während wir an einem der Tische saßen und uns durch den Berg von Sandwichs, Chips, Törtchen und allem andern aßen, den wir in der Mitte der Holzplatte aufgestapelt hatten. Huck und die Äffin aßen mit uns – Huck am Boden zu Finns Füßen, wo er alles verschlang, was Finn mit ihm teilte, und die Äffin still oben auf dem Tisch, wo sie sich Zeit nahm, den Berg zu durchwühlen und sich herauszupicken, was ihr gefiel.

Trotz Sonne und wolkenlos blauem Himmel war es beim besten Willen kein Sommertag. Das Sonnenlicht spendete keine Wärme, alles andere auch nicht. Der Boden war hart und kalt. Die Luft war frisch – man spürte es bei jedem Atemzug. Aber keinen von uns störte die Kälte. Und jetzt, hier draußen, verspürten wir keine Eile, schnell wieder ins Auto zu steigen.

Dies war die erste Gelegenheit, die Äffin frei herumlaufen zu lassen – ohne Transportbox, Halsband oder Leine. Anfangs hatte ich Angst, dass sie einfach in die Wildnis davonjagen und nie mehr zurückkommen würde. Aber das musste ich gar nicht. Denn als sie zu Ende gefressen hatte, sprang sie bloß vom Tisch und hockte sich neben meine Füße. Ich nahm an, dass sie so was wie hier noch nie gesehen hatte und sie das Ganze ein bisschen überforderte – zu viel offene Landschaft, zu viel Himmel, zu viel von allem, was sie nicht kannte. Wahrscheinlich hatte sie den größten Teil ihres Lebens entweder hinter verschlossenen Türen oder in einen Tragekorb gesperrt zugebracht, weshalb sie vermutlich Zeit brauchte, sich an die relative Freiheit zu gewöhnen. Und diese Zeit würde sie im Monkey House kriegen. Doch im Moment musste ich einfach nur für sie da sein und sie tun lassen, was immer sie wollte, um sich geborgen zu fühlen. Und wenn das einschloss, auf meiner Schulter zu sitzen, dann gerne. Ich hatte inzwischen verstanden, was mir in diesem Punkt Sorgen machte und wieso es sich nicht richtig anfühlte, schön zu finden, wenn sie da oben saß. Es hatte damit zu tun, dass es ihr ganz sicher irgendwer – bestimmt ihr »Besitzer« – beigebracht hatte, und ich konnte den Gedanken nicht ertragen, dass sie (oder irgendein anderes Tier) gezwungen wurde, Kunststückchen zu machen. Es war falsch. Falsch, so was zu tun. Falsch, so etwas zuzulassen. Falsch, irgendwas damit zu tun zu haben. Aber wenn die Äffin tatsächlich auf meiner Schulter sitzen wollte, wenn es ihr etwas gab, das sie brauchte, wär es nicht richtig, es ihr zu verwehren. Doch im Moment schien sie unten bleiben zu wollen, im Schutz des Picknicktischs.

Als ich zu ihr heruntersah, ob mit ihr alles okay war, erwischte ich mich dabei, wie ich mich an die ersten Tage erinnerte – die ersten Wochen und Monate –, nachdem sie Dad festgenommen und ins Gefängnis gesteckt hatten. Eine Zeit lang war ich fix und fertig gewesen, und eins, was ich damals anfing – in dem irren Glauben, dass es mir dadurch besser gehen würde –, war alles zu lesen, was ich nur finden konnte, das mir beschrieb, wie es ist, im Gefängnis zu sein. Wie sich das tatsächlich anfühlt, was es unter Umständen mit einem macht, ob es wirklich klappt oder nicht. Und eine Sache, die mir echt an die Nieren ging, war, wie manche Langzeit-Gefangene – also Leute, die im Prinzip zehn oder mehr Jahre saßen – sich schließlich, wenn sie entlassen wurden, in der Welt draußen nicht mehr zurechtfanden. Und als ich an dem Picknicktisch saß und auf die Äffin zu meinen Füßen schaute, kam in mir wieder – wie schon so oft – die Frage hoch, ob unser Dad immer noch unser Dad sein würde, wenn er am Ende freikam.

Und das wiederum ließ mich erneut an Mum denken und diesmal gelang es mir nicht, die Tiefe meiner Gedanken von mir fernzuhalten, und in der Stille in meinem Kopf strömte alles aus mir heraus …

~ ~ ~

»Alles okay mit dir, Ruben?«

Es war Trina, die neben mir am Tisch saß und besorgt, mit leiser Stimme sprach.

Ich kehrte aus meinem Kopf zurück, wischte mir eine Träne aus dem Auge und schenkte ihr ein unsicheres Lächeln. »Ja, alles okay, danke …«, erklärte ich ihr. »Hab nur über was nachgedacht, weißt du …«

Sie nickte. »Kannst du nichts gegen machen, stimmt's?«

»Was?«

»Entschuldigung … der Satz ist mir falsch rausgerutscht. Ich meinte ›du‹ im Sinne von ›man‹, von ›wir alle‹. Können *wir alle* nichts gegen machen.«

»Wogegen nichts machen?«

»Gegen das Nachdenken … Ich meine, in vielerlei Hinsicht hat es doch gar nichts mit uns zu tun, oder? Es passiert einfach. Die Gedanken geraten in deinen Kopf und du weißt überhaupt nicht, wo sie eigentlich herkommen oder wieso sie da sind, und es spielt keine Rolle, ob du sie haben willst oder nicht … ist nicht deine Entscheidung. Du kannst dich nicht daran hindern, etwas zu denken oder zu fühlen.«

»Ist mit Albträumen dasselbe«, sagte Finn von der anderen Seite des Tischs. »Also, nicht wirklich dasselbe … aber irgendwie doch von der gleichen Art.« Er unterbrach sich, hustete … schluckte …, dann räusperte er sich und fuhr fort. »Ist so, als wenn du einen wirklich schlimmen Albtraum hast, versteht ihr? Einen von den richtig horrormäßigen, denen, die dir ganz schreckliche Angst machen, und du wachst schreiend und nassgeschwitzt auf und zitterst und dein Herz pocht so schnell, dass es sich anfühlt, als würde es gleich explodieren … versteht ihr, was ich meine?«

Wir wussten alle genau, was er meinte.

»Wo also kommt all dieser schreckliche Mist her?«, fuhr er fort. »Wer oder was ist verantwortlich dafür, dich in so was zu schicken, dich zu traumatisieren, dich zu Tode zu ängstigen …? Du bist es selbst, oder? Wir sind es …« Er tippte sich an den Kopf. »Ist sonst keiner hier oben. Wir sind es selbst.«

»Woher weißt du, dass niemand sonst hier oben ist?«, fragte ich Finn und tippte mir ebenfalls an den Kopf. »Vielleicht ist da ja doch jemand – oder etwas – in unseren Köpfen.«

»Was denn? Wer?«

»Keine Ahnung …« Ich zuckte mit den Schultern. »Könnte alles sein … jeder …«

»Und wieso sollte uns so jemand Albträume geben wollen?«

»Wieso wir uns selbst?«

~ ~ ~

Der Picknickplatz lag an einer leichten Anhöhe und wir konnten ringsum kilometerweit schauen. Die einzige Straße, die wir sahen, war die, die uns hergeführt hatte – eine schmale Landstraße, die sich durch die offene

Landschaft wand, ehe sie in der Ferne verschwand. Es gab praktisch keinen Verkehr. In der ganzen Zeit, die wir inzwischen da waren, waren höchstens ein paar Dutzend Autos vorbeigekommen. Und ohne ein großes Ding draus zu machen, hatte Cole jedes einzelne gecheckt, sobald es in der Ferne auftauchte.

Wir saßen alle an dem Picknicktisch – griffen gedankenlos nach ein paar Stückchen zu essen und redeten einfach bloß vor uns hin. Die Äffin wurde jetzt langsam ein bisschen selbstsicherer – oder doch wenigstens weniger ängstlich – und traute sich Schritt für Schritt unter dem Picknicktisch vor. Aber nicht sehr weit. Man sah ihr an, dass sie Huck gern gefolgt wär, der herumstrolchte und alles gründlich beschnupperte, doch so weit war sie noch nicht. Fürs Erste beobachtete sie ihn einfach bloß.

Ich sah, wie Cole wieder mal einen kurzen Blick in Richtung Straße warf, und diesmal sah Trina es auch.

»Wir werden ihn nie loswerden, oder?«, sagte sie zu ihm. »Egal wo wir hingehen, egal was wir tun ... Skender wird niemals aufhören. Er ist wie der scheiß Terminator.«

Es hätte lustig klingen können, wenn es nicht so wahr gewesen wäre.

Trina sah Cole an. »Und selbst *wenn* er aufhört und nach London zurückgeht ... was machen wir dann? Wir können doch nicht zurück, wenn er dort ist. Der muss doch bloß die Botschaft ausgeben, dass er uns sucht, und dann einfach warten. Halb London wird nach uns Ausschau halten. Das stehen wir keine Woche lang durch.«

»Wir könnten alle nach Manchester gehen«, sagte Finn. »Ich könnt was besorgen, wo ihr in Sicherheit seid.« Er lächelte. »Manchester würde euch gefallen. Ist eine tolle Stadt.«

»Er würde uns finden«, entgegnete Cole. »Und er würde es an dir auslassen und an allen, die dir was bedeuten – Familie, Freunde …«

Finn lächelte wieder. »Ach, ich bin doch ohnehin so gut wie tot und die einzige Familie, die einzigen Freunde, die ich hab, seid ihr. Und wahrscheinlich seid ihr bereits tot, bevor Skender mich schnappt. Deshalb … mein Angebot steht.«

»Ja, danke«, antwortete Cole und ich sah, er meinte es ernst.

Plötzlich kam mir ein quälender Gedanke. Etwas hatte schon eine Weile in mir genagt, doch ich konnte es nicht greifen. Aber mit einem Mal war es da.

»Glaubst du, Mum und Dad sind sicher?«, fragte ich Cole.

»Was meinst du?«

»Skender könnte doch sie benutzen, um an uns ranzukommen. Er könnte drohen, ihnen das Schlimmstmögliche anzutun, wenn wir nicht aufgeben. Und er würde es auch tun, stimmt's? Es würde ihn nicht im Mindesten kümmern –«

»Es wird nicht passieren –«

»Und dass Dad im Gefängnis ist, ändert auch nichts. Skender hat garantiert Leute da drinnen, die tun, was er sagt.«

»Es wird nicht passieren, Ruben«, wiederholte Cole eisern. »Mum und Dad wird nichts geschehen.«

Ich schüttelte den Kopf. »Es gibt nichts, was wir tun können, um das zu verhindern.«

»Doch, gibt es.«

~~~

Vieles von dem, was am Morgen im Hotel gelaufen war, hatte für mich zunächst keinen Sinn ergeben. Zum einen war mir nicht klar gewesen, woher Cole von dem Dach und der Feuertreppe wusste. Doch mit der Zeit begriff ich, was mir sofort hätte auffallen müssen: Coles alleinige Sorge, das Einzige, was ihn beschäftigte, war, uns andere aus der Schusslinie zu bringen. Und selbst wenn er nicht geglaubt hatte, dass wir einen Fluchtweg brauchen würden, hatte er sich doch abgesichert, dass es für uns einen gab. Er hatte die Feuerleiter wahrscheinlich gesehen, als er das Auto parkte, dann dafür gesorgt, dass wir ein Zimmer im obersten Stockwerk bekamen, um uns den Zugang zum Dach zu verschaffen. Und das Einzige, was er danach noch tun musste, war herauszufinden, wo sich der Ausstieg befand, und den Weg zu der Feuerleiter zu checken, was er irgendwann in der Nacht getan haben musste, als wir Übrigen schliefen.

Das andere, das für mich zuerst echt keinen Sinn ergeben hatte, war sein Beharren gewesen zurückzubleiben, um Skenders Männer aufzuhalten, damit wir drei so viel Zeit wie möglich hatten, zurück in den Jeep zu kommen.

Es hatte echt keinen Sinn ergeben …

Bis jetzt.

~~~

»Wir müssen ihn töten«, sagte Cole.

Plötzlich wurde alles still und stumm. Niemand sagte etwas, niemand rührte sich ... selbst das Pfeifen des Windes im Gras schien aufgehört zu haben.

»Entweder wir oder er«, fuhr Cole fort. »So einfach ist das. Entweder er stirbt oder wir.« Er brach ab und sah in unsere Runde um den Tisch herum. »Verdammt, jetzt sag doch mal einer was. Ich kann das nicht allein.«

»Du hattest das schon im Hotel vor, stimmt's?«, sagte ich. »Du wolltest nicht zurückbleiben, um Skenders Leute aufzuhalten, damit wir Zeit gewinnen. Du wolltest Skender umbringen.«

Cole nickte. »Ich wollte dem Ganzen bloß ein Ende bereiten.«

»Was ist mit Savik und Jorqi?«, fragte Finn. »Die werden doch nicht aufgeben, nur weil Skender tot ist.«

»Doch, das werden sie. Das ist ja der Punkt. Sie haben keine Loyalität Skender gegenüber. Und *wir* haben für sie keine Bedeutung. Ich meine, sie würden uns vielleicht umbringen, wenn sie die Gelegenheit dazu hätten, aber das Einzige, was *sie* interessiert, ist Geld. Und es bringt ihnen keinen Profit, uns überall zu jagen. Sobald Skender tot ist, werden sie umdrehen und wieder nach London zurückgehen. Und das ist das Ende.«

»Du hättest mit uns drüber reden sollen«, sagte Trina. »Du hättest uns im Hotel die Wahrheit sagen müssen.«

»Ich wollte euch da raushalten.«

»Wieso?«

Cole seufzte. »Weil es mich fertigmacht, bloß dran zu denken. Und wenn es *mich* fertigmacht, weiß der Himmel, was es dann mit jemandem macht, der echt ein Herz hat.«

»Du hast mehr Herz als alle, die ich je kennengelernt hab«, entgegnete Trina.

Cole sah sie nur an. Es war das Einzige, was er tun konnte.

Danach schwiegen wir alle für eine Weile. Es gab viel zum Nachdenken und rein logisch gedacht hätte die Antwort ganz einfach sein müssen. Wenn wir Skender nicht töteten, würde er uns umbringen. Und vorher würde er uns leiden lassen. Er war ein Mensch ohne Seele, ein Mensch, der mordete, quälte und mit Menschenleben Geschäfte machte. Er hatte es nicht verdient zu leben. Und niemand, der bei klarem Verstand war, würde das je bestreiten.

Warum also fühlte es sich so falsch an, ihn umzubringen?

~ ~ ~

Wir redeten noch eine Weile weiter, doch wir kamen nicht wirklich zu einem Ergebnis, und wir räumten gerade den Picknickmüll zusammen und machten uns bereit zur Weiterfahrt, als Cole mich plötzlich anstieß. Und als ich mich zu ihm umdrehte, hob er den Arm und zeigte auf die fernen Berge. Zuerst wusste ich nicht, was er mir zeigen wollte. Er schien auf etwas ziemlich weit oben zu deuten, irgendwas hoch in den Bergen oder vielleicht auch am Himmel … doch ich erkannte einfach nichts Auffälliges. Aber dann, gerade als ich ihn fragen wollte, was er denn meinte, entdeckte ich sie. Sie waren zu weit entfernt, um sie im Detail zu erkennen, und das Einzige, was ich wirklich ausmachen konnte, waren zwei dunkle Silhouetten, die über einer dichten Waldfläche durch den Himmel glitten, doch allein von der Form und Größe her gab es keinen Zweifel, um was es sich handelte.

»Siehst du sie?«

»Ja …«

»Das sind doch Adler, oder?«

»Ja … Steinadler …«

Es war ein großartiger Anblick, wie die zwei gewaltigen Vögel mühelos in dem klaren blauen Himmel schwebten, fast ohne die Flügel zu bewegen. Es war faszinierend, atemberaubend … und ich brauchte alle Kraft, mich von ihnen loszureißen und nach der Äffin zu schauen, ob es ihr gut ging. Kapuzineraffen haben extrem gute Augen, viel bessere als wir, deshalb wusste ich, dass sie kein Problem haben würde, die Adler zu erkennen, wenn sie hochsah und den Himmel absuchte. Und wie zuvor – als ich sie beobachtet hatte, wie sie im Auto zur Decke starrte –, hatte ich keine Ahnung, ob sie die Adler instinktiv als Bedrohung begreifen würde oder ob sie keine Angst haben würde, weil sie nie gelernt hatte, Adler zu fürchten. Am Ende spielte es auch keine Rolle, weil sich herausstellte, dass sie zufrieden neben dem im Halbschlaf ausgestreckt daliegenden Huck unter dem Tisch saß. Von dort konnte sie die Adler unmöglich sehen und diese nicht die Äffin.

»Sind das tatsächlich Steinadler?«, hörte ich Finn fragen, während er, seine Augen mit der Hand vor der Sonne schützend, zu den Vögeln aufsah.

Ich bestätigte es. Ich hätte ihm noch viel mehr erzählen können. Ich hätte ihm alles nennen können, was ich je über Steinadler gelesen hatte, alle Zahlen und Fakten – wie riesig sie sind, wie stark, wie schnell, wie perfekt ausgestattet fürs Töten –, doch ich hörte mich all das runterspulen und es fühlte sich falsch an ... ich wusste, dass die Worte und Zahlen keinen Platz und keine Bedeutung in der Stille hatten, in dem Wunder dieses Moments.

Wir beobachteten weiter die Adler, bis sie schließlich so hoch und so weit weg waren, dass wir sie nicht mehr erkennen konnten. Ich beugte mich unter den Tisch und schaute erneut nach der Äffin und Huck. Sie waren beide noch da, beide noch okay.

»Vielleicht sind die Adler ja Wächter, Rube«, hörte ich Cole plötzlich sagen.

»Was?«, fragte ich und richtete mich wieder auf.

»Wächter, du weißt schon ... so wie die Adler, von denen uns Dad erzählt hat.«

»Du meinst die zahmen Adler?«, hakte ich nach. »Die aus der alten Roma-Geschichte?«

Er nickte und lächelte. »Das wär doch was, oder?«

»Aus welcher Geschichte?«, fragte Trina.

~ ~ ~

Es war eine dieser Geschichten, die wie aus dem Nichts zu kommen scheinen. Jemand redet was oder schreibt was, das wirklich passiert ist, ein anderer hört oder liest es und redet oder schreibt was darüber ... und mit der Zeit entwickelt sich das ursprüngliche »Etwas« zu einer Geschichte, von der die meisten denken, dass sie bestimmt bloß Erfindung ist, aber genügend andere glauben dran oder *wollen* dran glauben und die Wahrheit spielt gar keine Rolle mehr.

In diesem Fall ging die Geschichte so, dass vor Hunderten von Jahren – in einer Zeit, als schon das bloße Roma-Sein als Verbrechen galt, das mit dem Tode bestraft wurde – eine kleine Gruppe von ihnen auf der Flucht vor Verfolgung in die Wildnis Schottlands abtauchte. Und wo immer das auch gewesen sein mag – tief in den Bergen wahrscheinlich oder versteckt in einem geheimen Wald –, es war so abgelegen und unzugänglich, dass sie praktisch vom Rest der Welt abgeschnitten waren. Tatsächlich gibt es Leute, die glauben, diese geflohenen Roma seien so isoliert und autark gewesen, dass ihre Nachfahren bis heute dort existieren.

»Und was ist jetzt mit den Adlern?«, fragte Trina. »Wo kommen die ins Spiel?«.

»Es heißt, die Geflohenen hätten Steinadler so abgerichtet, dass sie ihnen als Wächter dienten«, erklärte ich ihr. »Und wenn doch einmal irgendwelche Fremde in die Nähe des Lagers kamen, schlugen die Adler Alarm.«

»Verstehe ...«, murmelte Trina nachdenklich und spähte zu den fernen Bergen hinüber, wo wir die beiden Adler gesehen hatten. »Und wenn die Nachfahren der ursprünglichen Roma tatsächlich noch hier sind, verwenden auch sie vielleicht Adler als Wächter.« Sie drehte sich zu Cole um. »Das hast du also gemeint, als du sagtest, dass die Adler, die wir gerade gesehen hätten, Wächter sein könnten, stimmt's?«

Cole lächelte. »Ja, *könnten*.«

»Aber sie sind es wahrscheinlich nicht.«

Cole zuckte mit den Schultern. »Ist eine Geschichte … sie kann alles sein.«

Trina zog eine Augenbraue hoch und ich wusste, was sie meinte. Cole sagte so was gewöhnlich nicht. Doch es fühlte sich trotzdem richtig an. Und als sich Trina wieder zu mir umdrehte und ich das stille Wohlwollen in ihrem Gesicht sah, ging ich davon aus, dass es auch für sie okay war.

»Und was meinst *du*, Ruben?«, fragte sie mich.

»Ich meine, wir sollten vielleicht so langsam mal aufbrechen.«

FÜNFUNDZWANZIG

Wir vergaßen Skender nicht, als wir aufbrachen und weiter in Richtung Lochoran fuhren. Cole schaute ständig in den Rückspiegel und auch wir andern hielten die Augen offen, drehten uns immer wieder um und spähten durchs Heckfenster nicht nur nach Anzeichen von schwarzen Range Rovern, sondern überhaupt irgendwelchen Fahrzeugen. Aber wir sprachen nicht über Skender und das, worüber wir an dem Rastplatz geredet hatten – das mit dem Töten –, schien nicht mit in den Wagen gekommen zu sein. Es war, als wenn es irgendwie dort zurückgeblieben wäre und es nirgendwo andershin als auf den Picknickplatz gehörte.

So jedenfalls fühlte es sich an.

~ ~ ~

Während wir weiter durch die scheinbar endlose Bergwildnis fuhren, machte sich im Wagen eine schwere, schläfrige Stille breit. Cole war natürlich noch wach und fuhr mit stiller Konzentration, und auch ich schlief nicht. Finn und Trina dagegen schon – Finn auf dem Rücksitz neben mir, den Kopf nach vorn gebeugt, Augen zu und mit einem leichten Rasseln seines Atems in der Kehle … und Trina vorn auf dem Beifahrersitz in sich zusammengesunken, die Kapuze hochgezogen und die Augen geschlossen. Sie wirkte im Frieden mit sich. Huck schlummerte in Finns Schoß und die Äffin saß immer noch neben mir, eingezwängt zwischen meinem Knie und der Wagentür, und schaute wieder still aus dem Fenster. Ich saß daneben und schaute mit ihr hinaus.

Nach einer Weile kamen wir an einem Verkehrsschild mit der Aufschrift *LOCHORAN 29 MILES* vorbei.

»Ist jetzt nicht mehr weit«, sagte ich leise zu der Äffin.

Ich fühlte mich glücklich und traurig zugleich, es ging alles zu sehr durcheinander.

»Bist du okay, Ruben?«, fragte Cole leise.

Ich schaute hoch und sah seinen Blick im Rückspiegel. »Ja, alles gut.«

»Sollen wir noch mal anhalten, bevor wir hinkommen? Ich meine, in ungefähr einer halben Stunde sind wir dort, aber wenn du noch ein bisschen mehr Zeit brauchst oder so … du weißt schon … bevor du sie abgibst …«

Ich schüttelte den Kopf. »Je weiter wir es rausschieben, desto mehr Zeit bleibt, drüber nachzudenken. Ich will's einfach hinter mich bringen.«

Er nickte und ich sah, dass er noch etwas sagen wollte, aber ihm nichts einfiel, was es wert war. Sein Blick verweilte noch kurz auf meinem – ein Zeichen unseres gegenseitigen Verstehens –, dann schaute er weg und wir fuhren weiter und kamen dem Affenasyl immer näher.

~ ~ ~

Wir hatten länger an der Picknickstelle Pause gemacht, als es mir zu dem Zeitpunkt vorgekommen war – wahrscheinlich mehrere Stunden –, und als wir durch die

Stadt Oban kamen, musste es schon drei oder vier Uhr nachmittags sein. Es dauerte zwar noch, bis die Dunkelheit einsetzen würde, trotzdem lag eine seltsame Stille über allem, die das Nachmittagslicht dämpfte und schon mit einem Hauch der bald einsetzenden Dunkelheit durchdrang.

Oban war ein ganz hübsches Städtchen in einer Bucht mit netten kleinen Häusern, einladend wirkenden Pubs und Hotels und einem malerischen Ausblick über die Bucht mit ihren flachen, im Dunst liegenden Inseln –, doch für mich war es nur der letzte Ort, bevor wir Lochoran erreichen würden … ein Anhaltspunkt, dass wir nur noch zehn Kilometer vom Monkey House entfernt waren.

Ich spürte jetzt eine leichte schmerzliche Leere in meinem Magen und als wir Oban verließen und wieder in die Berge hineinfuhren, nagte auf einmal etwas an mir, ein Gefühl von etwas in meinem Hinterkopf …

Ich wusste nicht, was es war.

»Bist du sicher, dass das hier der richtige Weg ist?«, hörte ich Finn sagen.

»Ist der einzige, den es gibt«, antworte Cole. »Siehst du …« Er deutete auf das Navi. Es gibt eine Straße nach Lochoran rein und eine raus.

Finn blickte auf das Navi und sah, dass Cole recht hatte. Er sah mich an, wollte irgendwas sagen, ließ es dann aber und warf mir nur ein kurzes Lächeln zu.

Ich fasste nach unten zu der Äffin und kraulte ihr sanft den Kopf. Ihr Schädel wirkte klein und zerbrechlich.

~ ~ ~

In allem, was ich über das Monkey House gelesen hatte, wurde Lochoran immer als »kleines schottisches Städtchen« beschrieben oder so ähnlich, doch als wir hinkamen, wurde klar, dass von Städtchen keine Rede sein konnte. Es war ein Dorf, noch dazu ein ziemlich kleines. Ein Weg rein, ein Weg raus ... eine Ansammlung grauer Steinhäuser ... Pub, Kapelle, ein kleiner Laden mit Poststelle ... das war's. Die einzigen Lebenszeichen, die wir sahen, waren eine sehr alte Frau mit einem Hund und ein Mann mit sehr rotem Gesicht, der vor dem Pub stand und eine Zigarette rauchte. Beide beobachteten uns, als wir vorbeifuhren, sie wirkten weder freundlich noch feindlich und keiner machte Anstalten, zu grüßen oder uns wenigstens flüchtig zuzunicken.

Wir fuhren langsam, Cole hielt das Tempo des Jeeps unter 40 km/h, doch selbst bei dieser Geschwindigkeit brauchten wir keine halbe Minute, um vom einen Ende des Dorfs zum andern zu kommen, und schon waren wir wieder auf der Landstraße und fuhren durch die seichten Hügel und dichten, dunklen Wälder aus Tannen und Kiefern.

Es war eine seltsame Vorstellung, plötzlich fast da zu sein ... fast am Ende unserer Reise. Ich hatte keine Schilder gesehen, wie weit es noch bis zum Monkey House war, doch dem Navi nach konnten es nur noch knapp eineinhalb Kilometer sein ...

Da kam das Gefühl zurück. Dieses nagende Gefühl in meinem Hinterkopf ... ich wusste jetzt, was es war.

Ich hatte keine Schilder zum Monkey House gesehen. Kein einziges. Nicht in Oban, nicht zwischen Oban und

Lochoran und auch nicht jetzt, als wir schon wieder aus Lochoran raus waren …

Nirgendwo.

Das ergab keinen Sinn.

Das Affenasyl war eindeutig für die Öffentlichkeit zugänglich. Ich hatte die ganzen Informationen der Website in meinem Kopf gespeichert – die Öffnungszeiten, die Eintrittspreise, eine Liste von Dingen, die die Besucher zu unterlassen hatten –, und wenn das Asyl für die Öffentlichkeit zugänglich war, dann musste es doch auch Hinweisschilder geben … *The Monkey House 4 Miles* … oder was immer.

Da hörte ich wieder Finns Stimme.

Bist du sicher, dass das hier der richtige Weg ist?

Und ich erinnerte mich, wie er mich angesehen hatte, als wenn er noch etwas sagen wollte, es dann aber ließ und mir nur kurz zulächelte …

Und ich sah ihn an und fragte: »Wie lange weißt du es schon?«

Er zögerte nur ganz kurz. »Das mit den Schildern?«

»Ja.«

»Noch nicht lange«, antwortete er. »Ich wollte es dir gerade sagen, doch dann dachte ich: Muss ja nicht *unbedingt* etwas heißen, vielleicht mach ich ja ein großes Bohei wegen nichts –«

»Was habt ihr?«, fragte Cole plötzlich. »Was soll das von wegen Schildern?«

»Hinweise aufs Monkey House«, erklärte ich ihm.

»Ja und?«

»Es gibt keine.«

Cole sagte eine Weile nichts und ich wusste, er ging in

Gedanken die Strecke zurück und versuchte sich zu erinnern, ob er welche gesehen hatte.

»Vielleicht sind wir ja doch falsch«, sagte Finn. »Ich meine, nur weil das Navi sagt, es gibt bloß einen Weg zu dem Affenasyl, heißt das ja nicht, dass es stimmen muss. Navis sind doch nicht unfehlbar. Sie können sich irren, besonders in entlegenen Gegenden wie hier. Das ist doch die wahrscheinlichste Erklärung. Es gibt keine Schilder, weil wir hier falsch sind.«

»Wir sind nicht falsch«, mischte sich Trina mit flacher und hohler Stimme ein. »Schaut …«

Als Cole den Jeep anhielt und ich Trinas Blick folgte, sah ich etwas durch die Windschutzscheibe, das ich nicht glauben konnte. Wir hatten es geschafft, wir waren endlich am Monkey House angekommen.

Nur um festzustellen, dass es das Monkey House nicht mehr gab.

SECHSUNDZWANZIG

Das Affenasyl war zerstört. Der größte Teil des Zauns war niedergerissen, die Gebäude lagen in Trümmern und die Überreste der Anlage waren überall auf dem vier Hektar großen Gelände verstreut. Wenn es noch irgendeinen Zweifel gab, dass dies das Monkey House war – oder einmal gewesen war –, so bewies es endgültig das zerbrochene hölzerne Schild, das unmittelbar vor uns am Boden lag, halb versteckt unter Schutt. Auf dem Schild stand:

WILLKOMMEN
IM
MONKEY HOUSE

Die Bäume, von denen ich geträumt hatte, dass in ihnen die Äffin spielen würde, standen zwar noch in drei getrennten Waldbereichen, und verstreut in den Ruinen fanden sich auch die traurigen Überreste von Leben, das hier einst gerettet worden war – Spielzeug, Fressschalen, Klettergerüste, Schaukeln ... Seile, Reifen und Hängematten ... alles Mögliche, um den befreiten Affen zu helfen, wieder Affen zu werden.

Aber Anzeichen von irgendwelchem Leben gab es nirgends. Cole hupte ein paarmal mit lang anhaltendem Ton, und als wir aus dem Jeep stiegen, legte er die Hände um seinen Mund und schrie laut genug, dass es jeder auf dem Gelände hätte hören müssen, doch es kam keine Antwort.

Nur Schweigen.

Und eine entnervende Stille.

Ein paar Minuten standen wir bloß da, sahen uns in alle Richtungen um und verstanden nicht, wie das sein konnte oder was das bedeutete, was wir dazu sagen, was wir davon halten sollten ... und erst als Huck und die Äffin an uns vorbeitrotteten und anfingen, in den Trümmern herumzuwühlen, kehrte ein gewisser Realitätssinn in uns zurück.

Finn zündete sich eine Zigarette an.

Trina sah Cole an.

Cole drehte sich zu mir um.

»Ich weiß nicht, was ich sagen soll«, erklärte ich und schüttelte den Kopf. »Das macht keinen Sinn. Ich hab euch doch gestern die Website vom Monkey House gezeigt. Da stand nichts, absolut nichts, dass die Anlage schließt oder so ... das hätte ich doch gesehen, wenn da etwas gestanden hätte.«

»Vielleicht war es ja eine ganz überstürzte Sache«, schlug Trina vor. »Und das Ganze ist passiert, nachdem du die Website gesehen hast.«

»Das ist nicht erst gerade passiert«, widersprach Cole und schaute sich um. »Ich würde sagen, das ist schon seit Wochen zu, vielleicht auch noch länger.«

Plötzlich hörten wir ein Krachen, gefolgt von einem schrillen Kreischen der Äffin, und als wir uns umdrehten, sahen wir sie und Huck um einen Plastik-Fußball herumspringen, den die beiden offenbar in den Trümmern entdeckt hatten. Es war vermutlich das erste Mal, dass die Äffin mit einem Ball spielte, und auch wenn sie nicht besonders gut darin war – weshalb sie gerade einen Stapel Holzbretter umgestoßen hatte –, machte es ihr doch sichtlich Spaß. Es war wunderbar, das zu sehen, aber gleichzeitig gab es mir einen Stich, mit unentrinnbarer Klarheit zu begreifen, was hätte sein können.

Sie hätte hier glücklich sein können.

Glücklich und sicher.

Doch jetzt …?

Huck und die Äffin hatten den Ball inzwischen zurückgelassen und tollten zusammen herum mit allem, was sich sonst noch finden ließ. Sie waren noch nicht allzu weit weg, doch der Abstand zu uns wuchs immer mehr an und anstatt Finn zu bitten, Huck zurückzurufen – in der Annahme, dass ihm die Äffin dann folgen würde –, spazierte ich in gemächlichem Tempo hinter ihnen her. Die andern folgten mir und nach einer Weile stießen wir auf einen geteerten Weg, der das ganze Gelände umgab und wahrscheinlich für die zahlenden Besucher des Affenasyls angelegt worden war. Weite Teile des Wegs waren voller Schlaglöcher, Risse und aufgebrochener Stellen, was mich vermuten ließ, dass das Affenasyl finanzielle Probleme gehabt hatte und dies der Grund für die Schließung gewesen war.

Nicht dass das irgendwie wichtig war.

Was auch immer hier passiert war, das Monkey House gab es nicht mehr.

Und wir liefen weiter den Weg entlang, weiterhin vage

in die Richtung von Huck und der Äffin, und verfielen in ein erschöpftes Schweigen. Huck und die Äffin hatten immer noch Spaß – streiften kreuz und quer übers Gelände, sprangen, kletterten und jagten einander –, und je länger ich sie beobachtete, desto bittersüßer fühlte sich das Ganze an. Wenn doch nur … wenn doch nur … wenn doch nur …

Es war zwecklos.

»Wartet«, hörte ich Trina sagen. »Ich muss kurz stehen bleiben … hab einen Stein im Schuh.«

Sie setzte sich auf eine Bank am Wegrand. Es war eine dieser Bänke, die möglichst rustikal und naturbelassen wirken sollen – ein zwei Meter langer, in der Mitte gespaltener Baumstamm, der auf zwei dicken Rundhölzern lag. Als Trina sich bückte, um ihre Sneaker auszuziehen, schlenderte Finn herüber und setzte sich neben sie. Ich schaute wieder nach Huck und der Äffin und sah, dass sie aufgehört hatten herumzulaufen und ihre ganze Aufmerksamkeit einem hölzernen Kasten widmeten, der mit Stroh gefüllt war. Sie schnupperten dran, umkreisten das Teil, buddelten und scharrten drin rum. Ich ging davon aus, dass sie nach einer Weile das Interesse verlieren und weiterlaufen würden. Doch bis dahin machte es nicht viel Sinn, bloß rumzustehen und zu warten, deshalb ging ich zu der Bank und setzte mich neben Trina und Finn. Cole folgte mir und stellte sich daneben, schaute von den Überresten des Monkey House weg und betrachtete die Landschaft in der entgegengesetzten Richtung. Ich drehte mich um und sog die Weite dieser einsamen Wildnis aus Buschland ein, die sich in der Ferne ausbreitete. Jenseits der kargen Flächen konnte ich an dem verschleierten Horizont unscharf die dunklen Berge erkennen, die in den Himmel ragten.

Ich dachte oder fühlte nichts, saß einfach da, betäubt und leer, und schaute wieder zu Huck und der Äffin, wie sie es aus den Ruinen des Tierasyls herausschafften und zusammen über den Weg huschten, Huck aufgeregt hechelnd, mit seitlich aus seinem Maul hängender Zunge, und die Äffin fiepend, tschilpend und piepsend. Und als sie an der Bank vorbeiliefen, warf mir die Äffin einen kurzen Blick zu und war auch schon wieder fort, Huck hinterher. Es war nur ein flüchtiger Blick gewesen, doch als ich mich wieder umdrehte und Huck und die Äffin beobachtete, wie sie in dem grenzenlosen Buschland spielten, musste ich doch ein kleines bisschen lächeln. Sie waren ganz einfach glücklich, als sie so im Kreis liefen und sich jagten ... die Äffin springend und schreiend, Huck so schnell laufend, wie ihn seine kurzen Beine trugen ...

Ich weiß nicht, wie lange diese letzten Momente dauerten – dreißig Sekunden, eine Minute ... oder mehrere. Ich weiß es nicht. Das Einzige, an das ich mich erinnere, ist ein Gefühl, dort zu sein, mit der Äffin und Huck zusammen, und an nichts zu denken ... bloß einfach zu sein ...

Und dann geschah es.

Urplötzlich ...

~ ~ ~

Der Adler kam aus dem Nichts, schoss mit einem lautlosen Wusch aus dem Himmel, und alles geschah so plötzlich – so rasend schnell –, dass der Vogel, ehe ich überhaupt begriff, was geschah, die Äffin bereits mit seinen rasiermesserscharfen Krallen gepackt hatte und in den klaren blauen Himmel emportrug.

~ ~ ~

Zuerst war nichts. Ich konnte nicht denken, nicht fühlen, mich nicht bewegen, nicht sein. Da war überhaupt nichts.

Und dann schrie Trina und alles kam wieder zurück.

Ich sah, wie sie völlig außer sich durch das Buschland stolperte – schluchzend und wimmernd, das gequälte Gesicht von Tränen überströmt und den Blick hoffnungslos auf den eilig verschwindenden Vogel fixiert, der immer weiter in die Höhe stieg, immer weiter fort. Der schlaffe kleine Körper der Äffin war immer noch zu erkennen, wie er leblos aus den Krallen des Adlers hing.

Ich schaute hinüber zu Finn. Er saß links von mir auf dem Boden und beruhigte Huck.

Der arme Hund hatte direkt neben der Äffin gestanden, als der Adler sie packte, und Huck war noch immer in einer ziemlich schlimmen Verfassung – er zitterte unkontrolliert, hechelte schwer und die verängstigten Augen schossen wie wild hin und her. Finn hielt ihn nur, murmelte sanft auf ihn ein, um ihm zu zeigen, dass er da war. Cole stand neben der Bank und ich erkannte die Sorge in seinem Blick, als er über das Buschland hinwegschaute und Trina in ihrer wilden Verzweiflung beobachtete. Er wollte eindeutig zu ihr gehen, bei ihr sein, tun, was immer er für sie tun konnte, doch er wusste, dass auch ich zerstört war, und ich war sein kleiner Bruder …

»Geh zu ihr«, sagte ich. »Sie braucht dich.«

Er schüttelte den Kopf. »Ich lass dich nicht –«

»Mach dir um mich keine Sorgen … geh einfach.«

»Bist du sicher?«

Ich wischte mir die Tränen aus den Augen und starrte ihn an, ließ ihn sehen, dass ich es ernst meinte, und nach wenigen Sekunden nickte er mir wissend zu und ging zu Trina.

~ ~ ~

Ich blieb eine Weile stehen, schaute in den Himmel und suchte nach einer Spur des Adlers … doch ich wusste, dass ich ihn nicht mehr sehen würde. Er war längst fort, hatte sich in der Weite des Himmels verloren und die Äffin mitgenommen.

Sie war weg.

Einfach weg.

In meinem Innern machte sich eine schmerzende Leere breit.

Ich sank zu Boden und weinte.

SIEBENUNDZWANZIG

Es war schon dunkel, als wir zumindest ansatzweise wieder zu uns selbst fanden und, nachdem sich das letzte Tageslicht verloren hatte und die Nachtluft kalt wurde, ins Auto zurückgekehrt waren. Wir waren natürlich noch weit davon entfernt, uns so zu fühlen wie vor dem Raub der Äffin – und in gewisser Weise würde es das sowieso nie mehr geben –, aber wenigstens nahmen wir allmählich wieder andere Dinge wahr. Wir wurden uns bewusst, dass sich die Erde weiterdrehte, es uns noch gab und dass das hier nicht das Ende von allem war. Das hier waren bloß wir, die durch die endlose Nacht fuhren, wohin immer uns die Straße führte.

Die Dunkelheit draußen war vollkommen – keine Lichter, keine Sterne, kein Mond, nur eine dichte Wand aus Schwärze.

Eine Weile fuhren wir einfach nur schweigend dahin. Wir hatten alles gesagt, was es zu sagen gab, jedenfalls für den Moment. Früher oder später würden wir wieder über Skender sprechen und ein für alle Mal entscheiden müssen, was wir mit ihm machen sollten.

Würden wir weiter vor ihm davonlaufen? Oder würden wir ihm auflauern und ihn zur Strecke bringen?

Es war eine Entscheidung, die rational gefällt werden musste, ohne dass unsere Gefühle hineinspielten. Doch dazu waren wir im Moment noch ganz und gar nicht in der Lage.

Und bis wir soweit waren, brauchten wir eine neue Richtung, ein neues Ziel, etwas, das uns irgendwo hinführte. Im Grunde war es egal, was es war und wohin es uns führte.

Es war Trina, die nach einer Weile das Schweigen brach.

»Cole?«, fragte sie.

»Ja.«

»Was sollen wir jetzt machen?«

»Was willst du denn machen?«

»Weiß nicht … irgendwas.«

»Zum Beispiel?«

»Keine Ahnung …«

Cole sah sie an und schenkte ihr ein leises Lächeln, dann schaute er im Rückspiegel zu mir hin. »Was ist mit dir, Rube?«, fragte er. »Was meinst *du*, was wir tun sollten?«

Für einen Moment waren wir wieder nur wir zwei. Wir waren zusammen, miteinander verbunden … wir waren Brüder.

»Ich finde, wir sollten nach diesen Roma suchen«, antwortete ich. »Du weißt schon … den Nachfahren von den Leuten aus der Geschichte.«

Cole sagte nichts. Musste er auch gar nicht.

Sein Blick sprang zu Finn. Finn nickte ihm zu … genau wie es Cole erwartet hatte – und Cole nickte zurück und drehte sich zu Trina um.

»Was meinst du?«, fragte er sie. »Willst du eine Weile hier oben bleiben und schauen, ob wir eine Geschichte wahr werden lassen können?«

Und sie zuckte mit den Schultern, lächelte und antworte: »Klar, wieso nicht?«

Genau wie es Cole erhofft hatte.